INSTINCT 2

Loi n° 49-956 du 16 juillet 1949
sur les publications destinées à la jeunesse
ISBN 978-2-09-252836-5

VINCENT VILLEMINOT

INSTINCT

2

BLAST

« *Il faut être un loup si tu ne veux pas que les loups te mangent.* »
Proverbe chinois.

« *Si tu dois être chien, sois chien de samouraï.* »
Proverbe japonais.

In *Sagesses anthropiques d'Asie, recueil de poèmes, haikus, préceptes et sagesse*, anthologie constituée pour la Grande Bibliothèque de l'Institut de Lycanthropie, dont l'auteur demeure anonyme (Shariff M ?).

PROLOGUE

01.
L'ŒIL DU FAUVE (1)

Le halètement de sa respiration emplissait son crâne, comme un beat. Ses pupilles immenses, dilatées, capturaient la moindre parcelle de lumière lunaire. Le nerf optique envoyait les informations au cerveau, comme des ondes électriques sur un câble. Les synapses les analysaient, froidement, sans rage encore, sans frénésie.

Mécanique parfaite du chasseur : le grand cerf qu'il traquait avait laissé des traces profondes, aisément lisibles sur le manteau neigeux ; et ses yeux, son cerveau lui indiquaient que la piste était brûlante.

L'animal aux yeux d'un jaune doré courait en traversant la nuit derrière sa proie. Il se rapprochait à chaque bond, semblant s'arracher à la neige, presque lourd. D'une vitesse inquiétante, silencieux, cependant.

Il n'aurait même pas eu besoin de voir pour suivre la piste. Son odorat suffisait, parce qu'il était d'une espèce supérieure à toute autre, un chasseur parfaitement adapté, une mécanique subtile et mortelle, l'aboutissement de siècles d'évolution.

Le grand cerf qu'il traquait s'appelait Silvio. Il avait été un jeune homme touchant, perdu, inquiet ; inutile. Il laissait sur ses traces une odeur musquée, fragrance de vieux cuir et de sueur rance, de peur sans doute. Ces espèces sans cesse sur le qui-vive passent leur existence à fuir.

L'odeur devenait à chaque seconde plus présente. Dans une heure ou deux, il verrait sa proie. Dans une heure ou deux, sa proie le verrait, et il lirait la terreur au fond de son regard.

L'animal aux yeux jaunes traquait le grand cerf. C'était aussi simple qu'un jeu. C'était une chasse qu'il attendait, inconsciemment, depuis des années.

02.
DERNIÈRES NEIGES

La forêt était une multitude de crissements, de bruissements, pour qui y prêtait l'oreille. Fonte négligeable du petit matin, goutte-à-goutte, branches et troncs qui craquent et se fendent, cédant finalement après des mois de gelées, vent qui joue sur les glaçons suspendus aux branches et aux rochers telles les pampilles d'un lustre en cristal de Bohême. Puis, de temps en temps, la masse fraîche de la neige alourdie qui tombe d'un sapin, comme un sac de lest. Et encore, le froissement d'une aile, ou la fuite éperdue d'un petit animal, surpris dans sa quête de nourriture. Même les cristaux du manteau de neige semblaient vivants, fourmillant, recomposant sans cesse de nouvelles structures qui bruissaient à leur tour.

Tim Blackhills traversait cette symphonie glacée, jouée *mezza voce*, dans l'ahanement de son propre souffle. Il était une silhouette poussant sur les bâtons de marche, laissant derrière lui la trace des raquettes qu'il avait chaussées, comme une cicatrice sur la neige vierge. Présence humaine dérisoire dans un désert gelé, apparemment insensible à cette beauté, à la suspension de la vie et à sa perpétuation invisible. Pleinement à sa place, pourtant. Toutes les heures, il s'arrêtait quelques instants, et écoutait le déploiement de la solitude ouatée. Immobile, silencieux, il crachait une haleine glacée ; sa respiration, son rythme cardiaque se calmaient. C'était alors comme si le froid frôlant son épiderme, tentant de le transpercer, lui permettait plus que jamais de sentir la chaleur du sang dans chaque artère, veine, veinule du réseau de son corps. Il s'éprouvait vivant. La sueur semblait givrer sur ses tempes et dans son dos en dépit des vêtements techniques qu'il portait. Une constellation de gouttelettes gelées s'accrochait à ses cheveux broussailleux, comme les perles translucides d'un diadème.

Après avoir goûté l'impression de silence et ses foisonnements secrets, il reprenait, d'un bon pas.

À ce rythme, Tim finit par atteindre à l'aube les grands champs immaculés des hautes altitudes. Il entrait dans le domaine du désert alpin – nudité des espaces, exil de la faune, mort de la flore. Ici, il s'enfonçait presque jusqu'aux genoux en dépit des raquettes. Le manteau, stable, avait sans doute deux mètres de profondeur. La neige ployait chaque branche, s'accrochait à chaque anfractuosité dans l'écorce des derniers grands conifères noirs, solitaires, les ultimes qu'il croiserait avant le sommet du pic de Mémise – silhouettes droites, nues, dignes, comme des soldats d'arrière-garde demeurés sur les marches d'un empire défunt.

Il allait maintenant entamer la partie la plus rude de la pente, là où sur la carte les courbes de niveau se rejoignaient pour former un escalier. Il connaissait bien l'endroit pour avoir effectué la randonnée cinq fois – trois fois à l'automne dernier, et deux fois cet hiver.

Les chutes serrées des deux jours précédents annonçaient les dernières neiges. Ensuite, ce serait des pluies mêlées de givre, des giboulées, qui pendant deux mois rendraient précaire le manteau neigeux, et dangereuses ces virées solitaires dans le no man's land d'altitude. Aujourd'hui Tim avait une fenêtre météo de douze heures. Il avait préparé son matériel, de nouveau considéré les prévisions pour la journée, et il avait quitté le mazot en pleine nuit, à 3 heures du matin.

Il consulta sa montre altimètre : 8 heures. Il ne lui restait théoriquement que deux heures de montée avant le sommet, et il pouvait s'accorder le luxe d'une longue séance de guet, à la frontière entre les deux mondes alpins – là où la montagne de l'aube lui offrirait ses plus beaux spectacles d'aurore hivernale.

—

Il ne bougeait pas depuis plus d'une heure, protégé par les multicouches et les fibres, les membranes de ses vêtements en gore-tex, et finalement par la neige même dans laquelle il s'était enfoncé jusqu'à mi-corps, comme un Inuit surpris par le blizzard.

Ainsi, parfaitement immobile, presque invisible malgré le rouge de son blouson et de son sac à dos, Tim aperçut à la jumelle quelques oiseaux de proie, dont un vautour d'une envergure considérable, qui tournait, sans doute à la recherche de charognes. Il n'identifiait pas l'espèce. Était-ce le fameux gypaète, inconnu aux États-Unis, et dont il entendait parler depuis son arrivée en France ? Cet oiseau qu'on appelait aussi le « lanceur d'os » nichait, l'hiver, à la limite haute de la forêt, dans des grottes d'altitude. Celui-là était-il un sédentaire, ou un jeune nomade ? Plus loin, plus haut dans le ciel, un aigle guettait, depuis une poignée de minutes, le mouvement d'un lièvre variable sur la neige, ou peut-être même d'un simple campagnol. Les temps étaient maigres. Bientôt, en avril, les lapereaux et les marmottes sorties de leur hibernation prodigueraient de nouveaux festins.

Tim resta encore quelques instants les yeux levés vers le ciel, puis il balaya l'orée de la sapinière du regard. C'est alors qu'il le vit. Le dix-cors sortait de la forêt, d'un pas hésitant, s'aventurant dans l'espace vide, exposé. Que faisait-il si haut, sur le territoire des mouflons et des chamois ? Tim braqua ses jumelles dans la direction du cerf. C'était un élaphe d'un âge certain, à en juger par l'ampleur qu'avaient prise ses bois. Efflanqué par l'hiver, mais conservant la majesté de sa race, échine et poitrail orgueilleux, le grand herbivore avançait prudemment, s'arrêtant à chaque instant, avec cet air inquiet et cette impression de tristesse que donne parfois le motif brun presque noir qu'il a autour des yeux – on aurait juré qu'il était sur le point de pleurer. Sa bouche, légèrement entrouverte, exhalait une haleine glacé.

L'animal se dirigea vers un jeune épicéa, qui poussait au-delà de la forêt, et dont il allait probablement arracher des bouts d'écorce, précieux menu pour tenir jusqu'au printemps. Tim apprécia la légèreté de ses pas, sur la neige fraîche, en dépit de sa masse, de sa taille… exceptionnelle, cette taille, vraiment. Presque celle d'un élan.

Soudain il fut pris d'un doute.

Ce cervidé, aux mensurations trop impressionnantes pour être européen, était un wapiti ; sans doute un wapiti de Manitoba. Donc un mammifère d'Amérique du Nord qui n'avait rien à faire ici.

Tim sourit, agacé en même temps. À proximité de l'Institut, même dans ses randonnées solitaires, il n'était jamais sûr d'être seul. Si ça se trouve, le gypaète ou l'aigle étaient aussi des anthropes… Non. Il n'avait pas entendu parler d'oiseaux parmi leurs compagnons. Mais que faisait ce cerf américain en dehors des murs du domaine ? S'il ne se trompait pas, quelqu'un avait dû profiter de sa métamorphose, et de la brèche dans le mur, sous le col de Bénand, pour explorer la forêt alentour. Et l'anthrope imprudent sortait maintenant du couvert, un jeu risqué s'il croisait un fou de la gâchette, un braconnier.

Tim essaya de se souvenir si Flora et Shariff lui avaient

parlé d'un anthrope wapiti. Comment disait-on cela, en grec ? *Élaphanthrope* ?

À force de chercher son nom parmi les cerfs qu'il connaissait, une image lui revint : Véronique, la jeune femme-biche assassinée, scalpée sous ses yeux. Il tiqua, un rictus se figea sur son visage. Il se secoua et sortit de son abri de neige sans prendre de précautions. L'élaphe, alerté par ce bruit, tourna la tête vers lui, et, en trois bonds, regagna le couvert de la forêt. Tim allait monter jusqu'au sommet en une heure trente, finalement. Maintenant. En se mettant dans le rouge, comme on s'inflige une punition.

03.
HALLALI (L'ŒIL DU FAUVE, 2)

L'animal aux yeux d'un jaune pâle darda son regard sanglant sur le marcheur en gore-tex rouge. Des paillettes d'or foncé, brun, injectèrent ses pupilles de colère.

Cet intrus avait commis l'erreur de provoquer la fuite du grand wapiti, précisément au moment où il s'apprêtait à fondre sur sa proie, et la mettre en pièces.

La Grande Prédation.

Il sentait l'envie de sang bouillonner en lui, le désir de perpétrer ce massacre longtemps différé, maintenant programmé. Il avait tout organisé pour que la chasse puisse se produire, depuis des semaines. Il avait convaincu Silvio que son ambition de prendre le large était légitime, quoique risquée ; qu'il devait s'y abandonner, puisque c'était son instinct. Il n'avait pas dit à Silvio que lui aussi avait des instincts à satisfaire, des envies infiniment plus cruelles.

Juste avant sa métamorphose, le chasseur avait hésité, les deux comprimés orange dans la main. En aurait-il besoin, au dernier moment, pour passer à l'acte ? Il n'avait pas gobé le speed. Sa rage de voir sa proie s'échapper n'était donc pas le produit de l'étonnante chimie. Elle coulait naturellement dans ses veines. C'était le produit de sa nature, de son instinct.

Il n'aurait pas hésité une minute à tuer Silvio, même sans drogue, mais il n'en avait pas eu le temps. Le cerf avait décampé. Il serait revenu bientôt dans les limites du domaine. La chasse était remise de quelques semaines, pendant lesquelles il lui faudrait patienter, ronger son frein, et reprendre le travail à zéro, peut-être même en choisissant une autre proie. Tout était à recommencer.

Sauf si…

Les yeux dorés, étincelants de haine, suivirent le garçon en gore-tex rouge dont l'intervention venait de tout gâcher. L'alpiniste s'attaquait maintenant aux pentes de neige vierge qui ouvrent la voie nord du pic de Mémise. C'était un anthrope, lui aussi – aisé à reconnaître : le garçon, Timothy Blackhills, était un des trois enfants de McIntyre. Trois « proies », disaient-ils entre eux, en plaisantant à moitié. Mais celui-là, contrairement aux deux autres, était un grand carnivore, un superprédateur. Des « enfants », c'était le seul qu'ils dussent redouter. Le tueur aux yeux jaunes devrait peut-être les en débarrasser, *maintenant*. Ainsi, il mettrait à exécution sa décision de devenir, enfin, le tueur qu'il était. Mais saurait-il transgresser à ce point son reste de morale humaine, frapper non pas un autre animal, mais un semblable ?

Et s'il ratait l'attaque, que se passerait-il ? En dépit de ses crocs, de sa puissance, l'animal à la fourrure tavelée, au cou épais, à la musculature trapue était trop lourd sur ces terrains neigeux ; son approche serait fatalement repérée avant qu'il atteigne Blackhills. Que cachait le garçon dans son sac, outre ses jumelles ? Une arme ? Il avait l'instinct du tueur mais son intelligence d'anthrope l'avertissait : il décida de ne pas s'y risquer. Il avait le temps. Tant mieux, tant pis. La Grande Prédation aurait probablement lieu dans une lune.

À moins que…

Le chasseur changea encore de point de vue. Et si le wapiti s'était montré doublement imprudent ? S'il était juste parti se cacher quelques instants ? L'animal aux yeux jaunes dressa sa truffe, huma l'air, et reprit la trace du cervidé qu'il pistait depuis le cœur de la nuit. Sous les conifères, les empreintes indiquaient que Silvio avait cessé de courir, sitôt la forêt retrouvée.

En ce cas, tant pis pour lui.

PREMIÈRE PARTIE

ZOO

—

Les enfants de McIntyre

04.
UNE PROCÉDURE LÉGALE

Le professeur le regardait d'un air étrangement solennel, aujourd'hui : ironie ? Humour ? Affection ? Autre chose ? Shariff l'ignorait. Mais le samouraï ne doit pas chercher à percer à jour son daimyo[1]. Le samouraï doit attendre, les yeux baissés, même lorsqu'il se permet d'émettre un conseil.

– Je suis particulièrement content de vous voir, ce vendredi, Shariff. Je suppose que vous allez tenter de me convaincre, une fois de plus, que ma patience envers Paul Hugo est excessive…

– Oui, professeur. Cet homme est comme un serpent dans votre sein, il prêche contre la *supranoïa*. Vous le savez mieux que moi.

– En effet je le sais. Mais « Garde tes amis près de toi, et tes ennemis encore plus près », n'est-ce pas ?

– « Garde-moi de mes amis, je m'occupe de mes ennemis », répond le sage.

Le professeur sourit et fit un vague geste : *et cætera*, il ne comptait pas se livrer à un duel de citations, pas aujourd'hui.

—

En face de lui, le gamin aux yeux noirs plissa les yeux, indiquant par là qu'il comprenait le message. Il lissa dans

1. En japonais, féodal, seigneur d'un samouraï. Le samouraï combat pour et obéit à son daimyo. Le shogun, autre acceptation utilisée, est le général en chef.

un geste réflexe les cheveux qu'il portait longs désormais, enduits d'un gel « effet mouillé ». Ce style s'accordait avec l'arme de poing qu'il portait à la ceinture, un colt 45 Smith & Wesson que McIntyre l'avait autorisé à promener partout – pourvu qu'il soit déchargé hors du champ de tir de l'Institut. Shariff ressemblait à une caricature de gangster italo-américain, comme s'il était déguisé.

« Un gamin… » Un instant, quelques secondes encore, le professeur le considéra. Shariff avait changé. Il n'était plus le gamin insouciant, insolent et doctoral de naguère. Était-ce en raison de toutes ces règles d'arts martiaux qu'il suivait à la lettre, avec abnégation ?

Était-ce la conséquence, plutôt, de ce que Shariff avait vu, dans le bunker ? Probablement. McIntyre secoua la tête. Shariff était trop jeune pour avoir vécu cela. Puis il prit une chemise cartonnée de couleur bleue, la posa sur son bureau, la tourna pour que le garçon l'ait face à lui. Le professeur ôta ses lunettes, pinça son nez.

– Je voudrais que vous lisiez ceci.

– Qu'est-ce que… ?

Shariff ne termina pas sa question. Il venait d'entrouvrir la chemise et découvrait l'intitulé du formulaire administratif qui s'y trouvait. Il sentit une boule se former dans sa gorge, quelque chose d'infiniment contraire à la maîtrise.

– Il ne s'agit que d'une procédure légale, Shariff. Vos deux amis seront émancipés dans quelques semaines, et partiront quand ils le souhaiteront. Vous, vous êtes condamné à vous métamorphoser toutes les six heures, et donc à rester ici et à me supporter jusqu'à la fin de mon existence. Et je suis convaincu que vous ferez, un jour, un excellent directeur pour cet Institut.

La boule remontait le long du larynx, comme une angine qui bientôt l'empêcherait de parler.

– Vous êtes, bien entendu, totalement libre de signer ce

papier, sachez cependant que vous me feriez une immense joie, et un grand honneur, en acceptant.

– Et Brutus, vous y avez pensé ? *Tu quoque, mi fili*[1] !

Sur le bureau, devant Shariff, le formulaire était celui d'une adoption légale. Il portait le nom du père : Ronald McIntyre. Il portait le nom, présumé, du fils : Shariff McIntyre.

– Pourquoi étais-je sûr que vous utiliseriez précisément cette citation ?

La main du professeur venait de refermer la pochette cartonnée, et la faisait glisser encore plus près de Shariff. Message induit : prenez votre temps, réfléchissez… Il n'y a aucune urgence.

– Je doute de tout, Shariff, et ces derniers mois m'ont même obligé à me défier de certains de mes amis les plus anciens. Mais je ne doute pas de vous.

Le samouraï ne devait pas pleurer devant son daimyo, il ne devait montrer aucune faiblesse, c'était la voie de la modestie et de l'honneur. Mais il n'était plus en état de combattre, ni le sage de penser. Il sentit qu'il fondait en larmes.

En face de lui, l'homme qui lui donnait son nom avait les lèvres tremblantes ; ses yeux s'embuèrent, il retira ses lunettes dans un geste familier – son regard précis semblait vouloir ne jamais le quitter, enregistrer ce moment.

1. « Toi aussi, mon fils », mots attribués à Jules César, qu'il aurait adressés à Brutus rangé du côté de ses assassins.

05.
PROFITS ET PERTES

Le soleil hivernal déclinait déjà. Le café avait refroidi sans que Flora y touche. Nirvana en sourdine – précis, désespéré, bien meilleur que tous les groupes actuels qu'écoutaient les midinettes de son âge.

Hier et avant-hier, elle avait été chatte. Catwoman. Aujourd'hui, Flora Argento rattrapait le temps perdu ; elle était devant son Mac depuis des heures. La meilleure méthode pour faire du classement dans ses pensées – reprendre le fil de sa vie.

Elle restait les yeux rivés à son écran, circulant d'un fichier .doc à l'autre. Pour une fois, Catwoman ne piratait pas, ou alors, c'étaient ses propres synapses, son cortex, son cerveau et sa mémoire qu'elle avait mis en dérivation. Le journal intime *aka* le disque dur externe de son être intime. Mémoire, pensées, doutes, questions : c'est ainsi qu'elle réfléchissait, faisait le point, mettait à distance – l'écran comme miroir.

Le résultat n'était pas fameux. Ils n'allaient pas bien, tous les trois.

Bilan de l'histoire, donc. Profits et pertes…

Point positif *number one* : Shariff, Tim et elle étaient sortis vivants de la prison du bunker ; McIntyre aussi ; leurs geôliers, les *blackmen*, étaient à jamais hors d'état de nuire ; leur chef, le Taxidermiste, en charpie ; la menace avait disparu. Grand Chelem.

Point positif *numero due :* ils entretenaient désormais des liens filiaux avec le fondateur de l'Institut à en croire leur surnom – les autres initiés les appelaient en plaisantant « les enfants de McIntyre ». Ce qui signifiait qu'on leur foutait, dans l'Institut, une paix royale. Ce qui signifiait aussi que pour la première fois depuis la mort de sa mère, Flora pouvait avoir parfaitement confiance en un adulte. McIntyre était un homme bien, qui considérait ses « enfants » comme des interlocuteurs dignes de confiance, dignes de foi, dignes tout court. Un homme rare. McIntyre tenait ses promesses : Timothy Blackhills était désormais un mineur émancipé, libre de ses mouvements puisque l'enquête de police de Missoula l'avait dégagé de toute culpabilité dans l'accident du 2 juillet qui avait tué son frère et ses parents. La procédure d'émancipation de Flora aboutirait dans quelques semaines – son père démissionnaire avait enfin accepté de signer les papiers, elle pourrait bientôt aller où bon lui semblerait. Adulte, elle aussi, alors qu'elle aurait tout juste seize ans la semaine prochaine.

Point positif numéro trois : théoriquement, ce qu'avait fait Timothy Blackhills pour la sauver était une preuve d'amour, l'une des plus hautes ; elle-même, dans son cachot, avait compris comme une épiphanie qu'elle ne pourrait désormais plus vivre sans lui.

Libres. Autonomes. Sans menaces. Au milieu d'une « famille ». Maîtres d'eux-mêmes, de leur destin, de leurs métamorphoses. Amoureux.

Mais il y avait les dettes, aussi, l'autre partie du bilan que Flora connaissait trop bien. La poussière sous le tapis, les pertes, ce qui n'était pas soldé et dont elle devait acquitter le prix fort.

Les images : des dizaines de scènes, de « photos » virales, incrustées dans le disque dur de son cortex. On avait enterré décemment leurs ennemis, et brûlé toute trace de leur présence dans le blockhaus, mais ces neuf corps suppliciés demeuraient imprimés derrière sa rétine. Inoubliables.

La culpabilité : Tim ne se pardonnait pas, ne se pardonnerait jamais d'être devenu un assassin, fût-ce par amour. Et elle, en vérité, lui pardonnait-elle ? Si oui, pourquoi n'avait-elle pas refait un pas vers lui depuis ? Shariff disait qu'ils se séparaient, se quittaient progressivement, au lieu de se rapprocher... Et Shariff voyait très souvent juste.

Les silences : Tim et elle n'avaient jamais reparlé des meurtres du bunker. Ils ne le pouvaient simplement pas. Et pas davantage de ce qu'ils ressentaient l'un pour l'autre, ces raisons pour lesquelles Flora était prête, dans le cachot, à mourir pour lui ; celles pour lesquelles Tim avait pris tous les risques.

Les mensonges : Flora connaissait des secrets inavouables concernant l'accident du 2 juillet. Les parents de Tim étaient morts sur le coup, mais l'autopsie de Benjamin Blackhills laissait planer un doute : le corps du frère de Tim portait des mutilations et des traces de fluide animal qu'on devait imputer à un ours. *Ante* ou *post mortem* ? C'était toute la question... Après plus de huit mois de silence, Flora ne pouvait plus en parler à Tim. Peut-être aurait-elle dû le faire, dans la forêt, le jour de leur fuite. Mais ce jour-là, elle n'avait jamais pu retrouver le grizzly qui fuyait ses démons.

06.
GHOST DOG

– Tu fais le homard à quelle heure ? Tu veux qu'on se prévoie une petite séance, ce soir – relaxation, simulation, combat ?

Shariff secoua la tête en regardant Julien : pour une rare fois, la proposition du maître du dojo tombait mal. Il y avait cette chemise bleue, qu'il venait de poser devant lui sur l'une des trois grandes tables de la bibliothèque, à l'étage « Récits et mythes », ce dossier fermé qui l'hypnotisait, l'habitait, les documents d'une adoption… Aujourd'hui, Shariff ne se sentait pas d'explorer la science du kung-fu.

Le grand garçon mince aux muscles déliés, à la chevelure épaisse, noire, frisée, le considéra presque sévèrement.

– Quelque chose ne va pas ? Tu as l'air bouleversé…

– Yep… affaire privée. Mais je vais retrouver le chemin de la maîtrise.

– Bien. Je te le souhaite.

Julien ne plaisantait pas : il prenait très au sérieux la *supranoïa*, et la voie du samouraï – la droiture, le courage, la bienveillance, la politesse, la sincérité, l'honneur et la loyauté au shogun, les sept grandes vertus confucéennes du guerrier. Julien, d'ailleurs, ne plaisantait jamais. L'assistant de Kate, vétérinaire, infirmier et chimiste, était un type sympa, conséquent ; mais sans aucun humour. Il se comportait comme un frère aîné, à sa manière moins intime, mais plus attentive et exigeante que Tim. Il se montrait plus aîné que fraternel, sans doute. Et, pendant son temps libre, il était le maître du petit dojo de l'Institut qu'il avait créé à l'intérieur de son mazot, et où quelques anthropes s'entraînaient à la maîtrise en recherchant le geste parfait, la force contre la violence.

Julien désigna les trois amis de Paul qui étudiaient ensemble dans l'un des angles de l'immense salle du premier étage.

– Tu as vu ce qu'ils lisent ? s'enquit-il.

– Oui. Comme d'habitude, des bouquins sur la théorie des races, et d'autres sur la chaîne alimentaire. On ne les changera plus.

Un instant, Shariff se demanda si précisément aujourd'hui, face au raz-de-marée d'émotions qui l'avait submergé, il n'était pas opportun de se rendre au dojo. Kung-fu, style externe : la maîtrise des gestes, des postures, de la vitesse et de la technique, le bâton shaolin, les frappes à poings nus. Kung-fu, style interne : la maîtrise de la respiration, des énergies.

Mais non, finalement, il renonça à l'idée d'une séance avec son maître d'art martial. La culture physique, la maîtrise des armes (bâton shaolin, chaîne, sabre…) étaient devenus des palliatifs. Le professeur – son « père » ? – trouvait qu'il s'y adonnait avec l'excès des néophytes. Aujourd'hui, aujourd'hui du moins, il suivrait ses conseils.

—

Le homard évoluait dans son aquarium, à petits pas crissant sur le sable, expulsant un nuage de bulles plus fines que du champagne. Finalement, il vint se placer face à l'écran d'ordinateur, où les images défilaient. « Lire, relire, ruminer » disaient les anciens – quand il était crustacé, il ne pouvait tourner les pages des livres, faute d'en avoir des plastifiés qu'il plongerait dans son enclave aquatique et feuilletterait avec ses pinces. Mais maintenant que son esprit avait imposé la lecture aux connexions neuronales du homard, il choisissait ordinairement des extraits à contempler et à méditer pendant les cinq heures de plongée – des lignes qu'il connaîtrait ainsi par cœur. Des sagesses : le bushido, la voie du samouraï ; le *Hagakure*, l'art de la guerre, de la vie et de la mort.

En cette nuit d'adoption, pourtant, Shariff ne lisait pas. Il regardait un film sur l'ordi. Un film sorti l'année de sa naissance, que Flora lui avait téléchargé et qu'il se repassait en boucle depuis quelques semaines : *Ghost Dog*[1], méditation guerrière sur fond de vie nocturne, de hip-hop, d'armes à silencieux. Sur l'écran, un homme trop gros, un Noir, ami des pigeons, des enfants et des clochards, un tueur solitaire cultivait l'art du samouraï : Ghost Dog était d'une grâce et d'une efficacité irréfutables.

Dans son eau saumâtre, Shariff se récitait les dialogues. Il exécutait des mouvements d'une lenteur de danseur, avec ce corps qui ne s'appartenait pas. Comme l'homme du film, deviendrait-il un cerveau parfaitement armé, un fantôme de tueur, lorsque reviendrait la menace ? Ghost Lobster[2] ?

La menace, comme dans *Ghost Dog*, viendrait de ses anciens amis. Paul Hugo par exemple, qu'il appelait saint Paul il n'y a pas si longtemps, ou le maître de la bibliothèque. Mais Paul Hugo n'était plus au service de la *supranoïa*, cette maîtrise qui faisait de la conscience humaine la maîtresse, et de l'instinct le serviteur, il agitait des passions que le sage repousse d'un revers de la main. Paul Hugo travaillait depuis des mois contre le professeur. Bientôt, dans quelques semaines, Shariff serait prêt à le combattre, lui et ses disciples.

---

1. *Ghost Dog : la voie du samouraï*, film américain de Jim Jarmusch, 1999.
2. Homard fantôme.

En attendant, il devait d'abord s'occuper de ses amis. Il allait lancer l'offensive demain. Elle serait tranchante, intangible, comme une lame de katana[1].

1. Le terme katana sert à désigner l'ensemble des sabres japonais. Ceux-ci sont réputés être les meilleures lames du monde.

07.
LES GRANDS MOYENS

– Ça va, ma belle ?

–Tu rentres dans ma chambre sans frapper, là, t'es au courant ?

Elle avait répondu, le dos tourné, vissée à son clavier. Shariff jeta un œil : aujourd'hui, Catwoman faisait du Catwoman, du piratage en règle, ses deux ordis en ligne, des adresses IP défilant sur une carte satellitaire.

– Yep. Tu es enfermée depuis hier, et j'espérais te surprendre à moitié nue…

Les doigts continuèrent de frapper, au même rythme, sur le clavier. Traduction : tu es importun, là, gamin.

– J'apporte une invitation.

– Oui ?

– Mardi soir, pour ton anniversaire. Je ferai un tajine, un tajine-de-la-mort.

Flora se retourna vers lui, les yeux perçants.

– Un tajine-de-la-mort ? Il y a un problème ?

– Vous êtes le problème. Et je suis la solution. Tim a passé la journée d'hier dans la montagne, et toi devant ordi.

– Et ?

– Et à force de mettre tous les deux le couvercle sur vos traumatismes, un jour, ça va péter. Et ce jour-là, c'est moi qui ramasserai tous les petits morceaux, un ménage en grand, je te dis que ça. Sans compter que je m'ennuie, et que ton idylle avec Mister Grizzly patine…

– On en reparlera quand tu auras soigné ta mélancolie du homard, gamin.

Elle se retourna avec humeur vers son écran, et tendit son mug, à l'aveugle. Shariff l'emplit, il avait apporté une cafetière fumante.

– Alors ? Tu viendras ?

– J'ai le choix ? En attendant, Shariff, fais quelque chose, coupe tes cheveux !

– *Vade retro*, Dalila, répondit Samson.

—

La table du petit déjeuner était prête, quand Shariff vit Tim entrer, bronzé de la veille. Tim dormait de plus en plus tard, depuis quelque temps. Comme s'il cherchait à fuir ses colocataires, attendant pour se lever que Shariff soit parti à la bibliothèque. Tim n'allait plus chez McIntyre. Le professeur – son « père » – ne voulait pas organiser de séances d'hypnose, tant qu'il n'aurait pas surmonté le traumatisme du bunker : dix meurtres commis pour sauver ses amis de la mort. Mais guérirait-il sans hypnose ?

– Ah, tu es là... Où est Flora ?

– Ça fait deux jours qu'elle reste enfermée dans sa chambre. Elle boude... Nous nous sommes querellés, à propos de votre relation.

– Notre... relation ?

– Ouais, tu sais, Tim... La grande histoire d'amour qui devait embellir votre amitié, et qui n'arrive pas à décoller à cause des fantômes que vous traînez, l'un et l'autre.

– Et ça te regarde ?

– Un peu, jeune homme. D'une part, je sais parfaitement, en tant que homard, que j'ai peu de chances d'emballer Flora Argento ; alors je préfère qu'elle vive heureuse et ait beaucoup d'enfants avec un type comme toi, à condition que je sois le parrain de l'aîné, et des suivants d'ailleurs.

D'autre part, vous vous rendez malheureux et je ne m'amuse pas beaucoup à vous voir soupirer, les mots au bord des lèvres, depuis sept mois.

– C'est pour ça que tu passes ton temps à l'armurerie et au dojo, maître shaolin ? Pour te distraire un peu, pendant qu'on soupire ?

Shariff le regarda d'un air narquois.

– Remarquable tentative de diversion. Flora a essayé le même truc, tout à l'heure, en me parlant de ma supposée mélancolie… Vous en avez discuté entre vous, ou quoi ?

– Bien sûr, on a tenu un conseil de famille, pour savoir quoi faire de notre ado turbulent. On envisage la pension.

– Touché ! Et si on essayait plutôt d'affronter la réalité, tous les trois ?

– Tu radotes sans arrêt, Shariff. Quand tu cesses de nous bassiner avec les complots présumés de Paul Hugo, c'est pour nous parler de ça. Mais je te jure que j'essaye, et que je ne vois pas d'issue.

– OK… « Le langage est-il l'expression adéquate de toutes les réalités ? », Friedrich Nietzsche, mon pote. Essayons plutôt la cuisine… Je vais faire un tajine-de-la-mort, mardi soir, dans quatre jours. Pour l'anniversaire de Flora. Ça devrait coller avec les horaires de mes marées. Je vous invite. Et on en reparle. Bon, à part ça, tu as faim ?

—

Comme Tim l'avait prévu, il neigea pendant les deux jours qui suivirent son ascension du pic de Mémise, continûment. Une neige serrée, glacée, qui assombrissait les jours, compliquait chaque déplacement entre le Hameau et l'Alpage, et exigeait qu'on s'équipe pour aller au chalet principal, à la bibliothèque, ou même dans un mazot voisin.

—

N'importe quel chat noir et n'importe quel hacker savaient qu'il valait mieux rester chez soi par un temps pareil – devant sa cheminée ou son écran. Deux jours enfermée dans un chalet à la montagne pour un grand week-end avec son meilleur ami et son « amoureux », le tout s'achevant sur sa soirée d'anniversaire ; n'importe quelle fille de son âge aurait signé. Alors pourquoi sentait-elle monter l'inquiétude ?

Un tajine-de-la-mort ? La dernière fois que leur shaolin fou avait utilisé l'arme ultime, il avait fait voler en éclats toutes les défenses de Flora contre Tim – et il avait failli les séparer à tout jamais, tous les trois. Cette fois, que prévoyait-il ? Une thérapie de groupe ? Une explosion thermonucléaire ? Une séance de méditation transcendantale, avec mantras et kung-fu obligatoires ?

Flora se leva, ouvrit les volets. Cette maudite neige tombait toujours aussi dru. Pourquoi ne se sentait-elle pas la force d'aller trouver Tim, dans sa chambre, maintenant, de reprendre leur histoire là où ils l'avaient laissée – c'est-à-dire à deux doigts de mourir, quand elle s'était crue perdue et qu'elle avait compris que la seule chose qui lui coûtait, c'était de le perdre, lui ?

08.

WAPITI (ÉLAPHANTHROPIE)

Silvio Muller était un jeune homme d'origine austro-italienne, né à Vienne, qui avait grandi en Slovénie, pays qu'il avait quitté au moment des indépendances yougoslaves. Il avait commencé à Milan des études d'ingénieur en informatique, trop tôt interrompues.

Le jour de son décès, il était âgé de vingt-huit ans.

Il n'avait aucune idée de la date précise de sa première métamorphose, mais la situait aux alentours de son vingt et unième anniversaire ; pour meubler les souvenirs de ses six premières années de métamorphanthropie, il n'avait que des trous noirs, des black-out : il était absent à lui-même deux jours par mois, sans signe annonciateur. Ces absences l'avaient contraint à arrêter ses études, ruiné le moindre espoir de vie professionnelle, et compliqué sa vie affective au point d'en faire un chaos. Il était totalement seul, désemparé, lorsque son psychiatre milanais avait finalement contacté un spécialiste, le professeur McIntyre.

Durant ses absences, Silvio Muller, son patient psychotique, se « visualisait » dans une forêt profonde ; il se pensait à quatre pattes, au bord d'un ruisseau – c'étaient ses seuls « souvenirs » résiduels. S'agissait-il d'une zoopathie au sens psychiatrique du terme ?

Silvio Muller avait rejoint l'Institut six mois plus tôt. Verdict : élaphanthropie. Grâce aux dossiers et archives, il avait été aisé de déterminer sa *luxna*, les cervidés deviennent ce qu'ils sont aux quartiers de lune, le premier ou le dernier selon l'espèce. Dans son cas, c'était à l'apparition du dernier quartier, sept jours après la pleine lune, sept jours avant la nouvelle. Silvio et le professeur McIntyre ignoraient en revanche quelle avait été la morsure – comment ce jeune homme d'Europe du Sud, qui n'avait jamais mis les pieds en Amérique du Nord, était-il entré en contact avec le wapiti de Manitoba ? Le travail de mémoire, ou l'hypnose auraient sans doute permis de découvrir la vérité, si seulement ils en avaient eu le temps.

Silvio avait profité de l'intervalle entre chaque séance avec le professeur, pour mettre ses compétences à profit : il avait rejoint l'équipe de sécurité et de recherche informatique coordonnée par Mevlut Sukür. Son travail consistait à effectuer une veille sur les recherches réalisées par les psychiatres européens concernant la lycanthropie, tout en assurant la protection des données de l'Institut. On avait renforcé cette protection après l'épisode des chasseurs, de peur que d'autres groupes s'intéressent de trop près aux recherches du laboratoire dirigé par Kate Bidgelow. S'il avait disposé d'une ou deux semaines de plus, Silvio Muller aurait achevé la construction de pare-feu et d'autres protections élaborées qui auraient découragé la plupart des pirates informatiques – et qui faisaient doucement rigoler Flora Argento, *aka* Catwoman.

—

Le corps de Silvio Muller fut retrouvé le lendemain de la brève tempête, très vite après qu'on l'eut porté disparu et qu'on eut déclenché des recherches. Sous un manteau de trente centimètres de neige fraîche, son cadavre – ses morceaux épars – formait de simples irrégularités du terrain, des petits tumulus de neige, à peine des taupinières. On aurait pu passer à côté jusqu'à la fonte de printemps, mais par un hasard difficile à qualifier d'heureux, l'une des trois équipes de recherche avait pataugé dans ses restes, alors qu'elle longeait le mur d'enceinte du domaine, au niveau de la brèche sous le col de Bénand. La couleur vermillon sale qu'avait prise la neige avait alerté les secours.

Techniquement, Silvio était donc mort dans le domaine, sur le territoire de l'Institut.

L'équipe de Bjorn avait fouillé et quadrillé la scène de crime, pendant que celle de Marco bouclait un très large périmètre. On dégagea le corps avec précaution, sous la neige durcie par le gel, teintée de rouge. Le jeune homme avait été mutilé, démembré et dispersé sur une centaine de mètres carrés. La neige avait recouvert les traces de lutte, la fureur de l'assaillant et le froid polaire avaient fait le reste : il aurait été impossible au meilleur biologiste de dater le décès de Silvio, de préciser les circonstances de sa mise à mort, d'en déduire l'espèce de son agresseur. Le professeur avait néanmoins chargé Kate de recueillir, dans la plus grande confidentialité, tout ce qui pourrait ressembler à un indice et de réserver ses résultats au conseil restreint.

– De toute évidence, celui qui a fait cela est l'un des nôtres, Kate. Pensez-vous pouvoir procéder à des comparaisons d'ADN ?

– Cela supposerait des prélèvements au-dessus de nos moyens techniques. Si je retrouve des tissus appartenant à l'assaillant, je pourrai puiser dans nos bases de données… Mais rechercher de simples traces de fluides, avec cette neige qui a tout rincé…

– Essayez tout de même. Il me paraît difficile d'attendre plusieurs semaines ou plusieurs mois, avant de démasquer l'assassin qui se cache parmi nous. Et il n'est pas question d'avertir la police.

À cet instant, la plupart des résidents de l'Institut avaient déjà cette certitude : celui qui avait commis l'attaque était un grand carnivore, d'une taille et d'une puissance sans commune mesure avec celles de la faune endémique. Cela signifiait qu'un anthrope avait frappé, sciemment ou sous le coup d'une folie prédatrice.

—

– Tu crois que c'est une *infranoïa* ?

Shariff regardait Julien, qui réfléchit quelques instants. Ils étaient tous les deux dans le dojo, où ils discutaient, comme souvent, de la guerre en cours. C'était là que Shariff était venu trouver le maître de kung-fu quelques mois plus tôt, pour lui demander de l'initier. Pour trouver une voie nouvelle face à l'impuissance.

Julien avait compris. Il avait vu Shariff-le-homard en état de faiblesse très avancée, lorsqu'il s'était échappé du bunker et qu'il avait cru mourir, nu, asphyxié faute d'eau de mer. Julien avait fait partie des quelques-uns qui avaient accompagné Shariff dans la rébellion contre saint Paul, Bjorn, et leurs amis. Et Julien avait su que Shariff se présentait dans son dojo pour guérir. Parce qu'il ne voulait plus être impuissant, parce qu'il voulait se battre, dominer. Julien avait fait de lui un des siens, un disciple des arts du combat.

– Tu me demandes quoi, exactement, Shariff? Si c'est un anthrope qui l'a tué ?

– Non, ça, nous le savons tous. Je me demande à haute voix si c'est un accident… ou un meurtre.

Lorsqu'un anthrope initié perdait la maîtrise à laquelle il était patiemment parvenu auparavant, les membres de l'Institut parlaient d'*infranoïa* – littéralement, lorsque l'esprit est en dessous de lui-même, régresse et se perd, lorsque l'instinct animal reprend le pas sur l'âme et la conscience humaines. Dans les cas les plus graves, les initiés utilisaient volontiers l'expression « pétage de plombs ». Les psychiatres auraient préféré le terme savant de « décompensation », qu'ils emploient lorsqu'un schizophrène ou un psychopathe déconnectent, délirent ; et deviennent complètement OOC (*out of control*, en langage codé de l'Institut). Mais il n'y avait pas de psychiatre à l'Institut, la métamorphanthropie ne s'apparentait pas à une psychose, à une illusion, à un délire – elle était une réalité.

L'*infranoïa* s'avérait particulièrement effrayante pour des initiés qui avaient acquis la maîtrise (la *supranoïa*). Elle n'avait strictement rien à voir avec une décompensation, un pétage de plombs, ou un délire psychopathe : elle était juste une défaite provisoire de l'âme.

– Je n'en sais rien, Shariff, répondit finalement Julien. Tu es plus malin que moi, plus au fait de tout cela, et tu en parles davantage avec le professeur. La seule chose dont je suis sûr, c'est que l'ennemi a frappé, qu'il l'ait décidé ou non.

—

Tim vint trouver le professeur vers 19 heures : il avait des informations concernant Silvio Muller. Le wapiti de Manitoba se trouvait en altitude, sous le pic de Mémise, presque quatre jours auparavant.

– Cela m'a semblé imprudent qu'il s'aventure si loin du domaine, mais je n'y ai pas accordé d'importance… J'aurais dû vous le dire tout de suite.

– Cela n'aurait rien changé, Timothy. Chaque anthrope est libre de gérer ses métamorphoses comme il l'entend, y compris en prenant des risques. Ce que tu m'apprends nous permet de savoir que sa mort est intervenue après la matinée du 30, c'est-à-dire juste avant de reprendre forme humaine. Il s'apprêtait probablement à revenir, lorsqu'il a croisé l'un des nôtres, au niveau de la brèche…

Tim frissonna. Le ton du professeur ne laissait aucune place au doute.

– Avez-vous noté d'autres traces dans la neige, au cours de votre expédition de vendredi, Timothy ?

Le garçon secoua la tête.

09.
PARANOÏA (L'ŒIL DU FAUVE, 3)

En revenant chez lui, Tim éprouva une impression indéfinissable. La nuit était tombée, quelques flocons flottaient, agités par un vent froid venu du nord, suspendus longtemps dans l'atmosphère glacée. La neige étouffait tous les bruits, ses propres pas ; mais Tim eut, à deux reprises, le sentiment d'entendre quelque chose dans les buissons qui bordaient le chemin. La première fois, il pensa à un rongeur ou à un oiseau dérangé qui s'enfuyait à son approche. Mais il lui sembla étrange que l'échappée se renouvelle quelques instants plus tard. Et, pendant la dizaine de mètres qu'il lui restait à parcourir avant d'arriver au mazot, il ne put se défaire de la certitude inquiétante que des yeux le suivaient.

—

Le garçon en gore-tex rouge, Timothy Blackhills, avait fait son rapport à son maître, brave toutou discipliné. Le tueur aux yeux jaune doré s'était douté que cela arriverait, bien sûr, mais il ignorait ce que Blackhills avait réellement vu : seulement le wapiti de Manitoba, à l'orée de la forêt ? Ou bien un autre animal, un grand carnivore qui pistait le cervidé ? Avait-il pu l'identifier, ou repérer ses empreintes au retour, puisque le chasseur n'avait pas eu la présence d'esprit de brouiller ses traces ?

La majorité des anthropes, à l'Institut, n'étaient pas encore prêts à comprendre ce qu'il avait accompli : la

Grande Prédation. C'était une question de semaines, de mois… Pour l'instant, ils n'étaient que très peu, des initiés parmi les initiés, un cercle, à s'y préparer – et il avait été le premier à *savoir*. Les autres expérimenteraient bientôt, le temps était venu. Mais d'ici là, tous ceux de l'Alpage devaient rester groupés, accomplir l'un après l'autre cet acte, ce rite de passage qu'ils avaient décidé ensemble. Parvenir au degré suprême d'initiation. Ensuite, le pouvoir serait à portée de main ; la puissance était inscrite dans leur nature, dans leur hiérarchie, l'ordre des choses et des êtres.

Le garçon en gore-tex rouge risquait-il d'être une menace pour lui ? Allait-on identifier le prédateur du cerf élaphe ? Au moment de l'attaque contre Silvio, le chasseur était certain de ne pas avoir laissé sa signature sur les restes du cerf. Il avait tué en soumettant son instinct à son intelligence, il avait mis à sac et profané les restes humains, consciencieusement, pour que nul ne puisse reconnaître l'auteur de la prédation.

Comment savoir ce qu'avait vu le garçon en gore-tex rouge ?

La fureur et l'ivresse de l'assaut coulaient encore dans les veines du prédateur, comme de l'adrénaline. De la chimie organique. C'était une grande imprudence que d'avoir suscité une nouvelle métamorphose dans ce contexte, mais le chasseur en avait besoin pour retrouver les sensations de l'affût, les secondes délicieuses qui avaient précédé le meurtre.

Et cependant, il devait rester lucide : le moment d'une deuxième attaque n'était pas venu. Il devait guider les autres, ceux de l'Alpage. Si Timothy Blackhills l'avait identifié, il faudrait l'éliminer, très vite. On lui réglerait son compte. Il n'y avait plus d'obstacles à cela, plus rien qui l'en empêche : il avait atteint un stade supérieur d'évolution. Il était désormais parfaitement libre, dominant, dans une guilde gouvernée par les espèces supérieures.

10.
LE MASTIFF (CYNANTHROPIE)

– D'après les confidences que vous avez recueillies sur eux, pensez-vous possible que cette attaque soit délibérée, Matthew ?

– Silvio Muller faisait partie de la bande de Bjorn, mais restait en marge. Les carnivores le toléraient dans leur voisinage, sans plus... L'un d'entre eux a parfaitement pu apprendre la date de sa métamorphose.

– Selon vous, il s'agirait d'un meurtre planifié ?

– Je le crains, professeur... Et tous les grands carnivores de l'Institut appartiennent actuellement à la bande d'Hugo, sauf vous, Marco, Julien et Timothy.

Et sauf le grand chien mastiff, qui ne se considère pas lui-même comme un prédateur, un « grand carnivore », puisqu'il est domestiqué, songea McIntyre. Docile, dévoué, « fidèle comme un chien ». Le professeur sourit : il était parfois étonnant de constater combien certains anthropes ressemblaient à s'y méprendre à leur animal métamorphanthropique.

Le mastiff. Les légionnaires romains avaient fait sa connaissance autrefois, au cours de leur difficile invasion de la Grande-Bretagne. Ils avaient eu toutes les peines du monde à affronter ce molosse plus grand que tous ceux qu'ils avaient croisés jusque-là dans leurs conquêtes et dressés à l'attaque. Finalement vainqueurs, ils avaient utilisé des meutes dans leurs campagnes contre les Germains. Était-ce ce que faisait le professeur, aujourd'hui ? Détournait-il la sauvagerie potentielle de Matthew contre des ennemis encore plus dangereux ?

Oui, sans doute. Mais pas comme un dresseur. Comme un ami.

Il regarda le grand garçon dur, impassible, qu'il avait en face de lui. Énormes, hauts sur pattes, dotés d'une mâchoire si puissante qu'il faudrait un outillage professionnel pour leur faire desserrer les dents, et *dévoués*, les chiens mastiffs avaient été utilisés pendant vingt siècles, sur cinq continents, purs ou abâtardis, pour combattre l'ennemi, chasser le loup, saigner les visiteurs importuns, les braconniers, les esclaves… McIntyre ne pouvait s'empêcher de songer que l'expression « dévoué comme un chien » ne rendait pas compte, exactement, de Matthew Finnegan. Il fallait dire aussi : « dangereux comme un chien », « hargneux comme un chien », « mortel comme un chien ». Le rouquin attendait que son « patron » ait fini sa réflexion. « Silencieux comme un chien mastiff » ?

– Continuez, Matthew, je vous en prie… Vous avez une idée précise de la situation, je crois.

– Les carnivores dont nous parlons sont suffisamment anciens ici pour posséder une maîtrise parfaite de leurs instincts, à part Blackhills. Et nous savons que Timothy est innocent. Si on ajoute que les petits soldats de Bjorn déclenchent leurs métamorphoses grâce à des injections lorsqu'ils le souhaitent, sauf Ines, et qu'ils sont tous convaincus que l'heure des prédateurs est venue…

Matthew grimaça, explicite : son opinion était faite depuis longtemps, les « petits soldats » étaient prêts à tout. Shariff pensait de manière identique. Les deux meilleurs conseillers de McIntyre partageaient donc la même analyse.

– Vous me parliez de nouvelles informations…

– Oui. La première est une étrange coïncidence, directement en lien avec le meurtre. Les systèmes d'enregistrement de toutes les pièces rouges de l'Alpage ont connu un dysfonctionnement pendant deux jours, entre le 28 et le 30… au moment où l'assassin a accompli sa métamorphose pour aller tuer sa victime et revenir tranquillement.

Tous les « amis de Bjorn », le groupe de l'équipe de sécurité, habitaient dans l'Alpage : douze carnivores, douze « prédateurs », douze pièces rouges.

– Vous voulez dire que l'attaque aurait été planifiée avant même la métamorphose de Silvio et de son agresseur ? Ne pourrait-il vraiment pas s'agir d'un accident ?

Le mastiff faisait parfaitement la différence entre la sujétion à l'instinct, la pulsion de meurtre et le désir de tuer. Il faisait partie des huit initiés qui avaient commis des agressions mortelles contre leurs semblables humains, sous leur enveloppe animale, avant d'entrer à l'Institut.

Flash-back. Une nuit de novembre, il y a huit ans : un mastiff devenu fou dépèce deux jeunes femmes dans une ruelle d'Édimbourg sans que quiconque assiste au crime. Le surlendemain, Matthew Landen se présente à la police, s'accusant du meurtre de Fiona Webster et de Kathlyn Malone, deux étudiantes aux Beaux-Arts de Londres venues fêter leur récent diplôme dans leur ville natale. Le meurtrier ignore tout de ce qui s'est passé, mais il s'est *vu* les assassiner… Un cauchemar si réaliste qu'il a voulu en avoir le cœur net à son réveil, après plusieurs heures d'absence. Il s'est rendu sur le lieu de sa vision, et il a trouvé les deux cadavres ignorés de tous depuis quarante-huit heures…

En dépit d'une campagne féroce des médias contre le « monstre d'Édimbourg » ou « Matt the Ripper[1] », le tribunal conclut six mois plus tard à son irresponsabilité pénale, mais décide de le garder enfermé, cadenassé pour toujours, dans un hôpital psychiatrique de haute sécurité.

---

1. « Matt l'Éventreur », référence à « Jack the Ripper », tueur en série qui sévit à Londres à la fin du XIXe siècle.

Quatre mois plus tard, le « monstre d'Édimbourg » profite de la visite d'un psychiatre écossais vivant en France pour le prendre en otage, avec une arme introduite on ne sait comment, puis s'évader – et disparaître dans la nature.

Matthew Landen était le seul pensionnaire de l'Institut à avoir été « libéré » illégalement de l'hôpital qui le gardait emprisonné, le seul aussi qui avait dû changer d'identité pour rester ici. Mais selon le système moral de McIntyre, Matthew n'était pas responsable de ses actes – si bien que s'il apprenait la maîtrise, il n'y avait aucune raison de le garder sous camisole, derrière des hauts murs et des barreaux. Il n'était techniquement ni un psychopathe, ni un serial killer – il avait été un mastiff, c'est-à-dire un chien de guerre sélectionné avec soin. Matt the Ripper, Matthew-désormais-Finnegan n'était pas le seul parmi les anthropes à avoir commis l'irréparable pendant ses métamorphoses. Mais il était sans doute celui pour lequel le professeur avait pris le plus de risques. Et le mastiff ne l'oubliait pas, « dévoué comme un chien ».

Le chien de guerre du professeur réfléchit longuement. Puis, presque à contrecœur, il dit :

– Une *infranoïa* ? C'est possible, professeur. Rien dans ce qu'on m'a rapporté de leurs conversations n'indiquait que l'un ou l'autre s'apprêtait à passer à l'acte. Et puis, j'ai un peu secoué mon informateur cet après-midi. Il n'était apparemment au courant de rien ; il m'a donné quelque chose, en revanche, qui pourrait étayer la thèse de l'accident.

Matthew posa sur la table deux petits comprimés orange.

–Voici la deuxième information... Apparemment, ces pilules circulent parmi les fidèles de Bjorn depuis un moment. C'est le speed dont nous avions entendu parler au moment de l'accident des parents de Blackhills.

– La *Tiger Eye* ? Je vois... Paul est au courant ?

– Je l'ignore. Visiblement, c'est Bjorn qui fournit de la came à ses équipes. Ils disent que c'est un paramètre indispensable pour accomplir la Grande Prédation.

Le professeur demeura songeur un instant. Matthew connaissait l'ennemi comme personne, il avait un espion parmi les prédateurs : Faisal al-Nagdi lui avait appris que Paul Hugo possédait un compte secret, deux millions de dollars, dont on ignorait la provenance. Faisal lui avait expliqué en détail les discours des prédateurs. À force de les espionner, le mastiff connaissait par cœur le langage de l'ennemi. Dans l'idéologie de plus en plus précise et effrayante de Paul Hugo, la Grande Prédation, c'était cet instant où ses disciples deviendraient ce qu'ils étaient : des assassins. Des individus capables de tuer, y compris l'être humain, puisque c'était dans leur nature animale. Le moment où ils se libéreraient de tout ce qui empêchait l'expression de leur instinct.

– Je vois… En général, la drogue désinhibe. Et la *Tiger Eye* agit puissamment sur les pulsions de meurtre.

– En tout cas, le speed peut expliquer que l'un des prédateurs ait dégoupillé, mais pas qu'il ait su précisément où chercher une proie, ce jour-là… Ni qu'ils aient coupé les enregistrements vidéo deux jours plus tôt.

– Il y a une autre hypothèse, Matthew. Le seul qui a réellement besoin de cette drogue pour ressentir l'instinct du prédateur, c'est Paul lui-même.

« Fidèle comme un chien », d'une loyauté presque maladive, comme un loup pour sa meute. Matthew Finnegan était le chauffeur du professeur, son secrétaire, son garde du corps et son homme de main. Il se sentait redevable à jamais de sa libération, malgré tous les affranchissements prononcés. McIntyre le savait.

Il y a huit mois, lors de l'affaire du Taxidermiste,

Matthew avait ouvertement mené la rébellion contre Paul Hugo. Depuis cette fracture, le professeur lui avait demandé de superviser secrètement toutes les activités de sécurité de l'Institut, surveillant Bjorn qui était officiellement chargé de ce poste. Matthew s'était acquitté de sa tâche avec son efficacité habituelle : il avait retourné un espion au bout de quelques semaines, choisi parmi la douzaine de « prédateurs », comme s'appelaient aussi entre eux les douze de l'Alpage. Grâce à cet informateur, le professeur avait appris que son « ami » Paul venait d'acquérir un chalet dans un alpage voisin. Se préparait-il un refuge pour sa petite société, où il pourrait dispenser à loisir ses théories explosives sur la supériorité des espèces, la place dans la chaîne alimentaire et la valeur de l'instinct ?

À la limite, vu l'état de leur relation, McIntyre ne voyait plus forcément le départ d'Hugo comme une mauvaise nouvelle. Shariff disait qu'il fallait exclure les prédateurs. Matthew pensait qu'il était temps d'agir vite, fort, sans pitié. Qu'est-ce qui retenait le professeur ? Son ancienne amitié ? Le désir de préserver ce qui pouvait l'être ?

Matthew interrompit la réflexion de McIntyre en se levant.

– Il y a un dernier point, professeur, avant de vous laisser... Une autre information recueillie cet après-midi. Ma source chez les prédateurs m'a donné une piste, concernant l'argent dont disposent Paul Hugo et Bjorn... Entre eux, ils parlent de « l'argent de Kofer ». Je me suis rapidement documenté, et je n'ai trouvé qu'une seule personne correspondant à ce nom : Prince Kofer, plusieurs fois soupçonné de meurtre et de crimes de guerre. C'est un seigneur de la guerre, dont les mercenaires ont été impliqués dans une dizaine de conflits africains. Kofer a refusé de se présenter devant la commission Vérité et réconciliation, en Afrique du Sud, et le tribunal d'Arusha l'a jugé par contumace dans le cadre des exactions à l'est de l'ex-Zaïre. Aucune trace de lui, depuis. Officiellement, il a disparu dans une de ses opérations de guerre privée, ou jouit de ses dollars quelque part…

– Et officieusement ?

– Il a dirigé une société de mercenaire nommée ShylocK. Certains disent qu'il est encore à sa tête. D'autres qu'il s'est spécialisé dans le trafic d'armes et de drogues, dont il contrôlerait plusieurs plaques tournantes.

– ShylocK, vous dites ?

– Oui. Cela vous rappelle quelque chose ?

McIntyre secoua lentement la tête.

– Et donc ?

– Donc, je ne comprends pas… Si Kofer est l'homme qui fournit de la drogue aux prédateurs, il devrait encaisser l'argent… Pas le verser.

—

Lorsque Matthew Finnegan fut sorti, McIntyre resta un instant immobile à son bureau. Dévoué comme un chien, paranoïaque comme un dogue – Matthew s'était-il rendu compte qu'il lui avait menti ? Impossible de le savoir…

Le professeur ouvrit un tiroir, sortit un ordinateur portable, commença de fouiller dans les documents qu'il avait accumulés depuis des mois. Cet ordinateur-là n'était jamais relié au réseau interne de l'Institut, ni au Web. Et c'était là qu'il conservait les notes de sa propre enquête.

Recherche, mot clé : ShylocK

C'est bien ce qu'il redoutait : il y avait une connexion. ShylocK, société de sécurité, avait été mandatée à plusieurs reprises par la holding pharmaceutique AC Hemato Incorporated, pour sécuriser ses sites sud-afriains, et, récemment, le siège de sa filiale militaire, WarDogs, installée à Lausanne.

ShylocK, donc Kofer ? AC Hemato Inc., donc Clauberg, Aribert Clauberg, le magnat suisse qui détenait cette holding, l'un des hommes qui s'était le plus enrichi ces dernières années dans le commerce des biotechnologies et des médicaments. Depuis quelques mois, depuis qu'il avait trouvé l'information dans l'ordinateur du Taxidermiste, le professeur savait qu'Aribert Clauberg était également le mystérieux commanditaire des chasseurs. L'homme qui avait été prêt à payer une fortune pour les secrets de l'Institut. Cela avait coûté la vie à Véronique.

Depuis quelques semaines, McIntyre savait, grâce à Faisal, l'informateur de Matthew, que Paul Hugo avait récupéré environ deux millions de dollars sur un compte numéroté, dont ils avaient retrouvé la trace, et même les coordonnées bancaires.

Depuis quelques instants, McIntyre savait d'où venait cet argent. Kofer, l'employé de Clauberg, avait payé Paul Hugo.

Le professeur inspira longuement, puis décrocha son téléphone, malgré l'heure tardive :

– Paul ? Je dois te parler… Oui, maintenant.

11.
SUR TOUS LES FRONTS

– Je ne sais pas si c'est exactement le moment d'aborder le sujet, mais j'ai signé les papiers, professeur. Père… Papa McIntyre.

Shariff eut un sourire gêné et triomphant en même temps, petit garçon qu'il restait. Il sortit la pochette bleue qu'il avait pieusement conservée pendant ces deux jours, enfermée dans le secrétaire de sa chambre. Son secret, son identité, il ne les avait pas encore révélés, même à Flora et à Tim. Ce soir, peut-être ? On verrait. Ce soir, le programme était déjà chargé.

– Qu'importe le moment. Tu me procures une grande joie, Shariff.

Le garçon nota le passage au tutoiement. Il ne se voyait pas en faire autant. Son père restait le professeur.

– Et pour l'assassin, vous allez faire quoi ?

Son père ne semblait toujours pas comprendre l'ampleur du schisme. Son daimyo se contentait de demi-mesures : il convoquait un conseil restreint le lendemain soir, lorsque Matthew serait rentré d'une « mission à l'extérieur ». Il y proposerait de retirer le service de sécurité à Bjorn. Il avait signifié à Paul Hugo qu'il savait qu'une drogue circulait, la *Tiger Eye*. Son père commettait l'erreur de signaler à l'ennemi qu'il savait des choses sur lui, et il l'informait que la guerre était ouverte, au lieu de lancer l'offensive.

« Arrivez comme le vent et partez comme l'éclair », Sun Tzu.

– Ce qui s'est passé relève de la haute trahison, en plus du crime, père. Il ne faut pas attendre.

– Que veux-tu que je fasse ? Je ne peux pas avertir la police, et pour l'instant, c'est Bjorn et ses amis qui concentrent l'essentiel de l'arsenal de sécurité… Je dois d'abord le leur retirer, en douceur, avec le soutien de tous les autres initiés. S'ils sont décidés à tuer de sang-froid, je dois les désarmer avant, éventuellement, de les exclure.

– Comment pouvez-vous imaginer qu'ils vont vous déposer les armes ?

– Paul n'a rien dit qui semble indiquer le contraire… D'une façon ou d'une autre, je pense que cet assassinat l'a pris de court, lui aussi, et qu'il ne s'estime pas tout à fait prêt. À moins qu'il ait déjà choisi de quitter l'Institut.

– Il n'abandonnera jamais sa bibliothèque, père. C'est son grand œuvre, il ne partira pas sans elle.

– Alors, je dois désarmer ses amis, et ensuite, nous pourrons prendre une décision. Démocratiquement, Shariff.

Le shogun se trompait sur la nature de l'adversaire. On ne combattait pas les traîtres avec des procédures démocratiques, en respectant les règles. On les écrasait, comme les serpents.

—

Derrière les parois de l'aquarium, les images de *Ghost Dog* défilaient. Ghost Dog tuait ses ennemis, l'un après l'autre. Ghost Dog exécutait froidement les chasseurs de l'ours noir. Ghost Dog n'épargnait personne, aucun des « amis » qui programmaient d'éliminer son daimyo. Mais ce dernier le trahissait.

Le daimyo de Shariff, lui, n'était pas un menteur. Son père était sincère, mais naïf, plein d'illusions. Il pensait

pouvoir éviter une guerre, alors que cell
déclarée.

Le samouraï, que ferait-il ? Shariff voyai
de saint Paul lire et relire les mêmes ouvra
Gobineau, Stoker. Les douze de l'Alpage considéraient ceux du Hameau comme des *burakumin*[1]. Ils étaient donc des ennemis ; et Shariff devait éliminer tous les ennemis de son père, les uns après les autres, sans attendre aucun ordre. C'était sans doute la solution la plus satisfaisante. Son père n'aurait pas à donner les ordres qui lui répugnaient, il ne se salirait pas les mains et pourrait défendre l'intégrité des lois de l'Institut.

Puisque son seigneur devait rester immaculé, lui, le samouraï, se souillerait à sa place.

Ne restait qu'un problème, concernant cette décision : il n'était pas encore prêt techniquement. Il n'était pas encore l'homme qu'il voulait être, maîtrisant parfaitement ses armes et son corps, comme des prolongements instantanés de sa pensée.

Il allait donc devoir prendre des risques pour se débarrasser des ennemis de son shogun. Il y réfléchirait dès demain. Ce qui l'attendait ce soir concernait l'autre versant de la bataille : le front intérieur. Ses deux amis, à qui il devait sauver la vie. Cela exigerait là aussi du doigté, de la délicatesse et de l'audace, à défaut de balistique. Mais le homard avait une solution pour eux.

---

1. Les « gens du hameau », caste minoritaire dans le Japon médiéval, discriminée par les castes supérieures en raison d'une « souillure » présumée.

12.
TAJINE-DE-LA-MORT

Shariff regardait Tim et Flora avec malice, par en dessous, comme un comploteur.

– Alors, selon vous, c'est qui, l'assassin de Silvio Muller ? Bjorn ?

– Non, répondit Tim. Ou alors, ce type a des nerfs en acier trempé, et un timing de fou… Lorsque je suis revenu du pic de Mémise, je l'ai croisé dans la réserve. À cette heure-là, Silvio était mort depuis cinq heures, grand maximum.

– Ouais. Et moi, il me semble l'avoir aperçu en début d'après-midi à la bibliothèque, en discussion avec saint Paul, déclara Shariff. Ce qui lui laisserait vraiment trop peu de temps. Alors, qui ? Mevlut ?

– Bon, tu nous as invités pour jouer au Cluedo ? siffla Flora. Parce que dans ce cas, il fallait nous prévenir, on aurait cherché des indices sur le chandelier du colonel Moutarde, dans la véranda !

Elle venait de casser l'ambiance qu'il essayait d'installer, alors que Tim faisait semblant de rien. Pas douée pour les mondanités entre amis, la Catwoman… Stressée, peut-être, ne sachant pas ce que Shariff avait prévu. Peut-être n'avait-elle aucune envie de penser à ce meurtre, commis par un initié.

– Vu que c'est mon anniversaire, je propose que Shariff nous parle tout de suite de ses projets.

– OK, tu nous fais le coup de la fille insensible et revenue de tout. Comme tu veux, ma belle…

—

Shariff les observait, tous les deux, avec des yeux brillants, amusés, comme elle ne lui en avait pas connu depuis un bon moment. Cela faisait deux jours qu'il arborait cette mine, celle d'un garnement qui prépare un mauvais coup et s'en frotte les mains.

L'odeur qui venait de la cuisine était enivrante, le « samouraï » avait dressé le mezze, l'apéritif habituel, dans leur salon, tout était donc en place selon le rituel et la mise en scène qu'il avait certainement prévus. Il se passait quoi, maintenant ? Shariff posa sur la table basse le colt 45 avec lequel il jouait depuis une minute, le manipulant comme un musicien fait ses gammes. Tim la regardait, elle ; attentif, légèrement tendu. Craignait-il la suite, lui aussi ?

Il portait sa chemise à carreaux de montagnard, et le même pantalon que… Flora se souvint que la première fois qu'elle avait vu Tim, elle était assise exactement au même endroit. Il était entré, et elle s'était dit : « Merde. Il est beau. Fragile et beau. » Ou quelque chose de ce genre… Et aujourd'hui, qu'en pensait-elle ? Était-il toujours aussi fragile maintenant qu'elle connaissait son effroyable puissance de grizzli ? Était-il encore beau, malgré le sang versé ?

– Tenez, puisque Flora Argento, tout juste seize ans aujourd'hui, veut que nous évitions les circonvolutions préliminaires. « Le plus grand obstacle à la vie est l'attente, qui espère demain et néglige aujourd'hui », Sénèque.

Tel un prestidigitateur, Shariff avait fait apparaître deux boîtes minuscules en cuir rouge, qu'il leur présentait, dans ses deux paumes ouvertes. Deux minuscules écrins.

– Considérez cela comme un cadeau d'anniversaire pour Flora, à ouvrir à quatre mains. À vous d'imaginer l'usage que vous pouvez en faire…

Il avait un sourire publicitaire aux lèvres, on aurait dit

une réclame vivante pour un dentifrice. Elle fut la première à prendre l'écrin qu'il lui offrait, en haussant les épaules. Elle l'ouvrit, regarda sans comprendre, puis saisit entre deux doigts la bague qui s'y trouvait.

Tim, bien sûr, ne disait rien. Il attendait.

– Qu'est-ce que c'est ? demanda Flora au bout d'un moment.

– Ton cadeau d'anniversaire, je te l'ai dit… Savez-vous que dans son traité médiéval, Jean d'Outremeuse prétendait qu'on pouvait amollir toutes les pierres précieuses en les plongeant pendant plusieurs jours dans la graisse fondue et le sang d'un ours ? Toutes, sauf une : le diamant.

– Shariff, je répète ma question : qu'est-ce que c'est ?

– Une bague, ma belle. Un anneau d'argent sur lequel j'ai fait monter une variété de chrysobéryl que les gemmologues appellent « œil de chat », ce qui n'est pas sans intérêt. Comme tu le noteras, cette bague est un peu trop grande pour toi, elle a en revanche très exactement le diamètre de l'annulaire gauche de Timothy Blackhills, ici présent. Ça te parle ?

Flora leva les yeux vers Tim. Il tenait dans la main une bague, lui aussi, qu'il venait de sortir de son écrin. Elle brillait d'un éclat dur et blanc.

– Quant à cet autre anneau, il s'agit d'un diamant, le seul, je vous l'ai dit, qui résiste au sang de l'ours… Les croyances populaires européennes du XVIe siècle lui prêtaient également la vertu d'éloigner les fantômes et les animaux sauvages, un pouvoir qui peut s'avérer précieux à l'occasion… Sauf erreur, il a le diamètre de l'annulaire gauche de Flora.

– Et donc, Shariff, *one more time* : qu'est-ce que c'est ? Ou, si tu préfères : pourquoi tu nous offres ces bagues maintenant, en te gourant de destinataire au passage ?

– Je ne me suis pas trompé, Flora. « L'homme sage apprend

de ses erreurs, l'homme plus sage apprend des erreurs des autres », Confucius.

Elle essaya de ne pas perdre patience.

– Et donc ?

– Donc, je me suis dit qu'on allait tout de suite passer au dernier acte, celui où le gentil fiancé offre une bague à la jolie fiancée pour lui déclarer sa flamme, tu vois ? Parce que si j'attends que vous vous bougiez, on ne sifflera jamais la fin de la partie. Alors, hop, voilà. Je fournis les bagues et les pierres. Vous procédez à l'échange, vous arrêtez de vous regarder en chiens de faïence, vous vous embrassez, et…

Elle comprit enfin, entra en ébullition et explosa dans la même seconde.

– Putain, Shariff ! Tu t'imagines que tu peux nous forcer la main comme ça, et que la vie se passe comme…

– Flora, attends, il…

– Tais-toi, Tim !

Tim s'était levé, l'air grave et emprunté, le minuscule anneau d'argent surmonté du petit diamant au bout des doigts. Visiblement, il ne savait qu'en faire. Flora sentit une colère gigantesque monter, qui avait besoin d'éclater, qui allait la faire crier ou pleurer comme une madeleine, un raz-de-marée... Et elle ne voulait pas se contrôler. Il s'imaginait quoi, le Shariff ? Que les semaines de bilans, d'hésitations, de doutes et toutes les questions se réglaient simplement comme ça, en balançant deux écrins ? Quand il le décidait ? Comme il le décidait ?

La voix de Flora fut railleuse, méchante ; c'était sa seule parade pour éviter de hurler :

– Et donc, simplement parce que tu nous les fournis, on va faire l'échange des bagues, et tout sera résolu comme ça, d'un claquement de doigts ?

– Flora, Shariff a…

– Ouais, toi, Tim, tu as oublié de m'offrir un cadeau, et

Shariff, lui, s'est dit que la vie pouvait se passer comme dans les séries télé à deux balles, et qu'il suffisait d'y penser… Des bagues, bon sang, mais c'est bien sûr ! Pourquoi on n'y a pas songé plus tôt ? Qu'est-ce qu'on est con, des fois !

– Il a cru que…

– Arrête de prendre sa défense, Timothy Blackhills… Parce que je te préviens… Je te préviens…

Brutalement, sa colère changea du tout au tout, de motif, de destinataire, d'objet et de raison ; et les mots qu'elle prononça allèrent plus vite que sa pensée.

– Je te préviens… Tu fais ce que tu veux, mais si tu ne m'offres pas ce diamant maintenant, après, il sera trop tard…

– Flora…

– Trop tard pour nous, Tim…

Sa voix disparut dans un murmure, et elle fondit en larmes de rage.

—

– Flora. Tu veux bien que je t'offre ce diamant, comme cadeau d'anniversaire. Maintenant. Et à jamais ?

– Ta pierre, ça résiste au sang d'ours, hein ? Et moi, ce truc que je dois te donner s'appelle un œil de chat, c'est ça ?

Flora pleurait toujours, doucement, sans hoquets. Mais elle lui tendit la main gauche, et il y passa l'anneau d'argent surmonté du minuscule solitaire.

– *Mazel tov !* Vive les mariés ! Champagne ! applaudit Shariff en sortant une bouteille qu'il avait planquée sous la table basse.

– Les enfants en bas âge ont le droit de boire de l'alcool, ce soir ?

– Je veux, je l'ai acheté en contrebande, sur le compte de

Tim ! Et ce soir, même les filles au caractère de phacochère ont quelque chose à fêter. Bon, tu lui offres ta bague, toi aussi, ou tu te la gardes pour une meilleure occasion ?

Pour la première fois depuis que Shariff avait sorti les écrins, Tim vit Flora sourire dans ses larmes. Ses yeux brillaient, mais ce n'était ni de colère, ni de tristesse. Elle secoua la tête, l'air incrédule, puis prit l'écrin ; il tendit la main, paume ouverte pour recevoir la bague mais Flora secoua de nouveau la tête, cette fois en signe de dénégation. Elle dit :

– À ma façon…

Puis elle retira la fine chaîne d'argent qu'elle portait autour du cou, y glissa la bague en pendentif. Tim pencha la tête en avant, elle lui passa la chaîne autour du cou, la ferma sur sa nuque. Dans le mouvement, il vit le diamant briller sur la main gauche de Flora. Shariff, goguenard, regardait la fille-chat inventer sa propre cérémonie. Elle se tourna vers lui.

– Et t'as prévu quoi, ensuite, Shariff ? La robe de mariée et les grandes orgues ?

– Mieux que ça, ma belle… Beaucoup mieux… Un tajine-de-la-mort.

13.
CARACAL (LUNXANTHROPIE)

Que se passait-il chez l'ennemi ? Ils se déchiraient ? Ils s'affaiblissaient ? Ils régressaient ? Le samouraï ne comprit pas le sens de l'*infranoïa* qui se produisit le lendemain de la cérémonie du tajine. Mevlut Sukür, responsable en second de la sécurité, chargé notamment de tous les enregistrements vidéo et de l'informatique, était un fidèle de Bjorn. Un abruti, dangereux, soit, mais aussi un garçon maître de sa lunxanthropie. Mevlut était un caracal d'Asie, un animal des steppes désertiques, sa présence dans les Alpes françaises était donc une pure aberration ; cependant, le « lynx du désert » n'avait montré jusque-là aucune difficulté d'adaptation à cet environnement climatique et biologique très inhabituel pour lui.

Comment avait-il pu péter les plombs comme ça ?

– Il a oublié de revenir dans la pièce rouge, à la fin de son épisode… C'est Marge qui nous a prévenus.

Marge était la meilleure amie de Mevlut, elle partageait son mazot (et parfois son lit, disaient certains commérages). Elle était, elle aussi, l'une des douze de l'Alpage. Shariff avait des fiches sur chacun d'eux. Marge était une chienne, lorsqu'elle le décidait. Chienne d'attaque façon dogue argentin. Carnassière.

– Les gars de Bjorn ont retrouvé Mevlut, à poil, dans la neige. En état d'hypothermie avancée…

– Il est au dispensaire ?

– Oui. Kate s'en occupe. Sa température interne était à

34 °C au moment où on l'a retrouvé… Mais elle est optimiste, elle devrait réussir à le sauver.

Julien parlait toujours de sa directrice avec admiration, voire avec un soupçon de tendresse. Mais la chasteté comme la modestie sont la voie du samouraï.

– Tu imagines ce que ça signifie ? Si Mevlut a dégoupillé au point de devenir barge, il aurait pu tout aussi bien…

– Oui, Shariff. Mais j'ai vérifié : au moment de la mort de Silvio, Mevlut était à son poste et y est resté pendant vingt heures d'affilée. Marco était avec lui. Ce n'est pas lui l'assassin.

– OK, mais je ne sais pas si c'est une bonne nouvelle. Ils pètent les plombs les uns après les autres.

Il n'y avait rien d'autre à faire que de se préparer.

—

Ce soir-là, comme convenu, le conseil restreint fut réuni. Kate, Matthew, Anja et Paul Hugo siégeaient autour de McIntyre. Le nouvel épisode d'*infranoïa*, pour bénin qu'il parût, ne venait que confirmer l'intuition du professeur : l'épidémie de « décompensations » chez les prédateurs anthropes de l'Alpage représentait un danger réel pour les pensionnaires de l'Institut.

Il évoqua devant le conseil une partie seulement de ses soupçons. Officiellement il creusait la piste d'une drogue amphétamine, la *Tiger Eye*, qui avait circulé un an plus tôt aux États-Unis. Elle désinhibait ses consommateurs au point que, sous le coup de la colère, ils se livraient à des actes criminels – des meurtres au cours desquels ils se prenaient pour des prédateurs. Les stups américains avaient imputé à ce speed la mort d'une trentaine de personnes, après dix-huit épisodes criminels, suivis pour huit d'entre eux d'un suicide. Sur les dix autres meurtriers, neuf étaient sous les verrous et un n'avait pas été retrouvé, mystérieusement évaporé – ou mort, dans un coin inconnu.

Sept mois après, on ne trouvait plus aucune trace de faits divers impliquant la *Tiger Eye* aux États-Unis, ni ailleurs en Amérique. On ne l'avait jamais signalée en Europe, mais les flics de la DEA avaient rassemblé suffisamment d'éléments pour être certains que la drogue arrivait de Suisse, via l'aéroport de Lausanne, soit à quelques dizaines de kilomètres de l'Institut. Se pouvait-il que le psychotrope, ou un autre produit similaire, vendu chez des dealers locaux, expliquât la répétition des accidents ? Il avait de bonnes raisons de le penser. Matthew hocha la tête.

– Je n'ai aucune envie de surveiller qui fume ou consomme quoi, poursuivit le professeur. Mais je dois convoquer un conseil élargi afin d'avertir tous nos pensionnaires des risques qu'ils courent et font courir aux initiés.

– Et s'ils en sont conscients et choisissent de le faire, Ronald ? demanda calmement Paul Hugo.

– Dans ce cas, nous verrons, Paul. C'est en effet une possibilité, que j'ai envisagée. Suis-je surpris que tu l'évoques ? Pas vraiment. Il me semble que tu connais beaucoup mieux que moi ceux chez qui surviennent ces troubles…

– Tu insinues quelque chose, Ronald ? Tu me soupçonnes de…

– Je n'insinue rien. Nous en avons déjà parlé au téléphone, à mots couverts. Tes troupes sont en train de jouer avec le feu, je pense qu'elles utilisent une drogue potentiellement mortelle. Et j'imagine que tu es au courant de leurs motivations, répugnantes à mes yeux. J'estime donc que les décisions que nous devons, désormais, prendre à ton endroit sont des décisions collectives.

McIntyre se détourna de Paul Hugo pour s'adresser aux trois jeunes gens qui composaient également le conseil :

– D'ici là, je propose au conseil restreint de voter sur-le-champ le dessaisissement des équipes de sécurité actuelles, qui seront remplacées par d'autres initiés moins impliqués dans les récents événements que les douze de l'Alpage. Et je demande que les armes qui sont à la disposition des initiés soient enfermées dans la réserve jusqu'au conseil élargi, sauf extrême urgence décrétée par un conseil restreint. Qui accepte cette proposition ?

Trois mains, en plus de celle du professeur, se levèrent. L'« ami Paul » n'avait pas dit un mot. Ils n'échangèrent pas un regard, avant de se séparer.

—

À la surprise de Shariff, Matthew Finnegan ne fut pas nommé responsable de la sécurité, en remplacement de Bjorn, lors du conseil de guerre restreint. Ce fut Marco Cassano qui reçut cette charge. Mesure de neutralité apparente, de la part du fondateur de l'Institut ? Calcul habile ? Shariff ne put que s'incliner devant la finesse tactique de son père : contrairement à Matthew, Marco Cassano avait longtemps été un intime de la bande de l'Alpage. Il avait suivi Paul Hugo dans sa prise de pouvoir provisoire, et avait partagé ses vues concernant l'utilisation des capacités anthropiques, pendant la guerre contre les chasseurs. Il tenait le guet devant le bunker avec Bjorn et ses amis lors des événements dramatiques de la nuit du 18 août.

Peu après cet épisode, Marco avait manifesté d'importantes divergences de vues, qui l'avaient rapidement séparé des prédateurs. Certaines informations recueillies par Shariff laissaient entendre que ce revirement était dû au spectacle du blockhaus, Marco avait participé au « nettoyage ». Il aurait compris devant les restes des chasseurs que la condition anthropique pouvait être une malédiction autant qu'un don, qu'il s'agissait de manier avec la même prudence que de la nitroglycérine.

Depuis cette « trahison », Marco paraissait fiable. Il n'avait cependant pas quitté les équipes de sécurité ; il y était détesté par les prédateurs, disait-on, qui lui menaient la vie dure. Quand ceux de l'Alpage surent que c'était lui qui allait désormais coordonner le service, il dut y avoir des sarcasmes, des sourires narquois.

Julien raconta au samouraï les visites qu'on fit, le jeudi 5 avril au matin, dans chacun des mazots des douze de l'Alpage, et auxquelles il avait pris part. Certains avaient mis plusieurs dizaines de minutes pour retrouver les armes qu'ils gardaient chez eux – mais grâce à la patience et au silence ferme de leurs visiteurs, dûment mandatés par le conseil restreint, il n'y eut aucun incident.

Le moment le plus tendu eut lieu dans le chalet de Bjorn. Paul, qui s'y trouvait déjà lorsque Julien et Marco s'étaient présentés, leur facilita les choses, en demandant à Bjorn de rendre son fusil.

– C'est une erreur qu'ils font, Bjorn, une lourde erreur, évidemment... Ronald ne tardera pas à s'en rendre compte, et tu retrouveras tes responsabilités, je t'assure.

À bien y songer – et Shariff ne faisait que cela, hors de l'entraînement –, ces paroles apparemment conciliantes pouvaient aussi sonner comme une menace.

—

Mevlut-l'humain-revenu-des-ombres resta quelques dizaines d'heures entre deux mondes, avant que les médecins de l'Institut parviennent à le faire basculer du côté des vivants. D'après le récit qu'il livra à son réveil, une fois redevenu humain il avait erré pendant des heures dans la neige, égaré, revenant plusieurs fois sur ses propres traces ; il s'était effondré, épuisé et transi, quelques minutes seulement avant que l'équipe de secours le retrouve, par miracle. Kate Bidgelow vint trouver McIntyre trois jours après l'*infranoïa*, pour mettre en cause le récit de Mevlut-l'amnésique. Selon elle, quelque chose avait dysfonctionné dès le début : si on en croyait les traces suivies pour le retrouver, le caracal avait saigné quatre mammifères en soixante-douze heures, ce qui indiquait une forme anormale d'agressivité, une férocité sans rapport avec ses mœurs habituelles… Ni le lynx d'Asie à son état natif, ni Mevlut lors de ses précédentes métamorphoses n'avaient eu un comportement aussi aberrant.

Le professeur ordonna à Kate et Julien de faire de nouveaux prélèvements sur le garçon. Recherche de substances toxiques, recherche de stupéfiants, recherche de traces d'alcool, de drogue… Puis, il ajouta :

– Cette frénésie meurtrière est typique de la *Tiger Eye*. Bjorn ne m'a pas rapporté la découverte des quatre proies tuées par Mevlut pendant sa métamorphose. Observez la même discrétion vis-à-vis de lui et de Paul Hugo, concernant les examens que nous entreprenons.

14.
HYÈNE (HUAINANTHROPIE)

Quand son père le mit au courant des discussions, le surlendemain du conseil, Shariff commenta :

– Vous n'auriez pas dû révéler à Paul que vous saviez, pour la *Tiger Eye*. « Une armée sans agents secrets est exactement comme un homme sans yeux ni oreilles », Sun Tzu.

La guerre de l'ombre, celle des informateurs infiltrés, des espions, des confidences entre deux portes, était comme un jeu de go – ou d'échecs. Elle supposait qu'on dissimulât le plus longtemps possible les informations dont on disposait, parce que les mettre à jour revenait souvent à perdre ses sources, à les griller.

– Écoute, Shariff, je crois que le moment est venu de faire la lumière sur cette affaire... Je ne peux pas prendre le risque de laisser les prédateurs consommer ce produit en ignorant les risques, et je ne sais pas si Bjorn ou son maître les ont prévenus de ses effets.

– Ouais... Avec Julien, on se disait qu'en un sens, cette histoire de came était une bonne nouvelle.

– Il t'en a parlé ?

– Non, c'est moi. Je sais que c'est hautement confidentiel, mais vous m'aviez dit qu'il était au courant. Et pour résumer, voilà ce qu'on en pense : s'ils ont besoin d'une drogue pour lever les résistances de leur esprit humain contre le meurtre, c'est qu'ils ne sont pas encore tout à fait perdus...

– À moins que... À moins qu'une seule personne parmi eux ait réellement besoin de cette drogue pour expérimenter ses pulsions de meurtre. Il y a quelque chose que tu dois savoir, Shariff. À propos de Paul.

—

Le lundi 9 avril, Shariff sut qu'il avait eu raison : il ne fallait pas divulguer le nom de ses informateurs. En le faisant, au cours du conseil restreint, son père venait de provoquer la contre-attaque des douze.

Quinze heures après la fin théorique de sa huainanthropie, Faisal al-Nagdi fut découvert, gisant dans son sang, derrière les barreaux de sa pièce rouge. Personne dans l'équipe de sécurité dont il faisait partie ne s'était alarmé de son absence – par duplicité ? L'eût-on fait qu'il aurait, de toute façon, été trop tard.

Pour comprendre ce qui s'était produit, Shariff demanda à Flora de récupérer les vidéos du système de surveillance, qui enregistraient en continu le déroulement des métamorphoses dans les pièces rouges de l'Institut. Sur les images, Faisal apparaissait d'abord très énervé, ou peut-être ivre, cependant maître des événements. Il se dévêtait, entrait dans la cage, faisait deux ou trois fois le tour de son cachot souterrain et consultait fébrilement sa montre en chantonnant des airs incohérents. Puis il installait un volet devant l'ouverture que Faisal-la-hyène utilisait pour sortir. Cloîtré volontaire. Enfin il fermait la cage, juste avant que la métamorphose ne survienne. L'animal qui sommeillait en lui ne ressortait que lorsqu'il s'injectait son propre sang.

Ce que montraient ensuite les enregistrements numériques, c'était Faisal-la-hyène devenant fou, se jetant sur sa cage, et se mordant cruellement comme le font certains grands fauves capturés, lors de leurs premières heures de captivité – plutôt la mort que la prison. Il se ruait sur le volet d'acier pour le faire céder, encore, encore...

—

C'était toujours une expérience fascinante d'assister à la transformation d'un humain en mammifère prédateur. Le déroulement en était trop rapide, trop bref pour que le regard saisisse les changements biologiques. Le résultat paraissait incroyable : l'être humain n'était plus. L'animal ne pouvait raisonnablement être son double. On concluait plutôt à un trucage grossier, comme si l'image avait sauté et qu'on l'avait superposée à une autre, tournée dans les mêmes lieux. McIntyre avait visionné des centaines de ces épisodes. Mais, une fois de plus, il ne pouvait se détacher du spectacle de la vidéo. La métamorphanthropie conservait sur lui son pouvoir de la fascination, magique ou démoniaque.

Après qu'ils eurent consulté toute la bande, Kate, Anja, Marco et McIntyre en conclurent que Faisal s'était lui-même mutilé au cours de sa métamorphose. Mortellement. La fin de l'enregistrement le montrait agonisant, baignant dans son sang, mais s'acharnant malgré son affaiblissement à trouver un passage, une issue – jusqu'à ce que l'hémorragie ait raison de lui. Interminable, cruelle lenteur des derniers instants, des ultimes soubresauts. Ni les cris rauques, ni les glapissements de Faisal n'avaient averti ses colocataires. La métamorphose et la crise du charognard n'avaient duré que vingt heures, un temps suffisant pour que les lésions soient mortelles.

Julien assistait Kate pendant l'autopsie. Il découvrit des traces de thé dans le sang de Faisal. Quant aux résidus de drogues chimiques, il en retrouva à des taux tellement impressionnants que le speed aurait pu le tuer, par overdose, sans provoquer une crise de démence.

Kate appela aussitôt McIntyre. La concertation fut brève. Le professeur marmonna :

– De l'herbe, bien sûr… Et la *Tiger Eye*.

– J'ignorais que ce speed pouvait engendrer des comportements suicidaires.

– Il ne s'agit pas d'un suicide, Kate. Les quantités et la concentration d'amphétamines sont tout à fait anormales, même pour un consommateur régulier. Je crois qu'on a aidé Faisal à perdre la tête… Julien, pensez-vous qu'il soit possible d'obtenir de tels résultats en surdosant un seul comprimé d'amphétamine ?

– C'est possible, oui, professeur. Mais dans ce cas, le type qui a fabriqué ce comprimé l'a fait pour tuer, ou pour rendre fou.

—

Rageur comme un chien d'attaque.

– Ils ont dû découvrir que Faisal était mon informateur, professeur. Parce que nous leur avons dit que nous savions pour la *Tiger Eye*.

– Et comme par hasard, cette fois, personne dans l'Alpage n'a prévenu de son absence… Je sais tout cela aussi bien que vous, Matthew. Je crois que l'heure est venue d'exclure définitivement Paul et ses amis. Écoutez-moi…

McIntyre révéla au mastiff ses découvertes successives. Dans l'ordre : le commanditaire des chasseurs était Clauberg, le patron de la principale société de biotechnologies suisse AC Hemato Inc. ; cette holding possédait une filiale militaire, WarDogs, qui employait notamment la compagnie de sécurité créée par un seigneur de la guerre.

Ce dernier, Kofer, avait versé de très importantes sommes d'argent à Paul Hugo et à ses amis. Plus quelques faits troublants, quelques coïncidences : ShylocK travaillait à Lausanne, la police américaine savait que la *Tiger Eye* partait de là – une connexion ? Kofer trafiquait de la drogue, les prédateurs achetaient de la drogue, de la *Tiger Eye* – une autre connexion ?

McIntyre résuma les soupçons.

– Nous pouvons supposer que l'argent versé par Kofer vient de Clauberg. Nous pouvons supposer qu'il a été versé contre quelque chose de très précieux, qui vaut deux millions de dollars, et peut-être également plusieurs sachets d'amphétamines… Nous pouvons supposer qu'il s'agit de ce que Clauberg voulait acheter au Taxidermiste : les cinq disques contenant toutes nos recherches et que Paul voulait nous empêcher de livrer aux chasseurs, à tout prix… Pour mieux les vendre ?

Concentré comme un chien d'attaque : Matthew ne semblait pas lui en vouloir une minute d'avoir dissimulé jusque-là ces informations. Il les enregistrait, les analysait.

Le professeur conclut :

– Nous pouvons supposer tout cela, mais nous avons besoin de preuves, Matthew. Très vite. Et nous ne les trouverons plus ici, puisque l'ennemi a éliminé notre taupe.

– Qu'avez-vous décidé ?

– Vous allez partir à Lausanne cette nuit, pour repérer le terrain et chercher des éléments attestant que Paul est acheté par Clauberg via Kofer. Des preuves convaincantes, décisives, que je suis prêt à obtenir par toutes les voies possibles, y compris illégales. Pendant ce temps, je vais préparer d'autres pistes de recherche.

15.
CONSÉQUENCES TACTICO-STRATÉGIQUES

Sur le front extérieur, le samouraï suivait dans le détail les dernières évolutions médico-criminelles de l'Institut. Il avait demandé à Flora de pirater le système vidéo en circuit fermé, pour lui fournir les images d'autres pièces rouges, comparer l'attitude de chacun des douze au moment des métamorphoses. Il avait obtenu de Julien des confidences concernant le surdosage de speed. Il avait compris que Faisal était la taupe de son père.

Depuis lors, Shariff s'entraînait au dojo et Ghost Homard méditait dans l'eau saline. Le professeur semblait enfin décidé à faire éclater au grand jour la duplicité et les immenses responsabilités de Paul Hugo. Mais l'homme ne partirait pas, il n'abandonnerait jamais sa bibliothèque, fût-ce après un vote unanime du conseil élargi contre lui. Et si Hugo ne se retirait pas sans combattre, il fallait le combattre pour qu'il se retire.

Le samouraï serait prêt quand son père aurait besoin de lui.

Sur le front intérieur, sa stratégie semblait fonctionner : les raisonnements les plus simples triomphent souvent dans l'art de la guerre, pourvu que leur but soit limité, clairement défini à l'avance. Le tajine-de-la-mort avait été une bataille-éclair, foudroyante comme une embuscade. Le mouvement de rupture qu'il avait déclenché avait détruit les premières lignes de défenses de Flora et Tim. Il avait provoqué une brèche, et désormais, par un effet domino, les bastions derrières lesquels ses deux amis se protégeaient avaient toutes les chances de tomber les uns après les autres. L'objectif (limité et clairement défini à l'avance) de cette tactique culinaro-gemmologique de guerre-éclair était de remettre du mouvement là où chacun s'était figé. Le reste ne le regardait plus.

Lui n'avait aucun avenir, condamné au perpétuel présent des perpétuelles marées.

Quelquefois, Shariff songeait que le monde, l'Institut, son daimyo et même ses amis ne le méritaient pas. Mais le samouraï ne doit pas donner libre cours à ce genre de pensée. La voie du samouraï est l'audace, et l'humilité.

—

Disons qu'ils se donnaient encore du temps. Un peu. Disons que ce qui devait se produire et qu'ils savaient irrépressible allait s'épanouir dans les jours qui viendraient. Ils ne s'étaient pas embrassés, pas encore. Ils se frôlaient, se respiraient, se regardaient sans cesse, mais ne s'étreignaient pas, comme pour reculer encore l'heure exquise, et mieux la goûter d'avoir été différée, joyeusement attendue.

Flora ne jouait plus aux bilans, profits et pertes sur son Mac. Cela avait été un moment, une forme de suspension – mais ce n'était plus d'actualité. À dire vrai, elle ne jouait plus à grand-chose d'autre qu'à voir Timothy Blackhills le plus possible, pendant des heures et des jours entiers, et chaque fois comme à l'improviste. Et quand elle s'en échappait, pour pirater un peu afin de garder la main, la sensation de l'anneau à son doigt parasitait son pianotage sur le clavier. Elle voyait le petit diamant briller à son annulaire gauche, et ce spectacle la ramenait au seul impératif qui fût : voir Tim, de nouveau.

Elle fermait son ordi. Elle allait frapper à la porte de Tim qui, « comme par hasard », était là, et semblait surpris de sa visite. Comme s'il ne l'attendait pas, comme s'il n'avait pas remis à plus tard tous ses projets de courses en montagne, toutes ses activités extérieures, depuis des jours.

Voir Tim. Parler à Tim.

– Tu te serais décidé, sans Shariff ? Tu crois que tu te serais décidé un jour, Timothy Blackhills ?

– Et toi, alors ? Je te signale, puisque c'est l'heure des reproches, que tu as attendu qu'on t'offre une bague pour enfin me passer la corde au cou.

– Et moi, je constate que tu n'avais même pas prévu de cadeau pour mon anniversaire. Ce qui s'appelle une faute de goût.

– Bon, tu veux ton cadeau ? Dès que la neige aura fondu, je t'emmène faire de la vraie montagne, Flora. On se prend trois jours, et on va faire un ou deux sommets... Et cet été, on attaque le mont Blanc.

– J'ai le choix ?

– Pas exactement. Qui m'aime me suive.

– D'accord, on fait tout ensemble, désormais... Ça veut dire que je dois t'apprendre à pirater ?

– Ça veut dire que je vais te sortir de tes ordis. À un point que tu n'auras même plus la tête à regarder un écran. L'ivresse des sommets.

– Il va falloir que tu sois drôlement convaincant, Timothy Blackhills. Fascinant, même. Tu te sens à la hauteur ?

—

Il la regardait rire, de nouveau libre, comme lorsqu'ils

s'étaient rencontrés tous les deux. Mais cette façon d'être vivante prospérait sur autre chose que des mensonges ou des omissions, cette fois. Tim savait ce qu'était Flora, ce qu'elle devenait, ses secrets, ses hontes et ses peurs ; il connaissait toutes les existences de Catwoman, les neuf vies du chat. Flora savait tout de lui, elle aussi, elle l'avait vu en tueur, en assassin, elle avait craint de finir sous ses crocs.

Et pourtant, Flora croyait en eux, au point qu'il pouvait pour la première fois s'autoriser lui aussi à le faire. Ne plus songer au passé, aux meurtres. Ne plus rester hanté par la nuit du 2 juillet, et ses mystères que McIntyre refusait de réveiller, ni par la nuit du 18 août, et ses vérités crues, horribles.

« Flora t'aime, elle t'ouvre sa porte, son sanctuaire, son cœur, son âme. Flora Argento, la fille pour laquelle tu étais prêt à croire de nouveau à la vie, croit à la vie avec toi. »

Quel obstacle restait-il à la joie ? Des détails. Des circonstances. Il manquait une occasion parfaite, pour la prendre dans ses bras, au bon moment, prononcer quelques mots rares ou ne rien dire, et faire de ce premier baiser une telle évidence qu'il en demeurerait un souvenir aussi éthéré et précis qu'un rêve. Et s'ils le rataient, eh bien, ce serait mieux la deuxième fois, la troisième… Ils avaient devant eux une infinité d'occasions de se dire combien ils s'aimaient, et d'apprendre ensemble l'art des circonstances. Cela ressemblait à une promesse de bonheur.

– Tu crois qu'on devrait en parler à McIntyre, Flora ? Ça le regarde peut-être…

– Tu veux dire qu'on doit lui demander l'autorisation ? Tu es majeur, et je suis presque émancipée, tu n'as qu'à attendre ma libération pour demander officiellement ma main, en gants beurre frais.

– Non, je ne te parle pas d'autorisation… Mais c'est une

information de première importance, qui pourrait changer son avis à propos de tout le reste.

– À propos de l'hypnose par exemple ? Tu penses encore devoir résoudre ta culpabilité, rapport à la nuit du 2 juillet, Tim ?

– Je pense que je suis prêt à savoir, désormais.

16.
LOUVE (LYCANTHROPIE)

Le 18 avril, huit mois jour pour jour après le carnage du col de Bise, il se produisit un événement que Shariff aurait pu prendre pour une *infranoïa*, mais il ne fut pas dupe. Il comprit immédiatement qu'il s'agissait d'autre chose. Une tentative de meurtre, dont la conséquence serait irrémédiable. La rupture de la guerre froide.

L'événement eut lieu au cours de la métamorphose d'Ines Minguez. La jeune femme, trentenaire, se transformait en louve (lycanthropie) lorsque advenait la pleine lune, durant environ une nuit et un jour. Elle le devait à l'attaque d'un loup gris, errant et probablement enragé, dans la sierra de Culebra, en Espagne, lorsqu'elle avait vingt-quatre ans. Les services hospitaliers de Zamora avaient soigné en urgence la rage que l'animal lui avait transmise – mais ils n'avaient rien pu faire contre le destin que cette morsure avait amorcé. Au cours des mois suivants, à son insu, puis, les souvenirs affleurant, à son corps défendant, elle avait été impliquée dans trois incidents très graves contre des humains, dont l'un avait entraîné des séquelles irréparables chez deux jeunes enfants qui avaient eu le malheur de la croiser, alors qu'elle traversait l'une de ses premières métamorphoses, totalement OOC. Ces deux enfants avaient été défigurés, lacérés, et on pouvait se demander, à voir les photos publiées dans la presse, si le fait d'être encore en vie était une heureuse issue pour eux. Mais Ines Minguez n'avait pas succombé à la fièvre du sang.

Peu à peu, elle avait compris qu'un mal étrange la rongeait, un mal qui dégénérait en crises mensuelles et entraînait des black-out au terme desquels elle se retrouvait systématiquement nue, très loin des endroits habités qu'elle connaissait. Elle avait découvert qu'en trois occasions, des êtres humains avaient été victimes d'attaques de carnivores – on parlait de chiens errants, de molosses, de loups gris enragés – à proximité de son immeuble, précisément pendant ses pertes de mémoire. Les cauchemars avaient commencé peu après, hantés par les mêmes visages ensanglantés qu'elle avait vus, en couleurs, sur les photos de presse. Dans ses cauchemars, les visages ensanglantés étaient en noir et blanc, comme voient les loups. Et ils hurlaient…

Shariff le savait parce qu'il avait réussi, avec Flora, à court-circuiter certains entretiens que les douze avaient passés avec son père, lorsqu'ils n'étaient pas encore « les anthropes de Paul », lorsqu'ils cherchaient encore la vérité, et la maîtrise.

Les confidences d'Ines révélaient une vraie force d'âme : sans oser croire que la rage, et moins encore une éventuelle malédiction, puisse être la cause de ce qui lui arrivait, Ines avait appris à se méfier de ses absences mensuelles. Elle avait compris qu'il lui fallait déserter la ville à chaque pleine lune, disparaître pendant deux ou trois jours, s'éloigner le plus possible des autres humains. Elle avait aussi envisagé de s'enterrer vivante dans une institution psychiatrique, ou – ce qui à ses yeux était identique – d'en venir au suicide plutôt que de continuer à perdre le contrôle d'elle-même. Elle ne voulait plus lire dans la presse des horreurs dont les réminiscences l'effrayaient. Finalement, après des années de black-out successifs, elle avait trouvé seule le chemin de l'Institut de Lycanthropie.

Le samouraï approuvait, admirait aussi la démarche de la jeune femme, sa recherche de la maîtrise. Ines Minguez vivait depuis quatre ans à l'Institut, et, désormais, parvenait à la *supranoïa*; elle sortait de sa pièce rouge sans représenter un danger pour elle ou pour autrui.

Le jour de l'*infranoïa*, vers la tombée du soir, alors que la neige avait fondu et ne restait que par plaques en altitude, rendant périlleux les derniers névés mais permettant de circuler en 4 × 4 dans les bourbiers entre le Hameau et l'Alpage, une louve grise attaqua Kate Bidgelow. L'animal solitaire se jeta sur la docteur en biologie et en médecine au moment où elle sortait du labo pour se rendre à son mazot. Le carnivore, dissimulé dans un fourré, agit exactement comme s'il attendait sa proie, prêt à se jeter à sa gorge – une technique de chasse très inhabituelle chez le loup, qui ordinairement traque en meute, harcèle ses proies, et les épuise avant de les mettre à mort.

L'assaillant se comporta comme le font les individus isolés car touchés par la rage. Cependant, il montra une exactitude et une coordination impeccables dans son attaque, loin de l'ataxie qui caractérise les animaux malades et qui les fait souvent manquer leur cible. Et rien dans son aspect n'indiquait une contamination rabique – la louve ne présentait pas l'écume aux babines, ni les sécrétions lacrymales, ni les convulsions des muscles faciaux, caractéristiques des enragés.

Kate ne dut son salut qu'à un réflexe remarquable : plutôt que d'essayer de saisir l'animal qui se jetait sur elle, elle protégea son cou de ses deux mains plaquées comme si elle avait voulu s'étrangler. On constaterait plus tard qu'elles étaient cruellement entaillés. L'animal avait cherché à l'égorger, il l'avait attaquée pour la tuer.

– Je l'ai entendue crier, raconta Julien. Heureusement, je n'avais pas encore quitté le labo, et je suis sorti en courant avec un bâton de ski…

– Dès lors, la louve n'avait pas une chance, sourit Shariff.

– Pas une, non…

Julien ne cillait pas, toujours aussi sérieux. On ne fait pas d'humour à propos de combats au bâton ou à propos de la supériorité d'un shaolin.

– J'ai d'abord frappé au museau pour qu'elle s'écarte, puis j'ai piqué ses flancs, superficiellement, mais de telle sorte qu'elle s'est enfuie. Je suis certain de l'avoir blessée, elle a laissé une traînée de sang. J'aurais pu la tuer si je l'avais voulu.

– Mais tu ne l'as pas fait, approuva Shariff.

L'infirmier-chimiste avait relevé Kate, dont les mains ensanglantées exigeaient des soins rapides. Blessures sans gravité cependant, pour la victime – comme, d'ailleurs, pour l'assaillante. Kate avait immédiatement identifié qu'il s'agissait d'un *Canis lupus signatus*. Et elle savait qu'il y avait une seule lycanthrope à l'Institut. D'après le calendrier lunaire, elle prévoyait le retour d'Ines pour la nuit suivante. Après qu'on eut soigné ses mains, et qu'on lui eut fait une injection antirabique par prudence, Kate avait ordonné qu'on prépare dans la partie hospitalière de son labo le matériel et les médicaments pour les soins que pourrait nécessiter chez Ines la riposte de Julien : piqûre antitétanique, compresses… Elle avait laissé ses consignes à une équipe chargée d'assurer la veille médicale.

– Vous ne l'avez pas chassée ? demanda Shariff.

– Non, regretta Julien. Ordre du professeur. Il a eu peur qu'une louve blessée, en *infranoïa*, soit trop dangereuse pour les équipes de Marco, ou pour elle-même. Il a simplement demandé qu'on mette la pièce rouge d'Ines sous surveillance en attendant son retour.

– Ce n'est pas une *infranoïa*, Julien. Une louve blessée est certes dangereuse, mais Ines n'était pas OOC. Elle a choisi de tuer Kate, j'en suis sûr.

– Moi aussi. Mais c'est le professeur qu'il faut convaincre.

—

– La guerre est déclarée, père. Vous devez les frapper maintenant, tant que nous avons encore la force du nombre avec nous. Dès cette nuit.

– Même si tu as raison, que penserais-tu d'un homme qui agirait ainsi, de nuit, sans consulter personne, Shariff ?

– D'ordinaire je penserais qu'il agit en tyran mais, dans ce contexte, je penserais qu'il agit en général, en shogun.

—

– Où est Matthew, professeur ?

– Il a dû s'absenter, Kate. Pour une affaire dont vous n'imaginez pas l'urgence. Comment vous sentez-vous ?

– Comme quelqu'un qui aurait dû mourir, et qui n'a pas envie de vivre comme un mouton. Marco est là, il attend vos ordres.

– Faites-le entrer. Dès que Matthew reviendra, nous réunirons le conseil restreint. Et nous fixerons la date du prochain conseil élargi. Vous ne vivrez pas comme un mouton, Kate. Nous allons chasser les loups qui sont dans la bergerie.

17.
AVEUGLEMENT

L'amour rend parfois aveugle, sourd, égocentrique. Alors que tout l'Institut savait qu'une louve du parti de Bjorn et de Paul Hugo avait tenté d'égorger la directrice de son laboratoire, Flora et Tim l'ignorèrent jusqu'au lendemain. D'autres événements les occupaient, plus intimes. Ils avaient passé la journée à discuter, encore et encore. De l'avenir, cette fois :

– Tu étais sérieuse, quand tu disais que tu partirais dès que possible ?

– Plus sérieuse que tu l'imagines… On s'en va dès que je suis émancipée. Dans trois mois, Tim.

– *On* ? Tu m'emmènes ?

– Tu me laisserais partir sans toi ? Nous nous sommes liés, Tim, tu te souviens… ?

Elle montra la bague, à sa main.

– Inséparables.

– Et si je te demandais de m'attendre, le temps que je règle mes questions sur la nuit du 2 juillet ? Jusqu'à ce que le professeur me laisse faire une séance d'hypnose ?

– Si tu me demandais de t'attendre, je réfléchirais. Et si c'était à propos du 2 juillet, je te répondrais : « Non, barrons-nous. » Ton passé ne doit pas nous empêcher d'avancer, Tim…

– Et si je ne sais pas faire sans ce passé ? On a un avenir quand même ?

– C'est un raisonnement à la con. Il faut tout reprendre à zéro, monsieur Blackhills. Désormais, tu dois te dire :

Puisqu'on a un avenir, sûr et certain, dois-je oublier ce passé ? »

—

Flora ne saurait dire, plus tard, comment ils s'étaient retrouvés enlacés alors qu'ils parlaient dans sa chambre depuis des heures. Rien n'avait annoncé l'incident, pas davantage ce soir du moins que lors des deux semaines précédentes. Ce fut comme l'avènement d'une minute inéluctable, qu'elle avait attendue, imaginée, si bien que lorsqu'elle survint, elle ne la vit même pas arriver.

Elle sentait la force de Tim, qui la serrait, l'étreignait. Elle voyait les yeux de Tim, très près des siens, si proches, d'une précision, que son regard avait une intensité, une luminosité stellaire. Elle prit entre ses mains ce visage qu'elle aimait plus que tout, et qu'elle trouvait presque étrange en si gros plan. Chaque battement de cils la frôlait comme l'aile d'un papillon, cette créature qui engendre les ouragans. Elle sentit l'ouragan dans son ventre.

Elle vit qu'il ouvrait la bouche :

– Flora, je…

Tim n'était pas doué pour les déclarations, ni les aveux, or un mot était capable de tout gâcher. Flora décida qu'il était temps de se taire, de le faire taire.

—

Tim sentit quelque chose se poser sur ses lèvres avec la douceur d'un frôlement.

Les lèvres de Flora avaient cet ourlé, cette délicatesse, cette chaleur que seule la peau la plus fine peut recéler.

La tête lui tournait. Leurs dents se choquèrent. Il eut des cheveux de Flora sur les lèvres. Ce baiser était raté, sans doute, techniquement. Mais il était parfait.

—

Un peu plus tard, cette nuit-là, Flora lui caressa la joue, et le regarda, tendrement grave.

– Désormais, je veux que tu connaisses tous mes secrets ; et moi, j'ai déjà vu le pire et le meilleur en toi, dans le bunker.

– Tu pourras oublier ?

Flora frissonna : les images ; les cris ; les odeurs.

– Oublier ? Impossible… Mais je t'aime comme tu es, grizzlyman. Je t'aime avec le fauve qui est en toi.

Combien de fois avait-elle prononcé ces paroles, en pensée ?

18.
UNE OPTION

Ines Minguez se présenta au chalet principal, hébétée, le lendemain de l'agression. Elle avait une plaie et trois bleus de la taille d'une pièce de deux euros sur le flanc gauche. Elle présentait en outre de sévères engelures aux pieds, et aux doigts : elle s'était retrouvée nue dans la forêt, en pleine nuit, à quatre kilomètres du Hameau, et était rentrée à son mazot sur l'Alpage dans le noir, en état d'hypothermie avancée.

Elle affirmait ne conserver aucun souvenir de sa métamorphose, ni des raisons pour lesquelles elle n'avait pas regagné sa pièce rouge avant la fin de l'épisode.

Quand Ines apprit qu'elle avait attaqué Kate et tenté de la saigner comme une brebis, elle parut choquée. Elle refusa toutefois de se prêter à quelque analyse toxicologique que ce soit. On se contenta donc de lui faire une injection antirabique et de soigner les lésions.

—

– Kate était une cible déterminée à l'avance, professeur. Et vous êtes sans doute le prochain sur la liste. Ils se sentent invulnérables.

Furieux comme un pit-bull, mauvais comme un molosse. On était jeudi 19 avril. Matthew Finnegan venait d'apprendre ce qui s'était passé la veille. Il s'en voulait manifestement d'arriver en retard comme les carabiniers.

– Je sais, Matthew… Ils vont probablement essayer de forcer le destin avant le conseil du 28 avril, parce qu'ils savent qu'ils sont minoritaires. C'est une course contre la montre. En attendant, qu'a donné votre mission à Lausanne ?

– Il y a très peu d'indices. Nous pouvons fouiller le système informatique d'AC Hemato et de WarDogs, mais je suppose qu'Hugo a reçu l'argent de Kofer en liquide et qu'on ne trouvera pas de trace de virement.

– Je demanderai à Flora de vérifier.

– Argento ? C'est une gamine.

– C'est la meilleure, et vous le savez, nous le savons tous. Quelles sont les autres options ?

– Faire parler un des deux cerveaux. Kofer, ou Clauberg. Sous la contrainte. J'ai étudié cette possibilité…

– Vous parlez d'un enlèvement, si je vous suis bien… L'enlèvement d'un des plus importants patrons suisses, protégé par des mercenaires surarmés, ou du chef de ces mercenaires, un criminel de guerre avéré. Et nous n'avons qu'une semaine pour mettre ce projet à exécution et extorquer des aveux à notre victime ?

– Oui, professeur.

– Eh bien, cela me semble être une excellente idée. Quand partons-nous ?

L'homme à la veste de tweed et aux fines lunettes d'acier s'était levé. Il ouvrit un tiroir de sa bibliothèque et en sortit un revolver chromé.

19.
LE SHOGUN

Vendredi 20 avril, 14 heures, conseil de guerre parallèle. McIntyre avait réuni Marco, Julien, Kate et Matthew sous le prétexte d'une réunion de coordination de la sécurité. Les quatre adultes dont il était sûr, ceux qui avaient défendu sa vie et ses idées neuf mois plus tôt, lorsqu'il était enfermé dans le bunker. Et avec eux, Shariff. Son fils.

Il expliqua brièvement la situation : la trahison d'Hugo, la nécessité d'obtenir des preuves avant le conseil, le projet d'enlèvement.

– Vous… Vous voulez enlever Aribert Clauberg ? Physiquement ?

– Oui, Kate. Matthew et moi y avons réfléchi, nous pensons qu'il sera plus facile à faire parler que Prince Kofer…

– Vous allez… ?

Kate regardait le professeur avec sidération, comme si elle ne comprenait pas ce qu'il lui disait. Elle devait essayer de faire coïncider les mots avec ce qu'elle savait de son mentor. Cela résistait.

– Vous voulez kidnapper cet homme et le faire avouer sous la contrainte ? Le torturer ?

– Non, Kate, pas de torture. Nous comptons sur la peur de Clauberg… Malheureusement, Paul ne nous laisse pas d'autre choix.

Kate secoua la tête. Incrédule, toujours. Elle avait rejoint le laboratoire quelques jours seulement après son entrée à l'Institut, douze ans plus tôt ; McIntyre l'avait initiée. Elle était sans aucun doute la plus brillante de tous les scientifiques du domaine – en ce sens, elle représentait la somme de savoirs humains la plus étendue concernant cet étrange phénomène qu'on appelle la « métamorphanthropie ». Universitaire, elle avait validé deux thèses d'État à Paris et à Florence, essentiellement par correspondance, en biologie moléculaire et génétique appliquée. Ses travaux avaient soulevé l'admiration des chercheurs qui étaient censés la parrainer, et qui s'étaient trouvés à sa remorque – elle avait des années, des siècles d'avance sur eux, concernant l'évolution du vivant, grâce à sa connaissance de la métamorphose.

Kate connaissait parfaitement McIntyre. Il avait été pour elle un guide, toujours soucieux de respect, de liberté, et doué d'une patience infinie. Il n'était pas homme à prôner la manière forte, même contre les pires ordures. Mais les choses avaient changé, et Kate devait le comprendre.

– Je ne vais pas défendre Clauberg, professeur… Vous savez ce qu'il a fait des deux brevets qu'il nous a achetés, il y a deux ans… Mais de là à l'enlever…

– Précisément, Kate. Je pense que c'est par ces brevets que Clauberg est remonté jusqu'à vous, puis jusqu'à nous. Il a ensuite payé les chasseurs pour nous retrouver, nous rançonner… Et maintenant, je suis certain qu'il est en affaires avec Paul. Nous n'avons donc pas le choix : nous devons utiliser l'ennemi de l'extérieur contre l'ennemi de l'intérieur.

—

Shariff regardait sans y croire la métamorphose de son shogun – papa McIntyre, chef de guerre. Des images lui revenaient, celle de l'impuissance de son père adoptif devant les chasseurs, au pied du col de Bise. L'homme qui louait la tempérance, la mesure, la patience face à l'ennemi.

L'homme qui refusait de nommer adversaire celui qui ne s'était pas déclaré comme tel. L'homme qui lui avait enseigné la maîtrise. Sa stupéfaction face à l'ampleur de la transformation avait pris le dessus, y compris sur sa fierté d'avoir ainsi été convoqué, dans le saint des saints, à la réunion des stratèges.

Mais la voie du samouraï est celle de l'action.

– Quand part-on ? demanda-t-il.

– « On » ne part pas. Du moins, pas toi, Shariff. Nous serons trois : Matthew, Julien et moi. Nous quitterons l'Institut demain, à l'aube, et nous rentrerons mercredi au plus tard. Clauberg participe à un gala de charité dimanche soir, à l'université de Lausanne. Nous agirons à cette occasion.

– À trois seulement ? Avec une seule journée de préparation ?

– Oui.

– C'est de la folie, professeur, déclara Kate.

– Oui.

Il se tourna vers la directrice du laboratoire, Marco et Shariff.

– J'ai besoin de vous trois, ici. Pendant quatre jours, nous serons totalement injoignables, Matthew, Julien et moi, pour des raisons de sécurité et de confidentialité. Vous apprendrez sûrement la réussite de la première partie de notre opération par les médias. Quant à la suite, nous relâcherons notre prisonnier mercredi au plus tard, et nous reviendrons ici. Kate, je vous confie la direction de l'Institut et des conseils de guerre restreints qu'il vous faudra peut-être organiser. Vous pouvez vous appuyer sur Anja, je la crois loyale, mais ne lui confiez rien qui ne soit nécessaire. Marco, vous conservez la main sur la sécurité. Je pense que vu les derniers événements, il convient que tous les gardiens soient armés. Et je vous autorise à tirer. Les prédateurs sont prêts au meurtre, la défense est légitime.

Shariff entendait enfin les paroles de guerre ouverte qu'il avait attendues, mais elles l'effrayaient, maintenant.

– Et… Et moi ?

– Toi, tu dois avant tout protéger Flora. Je vais lui confier une mission décisive. Elle va pirater l'ennemi, et je ne veux pas qu'il lui arrive quoi que ce soit si ses activités sont découvertes. Pour le reste, tu continues à faire preuve de sagesse, tu observes, tu réfléchis. Et tu me dis à mon retour comment nous devrons aborder le conseil de samedi.

– C'est tout ?

– Non, ce n'est pas tout. Mais je souhaite te confier le reste en tête à tête.

McIntyre se leva. Les trois autres également. C'était la fin du conseil. Kate ouvrit la bouche, hésita un instant, puis…

– Et si vous ne revenez pas, professeur ? Si vous échouez et que…

– Cela ne fait pas partie des options envisagées.

—

Son père venait de refermer la porte, il se tourna vers lui.

– Alors ?

– Alors quoi ?

Qu'est-ce que le professeur attendait de lui ? Que voulait-il qu'ils fassent, maintenant, tous les deux, deux jours avant de lancer une opération de rapt qui avait tout d'une embardée, d'une bataille perdue d'avance ?

– Alors qu'en penses-tu ? Je veux ton avis franc et massif sur notre stratégie, Shariff.

– Je pense que c'est… audacieux… Presque désespéré.

– Et donc ?

– Donc je suis surpris que vous choisissiez cette solution, père. Je suppose que vous n'avez pas le choix.

– Disons que nous n'avons que trois choix : attendre encore, jusqu'à ce que l'ennemi nous accule, ce que j'ai déjà fait bien trop longtemps, en dépit de tes avertissements. Expulser Paul et ses amis sans preuves, sans procès équitable, sans leur laisser une chance de se défendre…

McIntyre secouait la tête. Impossible.

– La troisième possibilité est ce plan, qui semble très déraisonnable, mais qui me paraît être la seule option juste. Donc celle que nous devons suivre.

Le professeur le regardait intensément, comme s'il espérait son jugement, son soutien. Le père attendait l'approbation de son fils.

20.
TRANSPARENCE

Shariff entra dans le mazot de Julien sans frapper. Le maître du dojo y vivait seul. Le sol des deux autres chambres avait été recouvert de tatamis, pour permettre la pratique des arts martiaux.

– Eh bien, petit frère, on dirait que cette fois, nous y sommes.

– Oui.

Le jeune homme brun et mince, tout en muscles et en souplesse, était en kimono. Il affichait un sourire calme, serein – l'image même du samouraï, pendant la veillée d'armes.

– Qu'attends-tu de moi, Shariff ?

– Je voudrais que… Le professeur est un père, pour moi…

– Oui. Je le protègerai, ma vie pour la sienne. Je te le jure.

Le maître du dojo posa la main sur son épaule.

– Et toi, en nous attendant, reste en vie. Je ne suis pas sûr d'être celui qui court le plus grand danger. Bien, laisse-moi, maintenant… Je dois préparer certaines choses.

—

Disons que depuis le « baiser parfait », le temps que Flora passait avec Tim se répartissait mieux, de son point de vue – il y avait les discussions interminables, mais il y avait aussi des silences, de très longs silences, aussi prolongés que leurs étreintes.

Au moment où le professeur frappa, clairement, il dérangeait. Flora et Tim se séparèrent, Flora se recoiffa en singeant l'embarras, en pouffant, avant de l'inviter à entrer.

– Excusez-moi pour l'heure tardive, déclara McIntyre, mais j'ai vu de la lumière… Flora, je dois vous parler. C'est confidentiel.

Il ne se rendait pas compte du caractère intime de leur « conversation », ou quoi ? Le sujet devait être grave, urgent. Confidentiel ? Flora regarda Tim, puis le professeur. Pourquoi voulait-il lui parler en tête à tête ? Peu importe, elle avait décidé qu'elle n'avait plus de secrets pour lui.

– Depuis quinze jours, nous nous sommes juré de tout nous dire avec Tim. Opération transparence totale.

– Très bien.

McIntyre les regarda avec un demi-sourire. Comprenait-il maintenant ce qui s'était tramé dans son dos ces quinze derniers jours, entre deux de ses « enfants » ? Cela parut le distraire un instant de ses soucis. Mais ce fut bref.

Puis il ajouta :

– La première chose que je voulais vous demander, c'est de mener, pour moi, une mission totalement illégale, Flora.

McIntyre sortit une clé USB de sa poche.

– Matthew a stocké sur cette clé des informations concernant une entreprise de biotechnologies, AC Hemato Incorporated. Nous nous intéressons à son fondateur et PDG, Aribert Clauberg, ainsi qu'à une de ses filiales, WarDogs. Je voudrais que vous alliez fouiller dans leurs comptes…

Flora sourit : une activité de corsaire. Du piratage au service de McIntyre. C'était totalement inédit.

– Vous me demandez de violer la loi. Vous ? Qu'est-ce que je dois chercher ?

– Des sorties éventuelles de sommes très importantes… Deux millions de dollars : virés sur un compte non identifié ou vers un compte numéroté dont vous trouverez les coordonnées, ou retirés en liquide.

Flora tendit la main, prit la clé, ouvrit l'un de ses deux Mac.

– Le compte numéroté dont vous parlez, c'est celui qui est marqué « Paul Hugo » ?

– Oui. Nous savons que Paul a touché de l'argent, il y a sept mois. Et nous pensons que Clauberg, ou l'une de ses entreprises, pourrait être son bailleur de fonds.

– OK, ça doit être faisable… Vous voulez ça pour quand ?

– Écoutez, je suis navré de devoir vous demander de transgresser la loi. Mais c'est une affaire absolument secrète, de la plus haute importance… et urgente. Si vous disposiez d'éléments avant samedi prochain, ce serait…

– Avant le conseil élargi ? Shariff nous a dit que vous convoquiez une assemblée, et que vous alliez sans doute demander l'exclusion de certains pensionnaires.

– Oui, il est temps de mettre Hugo face à ses responsabilités, je le crains. Le conseil du 28 prendra des décisions importantes. Ce délai vous paraît-il trop court ?

– Je vais essayer, patron. D'après ce que je vois, répondit-elle en pianotant sur son clavier, ce que vous me demandez va prendre pas mal de temps.

Flora se retourna, surprise de l'absence de réponse. Le professeur, debout au milieu de la pièce, ne bougeait pas. Il semblait attendre, mais quoi ? Finalement, il ajouta :

– J'ai évité jusque-là de vous mêler à notre enquête, mais il y a autre chose, Flora. Une tâche qui va vous demander un travail tout aussi illégal, et encore plus urgent.

Flora sourit : McIntyre semblait plus embarrassé que jamais. Encore du piratage ?

– Ne vous en faites pas, je hacke tous les jours, ou presque… Par simple curiosité, ou pour garder la forme. Et je vous promets d'oublier que ce coup-ci, je bosse pour vous…

Le professeur désigna discrètement Tim du menton.

– C'est-à-dire... Cela concerne un sujet qui vous a préoccupée il y a huit mois, et dont vous ne souhaitiez pas parler devant vos amis.

Flora tressaillit : huit mois... Elle regarda Tim droit dans les yeux et inspira. Profondément.

– Je n'ai rien à cacher à Tim, McIntyre. Allez-y...

– Très bien... J'ai besoin de savoir tout ce que vous avez découvert sur la *Tiger Eye*, après vos explorations dans les fichiers de la police de Missoula. Et je souhaiterais que vous repreniez vos investigations sur le sujet, pour découvrir si un certain Prince Kofer ou une entreprise du nom de ShylocK ont été mentionnés dans les enquêtes américaine ou européenne, que ce soit à propos du trafic, de la production, de la vente ou de la revente de cette drogue.

Regards stupéfaits de Tim. L'heure de vérité, cash.

—

Le professeur avait dit : « Vos explorations dans les fichiers de la police de Missoula... » Pourquoi aurait-elle « exploré », sinon à son propos ? Pour découvrir quoi ? ce n'était pas le moment de poser ces questions-là... Pas devant le professeur.

Tim prit la parole, essayant d'oublier ce qu'il venait d'apprendre :

– Ces investigations sur le speed, professeur, cela concerne les décompensations ?

– Oui. Il se produit quelque chose à l'Institut qui fait perdre la maîtrise à certains des anthropes. Et je sais avec certitude que la *Tiger Eye* circule parmi ceux de l'Alpage...

– Et qui est ce Kofer ? intervint Flora.

– J'y viens. Prince Kofer est un mercenaire, le créateur

et probablement encore le patron de l'agence de sécurité ShylocK. Nous pensons qu'il est employé par Clauberg. Nous pensons qu'il pourrait être impliqué dans le trafic de la *Tiger Eye* et qu'à ce titre, il serait fournisseur de Bjorn…

– Ça ne tient pas debout. S'il fournissait Paul ou Bjorn, c'est eux qui devraient payer, non ?

– Sauf s'ils ont échangé la came et les deux millions de dollars contre quelque chose d'infiniment plus précieux… Mais je préfère ne pas vous en dire plus pour l'instant. Flora, vous serait-il possible de retourner dans les fichiers des polices américaine, française et suisse, pour actualiser vos connaissances concernant cette drogue ? J'aurais besoin des résultats de vos recherches dès mon retour…

– Vous partez ? Vous allez…

– Flora, ne pose pas de questions, l'interrompit Timothy, livide.

Tant pis, il n'allait pas se taire plus longtemps. Il restait cependant maître de lui-même, de chaque intonation, de chaque mot.

– Le professeur McIntyre, reprit-il, te demande d'enquêter discrètement, pour préparer l'exclusion de Paul et de sa clique lors du prochain conseil élargi. Il veut que personne ne soit au courant, il ne souhaite pas nous en apprendre plus… Sans doute pour nous protéger. Cela signifie que tu vas faire ton boulot de pirate concernant la came. Comme tu le faisais sans états d'âme auparavant, pour ton propre compte. Quant tu t'es intéressée de près à *ma* vie, et à la mort de *ma* famille.

Le professeur, la bouche toujours ouverte, regarda Timothy. Il reprit une inspiration et déclara :

– Je crois que vous avez des choses à vous dire…

Puis, après avoir jeté un coup d'œil à sa montre :

– Bien, Shariff nage encore… Dites-lui que je le verrai mercredi prochain. Flora, vous me transmettrez le résultat de vos recherches en fin de semaine prochaine, jeudi par exemple. Timothy, j'aurai également besoin de vous, lors du conseil.

—

– Tu… Tu as piraté l'enquête concernant l'accident de mes parents et de mon frère ? Quand ?

21.
L'ŒIL DU FAUVE (4)

Les yeux jaunes dorés, brûlants, s'éclairèrent d'une lueur intérieure. Les cellules en bâtonnets qui formaient l'œil nocturne, derrière la rétine du fauve, venaient de distinguer puis d'identifier la silhouette qui descendait les trois marches devant le chalet. Hypersensibilité aux moindres parcelles lumineuses, dans toutes les nuits, hyperacuité aux mouvements : sa nature faisait de lui une machine à tuer, dans le noir comme en plein jour, une merveille de l'évolution.

Devant lui, à dix mètres, le professeur sortait seul du mazot du garçon en gore-tex rouge. Une occasion inespérée, plus décisive encore que celles qu'il avait pu attendre, celles qu'il organisait… Timothy Blackhills était secondaire dans leur projet, mais pas le professeur.

Et précisément à ce moment, en ces heures stratégiques.

Les babines se retroussèrent sur ses crocs d'un jaune ivoire. La nature l'avait doté de canines acérées, pour arracher. Au fil de l'évolution, ses mâchoires étaient devenues les plus puissantes, parmi celles des superprédateurs terrestres. Elles lui permettaient de tuer plus radicalement que quiconque, de s'attaquer à la tête, directement à la tête.

Sa signature.

Un grondement instinctif monta de ses entrailles, presque inaudible, sauf dans son crâne, où il résonna comme les Walkyries. Attaquer, tuer. Ne pas raisonner comme un homme. S'abandonner à la puissance. C'était le programme, le but, la fin…

Une bave acide emplit sa gueule. Ses narines humèrent

la viande. Son palais devina la saveur de sa proie. Et ces stimulations excitantes étaient sa nature, son *don*.

Ines avait commis une erreur en attaquant Kate en plein jour. Bjorn en avait commis une plus lourde encore en ordonnant la mort de Faisal. À trop se hâter, ils avaient précipité la guerre... Heureusement, lui était là, il était un être supérieur – il savait donner le change, choisir le moment, frapper lorsqu'il le fallait.

Et cette fois, il n'allait pas tergiverser. Cette occasion lui offrait un de ces instants décisifs, comme sa propre nature, où l'on peut faire basculer l'histoire.

Il fut ce qu'il était – il se ramassa sur lui-même, pour frapper.

Des milliers de cellules lumineuses atteignirent à cet instant les bâtonnets de ses cellules oculaires. Éblouissement brutal, cécité provisoire.

Avant même de distinguer sa proie, il entendit la voix de l'un de ses adversaires les plus redoutables.

– Je vous ai conseillé de ne plus sortir seul, la nuit, professeur... Je vous cherchais.

Matthew fouillait la nuit avec sa torche puissante, et venait de balayer le fourré où il se cachait. Dans la main droite, le rouquin tenait un revolver de gros calibre.

Le prédateur redevint mentalement hybride : mi-homme mi-carnivore. Finalement, l'heure n'était pas venue d'attaquer. Pas tout de suite. De toute façon, il aurait de meilleures occasions.

22.
OÙ LA VIE NOUS ABANDONNE

– C'était avant le bunker, Tim… avant notre serment, et l'enlèvement de Véronique, tout le truc… Quand je ne te connaissais pas encore… Je ne l'aurais pas fait, sinon…

– OK. Tu l'as fait avant. Et alors ?

– Alors quoi ?

– Que disait l'enquête, Flora ? Que disait-elle qui mérite que tu évites de m'en parler depuis tout ce temps ?

La voix de Tim était tendue, froide, presque méchante. Elle ne le reconnaissait pas.

– Rien… Rien d'autre que ce que tu sais… Ils ont laissé tomber, il n'y avait évidemment aucun élément confirmant des violences de ta part contre ta famille, rien qui puisse suggérer ta responsabilité dans l'accident, ou la mort des tiens… Je te le jure.

Elle le regardait, de nouveau, droit dans les yeux. Il eut l'air soulagé, comme délivré d'un poids. Flora sut que c'était sa dernière chance de dire la vérité. Maintenant, ou jamais. Elle la saisit :

– Mais il y avait l'ours, Tim… Le grizzly qui était sur place, après l'accident. Et on a retrouvé ses traces partout…

Le regard de Tim changea de nouveau. Dur, dur comme l'acier. Froid comme le métal.

– L'ours ?

– Oui… Il est entré dans la bagnole, ça, on le savait grâce à tes souvenirs… Mais on a retrouvé aussi des fluides sur le corps de Ben… de la bave, du sang, je ne sais pas… Et des traces de griffures, des lacérations… Des trucs… profonds.

Qui ont provoqué des lésions.

– Mortelles ?

– Les toubibs de la morgue ont écrit que cela pouvait avoir entraîné la mort de Ben, s'il n'était pas déjà mort.

—

Tim s'était levé. Quelque chose tournait autour de lui, quelque chose qui rendait la réalité instable, insaisissable soudain, qui faisait tout vaciller.

– Ce n'est pas une certitude, Tim… Juste une hypothèse… Il est seulement *possible* que le grizzly soit responsable de la mort de Ben.

Il s'accrochait au dossier de la chaise pour ne pas tomber. Il répétait des mots à voix basse – les mots de Flora, qui venaient de faire basculer sa vie.

– Mais ce n'est pas toi, Tim. Même si l'ours a commis cela, tu n'y es pour rien. Tu n'avais pas le contrôle.

Il ne voulait plus entendre Flora ; il ne voulait plus entendre personne. Il lâcha la chaise qui tomba par terre à ses pieds. Il la regarda sans comprendre. Il ne savait qu'une chose – il voulait être seul, seul, tout de suite…

—

Plus tard cette nuit-là, Flora entra dans sa chambre. Tim n'avait pas fermé la porte à clé, et elle ne frappa même pas. Il était allongé sur son lit, le regard perdu dans la contemplation du plafond. Seul, dans le noir, une veilleuse rouge éclairant les ténèbres comme les braises d'un foyer qui s'éteint dans la nuit. C'était cela, sans doute – la nuit complète.

Flora fit trois ou quatre pas dans la chambre ; il ne tourna pas la tête vers elle. Comme si elle n'existait pas.

– J'ignore ce que tu ressens, et ce dont tu t'accuses, dit-elle. Je sais que tu n'as pas envie d'entendre que tu n'y es pour rien. Pourtant c'est la vérité, Tim. Je connais le garçon que j'aime, je connais le tueur en lui, et j'ai vu ce qu'il faisait de pire. Il m'a même flairée, une nuit dans le bunker, pour décider s'il devait me réduire en charpie… Tu te souviens ?

Il ne réagit pas, ne la regarda même pas, continua de s'abîmer dans le spectacle du plafond.

– Ce n'est pas toi, Tim… Même si le grizzli a tué ton frère, ce n'était pas toi… Et peu importe ce qui s'est passé, tu as le droit d'être heureux, maintenant… On a le droit d'être heureux.

Tim ne dit pas un mot, ne déverrouilla ni le regard, ni les mâchoires. Flora resta encore plusieurs longues minutes, dans le noir, à l'observer. Sur la table de nuit, elle vit la bague œil de chat, et sa chaîne – il l'avait retirée de son cou, avant de s'allonger. Elle comprit ce que cela signifiait.

– Quand tu étais un ours, tu m'as épargnée, Tim… Ne… Je t'en prie, ne l'oublie pas…

S'il avait tourné les yeux vers elle, il aurait vu que des larmes emplissaient ses yeux, mais pas une ne coula avant qu'elle n'ait quitté la chambre.

23.
SOLITUDES

Il ne pouvait plus se mentir à lui-même, maintenant. Meurtrier.

—

Était-ce vraiment de sa faute ? Avait-elle tout foutu en l'air, en mentant pas omission, tout gâché comme à chaque fois ? Et si elle lui avait dit la vérité il y a huit mois, aurait-elle conservé, alors, une chance de le garder ?

—

Lorsqu'il avait massacré les hommes du bunker, il s'était trouvé des excuses. La nécessité. L'horreur de ce qui attendait Flora. Flora.

Mais dans la voiture, le 2 juillet, il n'avait aucune excuse. Aucune.

—

Tim ne pouvait pas l'abandonner maintenant, plus après tout cela. Il n'avait pas le droit de lui promettre un avenir heureux et de le lui retirer. Ou alors, quoi ? Il l'aimait moins qu'il ne haïssait l'ours en lui-même ? Moins que son frère, ses parents, tous ses morts ?

S'il fallait qu'elle paye son mensonge, elle était prête – qu'il lui dise simplement ce qu'elle devait accomplir pour se rattraper. S'il fallait aider Tim, elle était prête aussi. Mais qu'il lui dise quoi faire, qu'il la laisse s'expliquer, qu'il la regarde juste une fois.

—

Ben. Ben avait été tout pour lui. Il était son passé, son présent, son avenir… et il l'avait lacéré. Avant ou après sa mort, qu'importe. Il l'avait lacéré. Il n'était plus digne du présent, de croire en un autre avenir.

Il n'avait pas le droit de s'inventer une vie sans Ben, comme s'il avait disparu, et qu'une page blanche pouvait s'écrire. Il n'avait pas le droit de remplacer Ben par quelqu'un d'autre, qui serait tout pour lui. Flora était une page blanche, mais la page précédente n'avait pas été écrite. Il l'avait déchirée. Ben n'avait pas disparu, il l'avait lacéré.

—

Pourquoi se taisait-il ? Où s'était-il enfermé, si loin, si loin, et comment pouvait-elle l'atteindre ? Était-il réellement possible qu'il ne revienne jamais vers elle, qu'ils se soient perdus à jamais ?

Et dans ce cas, la vie retrouverait-elle un sens ?

Tim. Tim. TIM !

—

Pourquoi McIntyre lui avait-il refusé l'hypnose ? Pourquoi Flora lui avait-elle menti ?

McIntyre était aux abonnés absents – McIntyre qu'il avait presque espéré élire comme père de remplacement, à la place de John Blackhills, l'homme qui conduisait la Ford le 2 juillet. Son seul vrai père. Mort, enterré. Flora ne pouvait pas l'aider, ne devait pas l'aider, avant qu'il paye. Qu'il expie.

—

Pendant une semaine, Tim ne sortit pas de sa chambre, sauf pour aller récupérer de quoi s'alimenter. Pas une fois il ne croisa Flora. Pas une fois il ne lui adressa la parole. Il n'y avait plus rien à dire, rien qui vaille la peine d'être entendu, discuté.

Pendant cette semaine, Flora ne chercha pas une fois à entrer dans le refuge de Tim. Il était ailleurs, il était inatteignable. Elle se consacra à ses recherches pour McIntyre. Elle se perdit dans les comptabilités secrètes, dans les filiales, dans l'architecture de la holding AC Hemato Inc.

Cela aurait dû être un dérivatif. Mais cela ne suffit pas.

Le vendredi 27 avril à midi, Timothy Blackhills réserva un billet d'avion pour le lundi suivant, depuis l'aéroport international de Genève, à destination de Missoula. Trois escales, une journée de voyage, huit heures de décalage horaire. Un aller simple, sans retour.

Le vendredi 27 avril au soir, Flora Argento pirata de nouveau, comme chaque jour, l'ordinateur de celui qu'elle aimait et perdait, pour savoir ce qu'il pensait, ce qu'il cherchait – où en était son âme. Pour la première fois, elle y trouva un indice, une indication très claire. Et ce qu'elle découvrit l'anéantit : Tim partait.

24.
IN TENEBRIS (1)

Il s'était trompé du tout au tout.

Clauberg n'était pas l'allié d'Hugo ; et il n'était pas seulement le commanditaire des chasseurs. Il était pire, quelque chose à quoi sa vie, ses convictions, sa foi en la conscience humaine ne l'avaient pas préparé : l'Ennemi.

Dents d'acier, prison de verre.

Où était Julien ? Il avait disparu dans les minutes qui avaient suivi leur capture. Que lui faisait-on subir ? Avait-il pu s'enfuir ?

Et Matthew ? On l'avait emmené quelque part dans les entrailles du laboratoire.

À cette heure, McIntyre était seul dans l'immense second sous-sol, éclairé par des néons violents au-dessus de sa cage tranparente, et pour le reste, entièrement plongé dans le noir – pas de différence, entre le jour et la nuit.

Espéraient-ils vraiment percer à jour les mystères de l'Institut avec de tels dispositifs, coûteux et pourtant dérisoires ? Se pouvait-il qu'ils fassent parler Julien ? Ou Matthew ?

Les questions de Clauberg avaient tourné autour d'une seule information : la localisation précise de l'Institut.

Pendant les deux premiers jours, dès qu'il revenait d'une métamorphose, on le harcelait de questions. Comme s'il y avait une urgence.

Ils avaient emmené Matthew.

Il était seul.

Maintenant, il savait pourquoi Clauberg était si pressé de le faire parler.

Quelque chose survenait, dont il percevait les prémices.

Il éprouvait de plus en plus de difficultés à faire le point, sur la situation, sur les risques qu'ils couraient, lui et les siens. Il sentait que des raisonnements commençaient à lui échapper. Il en était à la sixième métamorphose.

La douleur dans son crâne palpitait, ses yeux étaient à vif comme si on jouait avec son nerf optique. Il épuisait son énergie à se maintenir à un état de conscience tout juste médiocre à cause des métamorphoses successives, trop rapprochées, plus nombreuses en une semaine qu'il n'en avait vécu en quelques mois.

Il éprouvait presque physiquement le travail qui s'opérait, la reconfiguration des synapses, et des neurones qui se recombinaient, s'agençaient en une nouvelle architecture. Le cerveau était alors celui de l'animal, et l'esprit humain s'y perdait chaque heure un peu plus, dédale de matière grise auquel se heurtaient ses raisonnements.

Des pans entiers de sa mémoire semblaient se déchirer, s'échapper comme de la brume; son intellect humain lui devenait inaccessible…

En un sens, c'était une bonne nouvelle : bientôt, il serait incapable d'indiquer à ses geôliers où se trouvait l'Institut. Parce qu'il aurait perdu toute mémoire personnelle. Il était en train de devenir un mustélidé, psychiquement, et nul ne peut songer à torturer un animal pour le faire parler. Le sort de l'Institut dépendrait donc de Julien et de Matthew.

Quant à lui, encore deux ou trois jours et il aurait sombré.

25.
VEILLÉE D'ARMES

Que faisait son père ? Il ne s'était rien passé le dimanche soir, ni tentative de rapt ratée, ni enlèvement réussi, du moins rien qui fût rendu public. Il avait surveillé sur le Net, il avait bien trouvé des images, sur la TSR[1], de Clauberg au gala en question. Mais depuis, rien. Le silence.

Était-ce une tactique de la police ? Étouffer l'affaire en attendant la demande de rançon ?

Pas un mot non plus sur une arrestation de rançonneurs présumés. Que faisaient son père, Julien et Matthew ? Guettaient-ils une meilleure occasion ?

Ils devaient rentrer mercredi. On était jeudi. Dans les cercles les mieux informés, la rumeur disait qu'ils s'étaient absentés et qu'ils ne seraient peut-être pas de retour pour le conseil élargi.

Était-il arrivé un malheur ?

L'Institut avait besoin de son père. Tim aussi, désespérément. Son père, son shogun, papa McIntyre. Shariff avait-il eu tort d'approuver le projet de rapt, cette pure folie ?

Dans un nuage de bulles saumâtres, le crustacé décapode contemplait encore et encore les pages du *Hagakure*, la voie de la guerre et de la sagesse.

—

1. Télévision suisse romande.

Il avait demandé à Flora les résultats de ses recherches. Que dalle. Elle n'avait trouvé aucune mention de Kofer dans les enquêtes de police, et continuait d'explorer les comptes de WarDogs, d'AC Hemato Inc., la holding, et de toutes les filiales, sans trouver trace d'une sortie d'argent correspondant aux deux millions de dollars de Paul.

Ils n'auraient pas la preuve à temps, sauf si son père rentrait. S'il avait réussi.

Shariff revint trouver Flora pour qu'elle pirate le serveur, afin d'accéder à la messagerie de Paul Hugo et à celle de Bjorn. Ce qu'ils y lurent était sérieux, inquiétant : les prédateurs battaient le rappel. Il fallait avertir Marco. Quelques anciens pensionnaires étaient déjà revenus à l'Alpage, sûrement des carnivores convaincus par les nouvelles théories. D'autres arrivaient. Or, la règle était simple : tout initié qui assistait au conseil avait voix au chapitre.

Sauf les mineurs, ce qui était son cas et celui de Flora.

On leur déclarait la guerre. Le samouraï devait donc mener la bataille, au service de son daimyo, en comptant ses alliés, et en frappant par la ruse.

—

– Tu dois assister au conseil, Tim, déclara Shariff. Tu dois y aller. Kate et Anja vont avoir besoin de nous, parce que Paul Hugo essayera de profiter de la situation si notre maître shaolin n'est pas là. Bjorn bat le rappel des troupes, des déçus de l'Institut, de ceux qui y sont passés et qui l'ont quitté pour des raisons discutables…

– Et donc ?

– Et donc, tu t'en fiches peut-être, mais Paul est capable de séduire et de détruire… tout ce que nous avons construit… Tout.

– Tu le surestimes. Les anthropes n'ont pas oublié McIntyre, en une semaine.

– Ah ouais ? Tu veux que je te rappelle comment Paul Hugo a pris le pouvoir en vingt-quatre heures pendant que nous étions dans le bunker ? Les anthropes ont besoin d'un chef, d'un père… Comme tout le monde.

Shariff pointa un doigt vers Tim.

– Et toi-même, tu ne l'as pas oublié, peut-être ? reprit-il. Au point de te désintéresser de l'avenir du conseil, et de l'Institut alors que tu as la possibilité d'y voter pour la première fois ?

– Moi ? Ça n'a…

– Ouais… Rien à voir… Avec des raisonnements comme ça, si le professeur n'est pas là, Paul a un boulevard devant lui, Tim. Un boulevard.

—

– Tim viendra. Je te jure qu'il viendra, Flora. Par fidélité envers le professeur, et pour solder sa dette à l'Institut avant de partir.

– Son billet d'avion est pour le 30. Dans deux jours. Tu crois que d'ici là, le professeur sera revenu et pourra…

– Je crois que si une personne peut encore le faire changer d'avis, elle se trouve dans cette pièce, pas ailleurs.

Shariff baissa d'un ton.

– Mais franchement, je ne sais pas s'il existe quelqu'un capable de le faire changer d'avis. Dans le pire des cas, tu peux toujours le suivre, Flora.

– Et tout à l'heure, ça servira à quoi d'y aller, alors ? Si je n'arrive pas à lui parler ?

– Pour lui, pour toi, à rien. Mais pour l'Institut, pour le professeur, c'est important. Et moi, je ne suis pas comme vous … Je ne peux pas me barrer quand je le veux, je suis condamné à rester ici, ma belle. Songes-y une minute, et viens avec moi à ce conseil.

—

Le samouraï ne pourrait pas voter, mais il pourrait parler. Plaider. Convaincre. Par tous les moyens que l'humaine nature a inventés, depuis que l'homme affronte l'homme.

– *Si vis pacem, para bellum*[1], Végèce, mon pote, dit-il à son reflet dans le miroir.

1. « Si tu veux la paix, prépare la guerre. »

26.
CONSEIL DE GUERRE ÉLARGI

Avant chaque décision engageant l'avenir de leur « famille », les deux fondateurs et ceux qui siégaient au conseil restreint devaient réunir tous les anthropes majeurs présents dans les lieux, afin qu'ils émettent un avis définitif, par un vote à main levée. Le conseil restreint se pliait alors à l'avis de la majorité. Dans l'histoire de l'Institut, et ce jusqu'à l'attaque des chasseurs, il n'était jamais arrivé que le conseil élargi mette en minorité le conseil restreint, et le conseil restreint n'avait jamais désavoué les deux fondateurs lorsqu'ils parlaient de concert.

Cependant, les choses changeaient. Au cours de l'été précédent, le conseil restreint avait connu plusieurs fois des divergences entre les partisans d'Hugo et ceux de McIntyre. Le conseil élargi avait dû trancher entre les fondateurs, et il avait mis une fois McIntyre et trois fois Hugo en minorité.

Une réunion du conseil élargi avait immédiatement suivi les événements du bunker, au cours de laquelle avait été prononcée la déchéance de Bjorn, remplacé par Matthew au sein du conseil restreint, ainsi que la nomination d'Anja. Deux partisans de McIntyre avaient remplacé un homme de Paul. Victoire en rase campagne. Depuis, le parlement n'avait pas été rassemblé. Cette réunion était la première depuis huit mois – la première pour Timothy Blackhills, désormais majeur juridiquement. Il arriva vers 20 heures, parmi les derniers, dans la « salle du conseil », le premier étage de la Grande Bibliothèque, « Récits et mythes », transformée pour l'occasion en agora. Il y avait foule, une cinquantaine de jeunes gens et de jeunes femmes, et Tim ne connaissait pas les visages de certains.

La plupart de ces inconnus entouraient Paul Hugo, Bjorn, Ines, Mevlut, et toute la clique de la sécurité de l'Institut, que Shariff appelait « les prédateurs en peau de lapin ». C'étaient sans doute quelques-uns de ces anciens élèves revenus à l'Institut pour tenter d'offrir une majorité aux douze de l'Alpage. Selon Shariff, la bande de Paul Hugo comptait une bonne vingtaine d'anthropes, tandis que les pensionnaires acquis à « notre-maître-à-tous » étaient une petite trentaine.

En entrant, Tim vit Flora, assise non loin de Kate et d'Anja. Son amie. Il ignorait qu'elle serait là. Elle n'avait pas le droit de vote ; en revanche, elle avait celui de s'exprimer, – droit dont elle n'avait jamais fait usage jusque-là. Comptait-elle en profiter, ce soir ? Quant à Tim, le professeur lui avait dit qu'il aurait « besoin de lui ». Pourquoi ?

Shariff, sous sa capuche, se balançait sur une chaise à côté de Catwoman. Tim choisit d'aller s'asseoir à l'écart. Il constata que ni Julien ni Matthew n'étaient là, pas plus que McIntyre. La rumeur qui les disait absents était donc fondée.

Ce ne fut effectivement pas McIntyre qui prit la parole pour ouvrir les débats, mais Kate Bidgelow, lorsqu'elle estima que tout le monde était rassemblé. Elle demanda le silence, et dit :

– OK... Je vais prendre la présidence de ce conseil élargi, puisque le professeur m'a confié cette tâche en son absence. Et, hélas, c'est le cas, pour une raison que nous ignorons. Mais j'ai pensé, nous avons pensé – elle se tourna vers Anja, puis vers Paul Hugo – qu'il ne fallait toutefois pas remettre le conseil à plus tard.

Brouhaha.

– En revanche, je prends la décision, en tant que présidente par intérim, de reporter la procédure de vote. Nous aurons bientôt l'occasion de décider en notre âme et conscience ce qu'il convient de faire. Mais vu l'urgence…

Des protestations s'élevèrent, dans le camp de Paul Hugo. « Trahison ! », « Lâche… », « Laisse-nous décider si on vote ou pas ! » Kate inspira profondément, sa voix reprit presque aussitôt son calme.

– Mais vu l'urgence de la situation, il me semble que chacun saura estimer les dégâts, et décider pour lui-même.

Kate résuma la situation en quelques phrases. Au cours des trois semaines précédentes, quatre anthropes avaient connu des décompensations plus ou moins graves. Deux en étaient morts ; et elle-même avait failli être la victime d'une de ces *infranoïa*.

– Le professeur pense que le responsable de ces accidents est une drogue apparue il y a environ un an et baptisée *Tiger Eye*. Il aurait pour effet de stimuler l'agressivité et de faire tomber les inhibitions, de débrider la violence. Cela reviendrait à solliciter l'instinct du tueur, et aurait des conséquences dévastatrices et régressives sur les anthropes prédateurs…

– Du point de vue des anthropes prédateurs, il ne s'agit pas forcément d'une régression, Kate.

– Attends, Paul… Laisse-moi finir, c'est moi la meneuse des débats.

De nouvelles protestations éclatèrent, du côté des partisans de Paul : « Bonjour l'objectivité ! », « Laisse s'exprimer le deuxième fondateur, puisque lui, au moins, il est là ! »

– Je ne prétends nullement être objective… Je ne parle pas ici en scientifique, mais en m'appuyant sur la charte de l'Institut, qui stipule que le but commun de nos séjours ici est la maîtrise. Ce que nous appelons aussi la *supranoïa*. Dans aucune société humaine le meurtre ou l'automutilation ne sont des exemples de maîtrise, que je sache… Je confirme donc le terme « régression », et j'ajouterais volontiers celui de « barbarie », s'il n'était…

– Barbarie ! Mais bien sûr ! Les animaux sont des sauvages, c'est bien connu !

– Nous ne sommes pas une société humaine, madame la biologiste ! Nous sommes des anthropes.

– Et chez les prédateurs, docteur ? La chasse n'est-elle pas une maîtrise ? La prédation n'est-elle pas perfection ?

Le brouhaha devenait de plus en plus touffu, ingérable, menaçant. Les inconnus et ceux de l'équipe de sécurité semblaient chauds comme la braise. Paul Hugo se tourna vers ses élèves, les calma d'un geste.

– Je vous en prie, laissez la remarquable disciple de Ronald poursuivre. Il importe que les avis de chacun soient clairement connus. Pour que tous ceux qui sont présents puissent se faire leur propre jugement.

Après quelques secondes encore de remue-ménage, les contestations faiblirent.

– OK… Si je peux finir…

Kate ne paraissait pas à son aise devant tout ce monde. Elle avait le rouge au front et de minuscules gouttes de sueur perlaient sur ses tempes, à la racine des cheveux.

– Donc, la théorie du professeur est que cette drogue agit sur les instincts des prédateurs en les aggravant. J'ai retrouvé, pour ma part, des traces d'amphétamines sur deux des victimes d'*infranoïa*, mais sans pouvoir analyser plus avant la substance… Et nous avons constaté des comportements aberrants chez deux des carnivores, ainsi qu'une hyperagressivité qu'on ne retrouve pas chez ces prédateurs à l'état naturel.

Murmures, dans les deux camps. Kate marquait-elle des points ? Tim était censé l'épauler… Mais comment ?

– Et le professeur, comme moi-même, comme au moins

deux autres membres du conseil restreint, Anja, ici présente et Matthew, lui aussi absent…

Des nouvelles huées, dans le camp de Paul.

– … Nous pensons que ceux qui en consomment sont parfaitement conscients de ses effets. Ils les recherchent… Pour des motifs que nous devons peut-être discuter ce soir. C'est la raison pour laquelle la majorité des membres du conseil restreint estime que ce qui se produit s'apparente à une trahison de la charte…

Des cris, du tumulte. Les amis de Paul tapaient sur les tables, la plupart s'étaient levés. Certains du camp de McIntyre se levèrent à leur tour pour demander le silence, du respect – « bon sang, le propos est gravissime, que l'oratrice puisse au moins aller jusqu'au bout ! »

– … Et nous pensons que ceux qui s'adonnent sciemment à cette drogue doivent y renoncer, ou quitter l'Institut, dès aujourd'hui.

Un bref silence suivit cette sentence. Puis, il y eut des murmures, dans le camp des colombes. Et des insultes volèrent dans celui des faucons.

– Cette exclusion, de gré ou de force, concerne aussi ceux qui inspirent ces conduites meurtrières, Paul. C'est ma conviction, et celle de tout le reste du conseil. À toi la parole.

– Bien… Merci, Kate, pour ce résumé succinct, et sans doute caricatural, mais qui a le mérite de poser les termes du débat. Puisque les grands mots sont lancés, affrontons-les d'emblée : sommes-nous des traîtres ? Avons-nous abandonné le projet de l'Institut, l'exploration du Grand Secret ? En êtes-vous si sûrs ? Se pourrait-il que quelqu'un d'autre ait trahi ce projet ? Car il n'a jamais été question de nier notre nature animale, mais de cultiver nos deux identités, humaine et animale, de les tresser, de les respecter chacune… Or, les moralistes qui veulent étouffer l'instinct sous une pseudo-vision du bien oublient que nous sommes aussi des animaux.

Et pour beaucoup d'entre nous, des prédateurs… Des êtres capables d'imposer leur puissance à tous, des êtres forts. Cette force aussi coule dans notre sang… Et qui sont-ils, les moralistes, pour nous dire que notre nature est plutôt celle des bons sentiments que celle de la puissance ? Pourquoi veulent-ils à tout prix que nous domestiquions le prédateur en nous, que nous en fassions un toutou, un caniche, alors que nous sommes des lions, des loups, des hyènes…

Paul Hugo était un orateur. Brillant, habile, maniant l'image avec brio, séduisant et captivant l'auditoire. Il discourut encore deux ou trois minutes. Puis, il en arriva à sa conclusion :

– Certains se servent de vous. De votre puissance. De vos connaissances. De tout le travail réalisé en commun, ici, à ciel ouvert, en parfaite transparence.

Il se tourna vers Kate.

– Mademoiselle la présidente de séance, veux-tu nous indiquer où se trouvent à cette minute le fondateur de l'Institut, son bras droit, condamné jadis pour l'assassinat de deux jeunes filles, ainsi que ton propre assistant ?

Sous le coup de la surprise, Kate ouvrit la bouche, deux fois, comme un poisson manquant d'oxygène. Pas un son n'en sortit.

– Tu ne t'en souviens pas ? Veux-tu que je te rafraîchisse la mémoire ? Est-il exact que le professeur McIntyre s'est rendu à Lausanne samedi dernier dans le but d'y avoir une conversation avec Aribert Clauberg, fondateur d'une société pharmaceutique internationale, à laquelle tu as déjà vendu plusieurs brevets ?

– Il n'allait pas le rencontrer, il voulait…

– Je ne te demande pas les détails : est-ce exact, mademoiselle la présidente ?

Kate hocha la tête, puis tenta de répondre. Trop tard.

– Et est-il exact que ce rendez-vous devait avoir lieu

au début de la semaine, et que tu n'as, depuis leur départ, aucune nouvelle de mon ami Ronald, de son comparse Matthew Landen, ancien assassin, plus connu ici sous le nom de Matthew Finnegan, et de ton assistant, Julien ?

– Oui, mais c'est…

– Admets-tu que tu as discuté de cette rencontre avec Ronald et ses comparses en secret, et donc en violation de la charte de notre Institut, cette décision relevant du conseil restreint, voire du conseil élargi ?

Kate comprit qu'il ne servait à rien de se justifier. Les murmures montaient dans la pièce, venant cette fois des amis de McIntyre ; les « prédateurs en peau de lapin » se taisaient.

– Oui. J'admets que nous avons pris une grave décision, hors du conseil restreint. Parce qu'elle te concernait… Toi et…

– Contente-toi de répondre à mes questions, je te prie… Tu as eu la parole, c'est mon tour maintenant.

Il se tourna vers la salle.

– Nous voilà tous désormais au même degré d'information, ou presque… Il manque juste quelques détails à certains, que notre fondateur a également oublié de livrer à la connaissance du conseil restreint. Vous savez que le professeur McIntyre et moi nous sommes opposés, il y a huit mois, au sujet des disques que les chasseurs et leur chef, le Taxidermiste, nous réclamaient. Or, Aribert Clauberg, à qui McIntyre et mademoiselle la présidente de séance ont vendu deux brevets il y a deux ans, était le commanditaire des chasseurs. Est-ce exact, mademoiselle Bidgelow ?

– Je… Cela n'a rien à…

– Est-ce exact, s'il te plaît ?

De nouveau, elle hocha la tête.

– Ne trouvez-vous pas étrange qu'après avoir insisté huit mois plus tôt, pour échanger nos connaissances contre trois vies, le professeur décide d'aller rencontrer l'homme qui voulait les acheter, et qu'il le fasse en secret ? Kate Bidgelow, veux-tu me répondre : où se trouvent les disques contenant toutes les connaissances de l'Institut ?

– Dans le coffre du laboratoire.

– Et veux-tu me rappeler qui en possède une clé ?

– Le professeur, mon assistant et moi. C'est une mesure de sécurité que nous avons mise en place après l'épisode des…

– Très bien. Je demande une interruption de séance. Kate, pourrais-tu aller chercher ces disques, s'il te plaît ?

—

Cela tournait mal. Le samouraï sentait le trouble dans son camp. Et il pouvait lire le sourire satisfait sur les visages des douze et de leurs amis. Cela puait la traîtrise.

—

– Ils… Ils n'y sont plus…

Explosion de cris.

– Pardon ? Peux-tu répéter plus fort, mademoiselle la présidente de séance ?

– Les disques ne sont plus dans le coffre.

– Donc, les disques que tu avais sous ta protection ont disparu, ainsi que Ronald, et ton assistant qui possédait une clé du coffre. Ils ont disparu, alors que nous savons désormais que le professeur a rencontré Aribert Clauberg, l'homme qui voulait précisément acheter ces disques. Es-tu sérieuse ?

Beaucoup d'anthropes s'étaient levés et s'étaient mis à

discuter, à pousser des cris. Paul éleva la voix, les invitant d'un geste à se rasseoir.

– Je vous en prie, je vous en prie… Gardez votre calme… Nous devons rester dans le cadre strict de notre charte. Alors, voilà ce que j'ai à dire : j'accuse, hélas, mon ancien ami Ronald, avec qui j'ai fondé cet institut, d'avoir vendu nos recherches, notre travail à tous, à des humains qui n'ont rien à voir avec nous et sont prêts à nous tuer comme du gibier. Je l'accuse d'avoir fui avec l'argent de cette forfaiture. Je l'accuse de vous avoir endormis avec son histoire de maîtrise, de vous avoir rendus dociles et soumis pour mieux vous manipuler. J'accuse enfin la présidente de séance d'avoir fait preuve si ce n'est de traîtrise, au moins de naïveté, en dissimulant des informations de première importance à notre assemblée. Et je demande donc sa destitution immédiate.

– Paul, tu ne peux pas…

– Si, je le peux. Et je le fais. Je soumets ta destitution au vote, Kate, ainsi que ton remplacement à la tête de ce conseil par le seul qui ait la légitimité aujourd'hui de le présider… Moi-même.

Il se tourna vers l'assemblée où les murmures s'étaient de nouveau mués en brouhaha.

– Votre serviteur.

– Anja ! protesta Kate.

La jeune femme blonde qui siégeait au conseil restreint avec Kate depuis huit mois la regarda quelques secondes, hésitante. Puis elle secoua la tête et dit :

– Tu nous as menti… Le professeur, Matthew et toi, vous nous avez tous menti…

Kate avait perdu.

– Nous allons donc instruire maintenant le procès de ceux qui nous trahissent, dit Paul Hugo calmement, comme s'il s'était agi d'annoncer une excursion pour le lendemain.

– Foutaises !

La voix de Flora venait de s'élever, claire, brûlante, au milieu du tumulte.

– Tu dis, Flora ?

– Je dis foutaises !

Quelques amis de Bjorn se levèrent, comme un seul homme. Mais Paul Hugo continuait de jouer son numéro de modérateur de l'assemblée, de grand démocrate. Apaisant, il déclara :

– La plus jeune initiée de l'assemblée demande la parole, et elle n'est apparemment pas d'accord avec la procédure que je propose. Même si elle n'a pas voix délibérative, il convient d'écouter son avis.

Tout le monde regardait Flora, qui s'était levée elle aussi. Elle, la tête brûlée, l'incarnation du défi, avec son air crâne, ne regardait que Paul Hugo. Mais de toute évidence, elle s'adressait surtout à ceux de son propre camp.

– Tes propos n'ont aucun sens, Paul. Jamais McIntyre ne nous aurait trahis alors que c'est lui qui nous a permis à tous de trouver refuge ici. Il est allé chercher chacun d'entre nous au moment de notre vie où tout s'effondrait – l'avez-vous oublié ? Il nous a permis de vivre et travailler comme nous le souhaitions à l'Institut, et d'en repartir quand nous le voulions… Cela ressemble-t-il à une manipulation ? À un mensonge ?

– Alors, comment expliques-tu qu'il ait disparu avec une partie de nos connaissances, et qu'il ait secrètement pris rendez-vous avec un laboratoire, Flora ? S'il était aussi irréprochable que tu le prétends ?

– Je ne me l'explique pas, mais lui saura nous éclairer. Je suis sûre que s'il a agi de la sorte, c'est qu'il estimait cela bon pour l'Institut. Et s'il ne nous en a pas parlé, c'est parce qu'il se méfiait de certains parmi nous. De toi, Paul, de Bjorn, et de vos amis. Il m'a demandé de chercher des liens, entre le laboratoire de Clauberg et une très importante somme d'argent que tu as récemment reçue sur ton compte personnel. Qu'as-tu à répondre à cela ?

Le brouhaha reprit de plus belle après cette révélation.

– C'est ta parole contre des faits, Flora. Tu lances en l'air des accusations gravissimes, sans aucune preuve.

– Non, ce n'est pas seulement sa parole, intervint Kate. C'est également la mienne et...

Paul Hugo se tourna vers la biologiste, la moucha d'un ton cinglant :

– Tais-toi, Kate ! Tu as eu l'occasion de dire la vérité, et tu as menti. Ton tour est passé.

Puis il se tourna vers Flora. Pour la première fois depuis le début de son intervention, son attitude et son ton se firent menaçants.

– Flora, peux-tu prouver ne fût-ce qu'une infime partie de tes accusations ? As-tu trouvé quelque chose qui m'incrimine, ou exprimes-tu là tes soupçons, tes délires, et qui sait, ceux de Ronald ?

– Je n'ai rien encore...

– Rien ? Vraiment ?

– Non, pas encore. Mais je sais que tu as fait fortune récemment. Et je sais que McIntyre se demande pourquoi. Et je sais que tes amis se distribuent de la drogue, qu'ils professent des conneries sur la supériorité des prédateurs...

Mouvement hostile du côté de Bjorn et Mevlut...

– Laissez-la terminer...

– Des conneries dont Silvio a fait les frais le premier... Puis Faisal. Et Kate... Des conneries qui nous entraîneront tous dans la folie, si on t'écoute !

À ce moment, Paul lui tourna presque le dos, et s'adressa à la foule. Un truc d'avocat. Pourtant, c'est à Flora qu'il semblait parler :

– Donc, c'est cela... Tu n'as aucune preuve, tu lances des

accusations sur ordre de Ronald, et finalement, tu me rends responsable de deux accidents...

Des murmures.

– ... avec lesquels je n'ai strictement rien à voir ?

– Toi, peut-être pas. Mais tes théories, si !

Cette fois, c'est Shariff qui avait pris le relais. Le samouraï se balançait sur sa chaise, en équilibre, les pieds appuyés sur le dossier de la rangée de devant. Il n'avait même pas daigné baisser la capuche de son éternel sweat noir pour parler. Paul Hugo afficha une moue franchement ironique. Et méprisante.

– Le homard pensant, maintenant !

Des rires dans l'assemblée. Des deux côtés.

– Y aura-t-il un anthrope majeur pour me donner la repartie ? Ou dois-je me contenter des enfants de McIntyre, qui n'ont même pas le droit de vote ?

Un silence s'abattit sur l'immense bibliothèque.

– Personne... Bien... Pour qu'on ne m'accuse pas de ne pas donner la parole à mes détracteurs, j'appelle à la barre le troisième élément du trio juvénile. Pour qu'il joue le rôle de l'arbitre. Tim, accepterais-tu de répondre à nos interrogations, s'il te plaît ?

C'était si inattendu que, pendant quelques secondes, Tim crut sentir le sol se dérober sous ses pieds. La discussion lui avait échappé depuis longtemps. Il avait encaissé avec stupeur les accusations d'Hugo contre le professeur. Il avait vu comment le bibliothécaire mettait en pièces les contre-accusations de Flora. Et maintenant, Hugo le citait à comparaître. Comme un allié ?

– Tim ?

– Je... Je suis parfaitement d'accord avec Flora et Shariff, Paul... Ce que vous dites sur le professeur est...

– Oui, oui... Toi aussi, tu penses que je suis un monstre, un idéologue et un assassin... Alors que celui qui a disparu avec toutes nos connaissances pour aller les vendre à un laboratoire est un saint. Nous n'en doutons pas. Mais ce n'est pas ce que nous voulons savoir.

Tim regarda autour de lui. Tout le monde se taisait, les yeux braqués sur lui. Flora était restée debout jusque-là, mais elle se rassit lentement. Leurs regards se croisèrent, pour la première fois depuis une semaine. Elle mima l'impuissance d'un haussement d'épaules. Shariff, à côté d'elle, semblait ruminer sous sa capuche – tout en le fixant. Kate avait fait deux pas de côté, défaite. Tout dépendait de lui maintenant.

– Tim, il y a huit mois, sous ta forme arktanthrope, tu as permis la libération de tes deux amis ici présents, ainsi que de Ronald. N'est-ce pas ?

Tim opina. Où le bibliothécaire voulait-il en venir ?

– Souhaites-tu que Bjorn ou quelqu'un de l'équipe de nettoyage rappelle dans quel état ils ont retrouvé les corps des chasseurs ? Le souhaites-tu, Tim ?

Une rafale d'images le frappa de plein fouet. Ses morts. Ses mutilés. Ses meurtres. Ben, avant eux… Il avait… Déjà, Paul ne s'adressait plus à lui.

– Écoutez-moi… Tout le monde sait que ce garçon ne me porte pas dans son cœur, et qu'il est fidèle à Ronald, notre père à tous, n'est-ce pas ? Pourtant, lorsqu'il a fallu affronter les chasseurs, qui, eux, étaient de véritables assassins, lorsqu'il a fallu se libérer d'une menace terrifiante, qu'a-t-il fait ?

Hugo le désignait de l'index; toute la salle n'était qu'une multitude d'yeux inquiets, avides, posés sur lui, le meurtrier.

– A-t-il fait appel à la morale, à la vertu, à la maîtrise prêchées par McIntyre, ou a-t-il utilisé son immense puissance, au service d'une cause juste ? Et pourquoi nous, qui réclamons la puissance, ne saurions-nous pas, comme lui, la mettre au service de causes justes ?

Tim devait intervenir, interrompre la fascination qu'exerçait le bibliothécaire sur son auditoire. Maintenant.

– Justement, le professeur m'avait demandé d'être là, ce soir, pour vous parler de ce que j'ai… de ce qui s'est produit, dans le bunker…

– Nous t'écoutons, Tim.

– Cela n'a rien à voir avec la puissance. Cela a à voir avec le meurtre, avec le sang, avec l'horreur… J'ai… J'ai été un… monstre.

Hugo s'était rapproché. Sa voix descendit dans les graves, même si elle restait parfaitement audible. Il se comportait comme un procureur face à un témoin de la défense. Chaleureux, dangereusement amical.

– Avais-tu une autre solution, Tim ? Penses-tu que tu pouvais agir autrement ?

– Non, je n'ai pas trouvé le moyen de…

– Tu n'as pas trouvé le moyen, parce qu'il n'y en avait pas. Parce que la puissance coule dans ton sang, qu'elle est un don de la nature, et que tu dois l'utiliser.

– Non, elle n'est pas un don, mais une…

– Le regrettes-tu ? Penses-tu avoir commis le mal, Tim ?

Une pause.

– Regrettes-tu d'avoir sauvé ce professeur si parfait qui n'a pas daigné venir ce soir ? Ainsi que les deux jeunes gens que nous sommes heureux d'accueillir, comme toi, pour la première fois au conseil ?

Tim lança un regard de noyé vers ses amis. « Aidez-moi… » Flora le fixait toujours, l'air désolé. Le visage de Shariff, dans l'ombre, était aussi sombre que sa capuche.

– Non, je n'ai…

– Tu as eu peur après coup de cette puissance, Tim. Je le comprends. Et certains ont cultivé cette peur en toi, en vous tous, pour vous dompter, et transformer vos métamorphoses en… en épiphénomènes. Vous deviez rester bien soumis. Mais quand tu regardes objectivement, Tim, tu vois bien que c'était le seul, le meilleur moyen, et qu'il n'y a rien à regretter – ta puissance est un don.

Tim était désemparé, les bras ballants. Son intervention aurait dû porter un coup décisif à son interlocuteur et faire basculer l'assistance dans le camp de McIntyre. Il venait de se produire le contraire.

27.
DES ARMES

Bjorn se leva et s'approcha à son tour. Impressionnant, massif, il dominait Tim de la tête et des épaules, et rayonnait d'un calme dangereux. Il sortit de sa poche un sachet de plastique transparent, qui contenait trois ou quatre comprimés orange.

– Paul n'a rien à voir là-dedans. Mais moi, je plaide coupable. Nous nous sommes effectivement procuré de la *Tiger Eye*, quand nous avons su que ce speed existait… Nous l'utilisons entre nous pour nous débarrasser de ce moralisme qu'on nous impose depuis des années et qui nous empêche d'être ce que nous sommes : des chasseurs. Des dominants, au sommet de la chaîne alimentaire, chacun dans notre écosystème.

Kate intervint, tendit la main :

– Bjorn, donne-moi immédiatement ce produit, je dois…

– Tu ne dois rien du tout, docteur. Les prédateurs se rient de ta morale, ils dominent. Il y a eu des accidents, au début, mais il y en aura de moins en moins. Ce n'est rien. C'est juste l'apprentissage de la puissance qui nous submerge encore. Et vous, les autres, vous devrez aussi apprendre. Nous allons vivre le pouvoir.

– Vous êtes…

– Regardez.

Bjorn goba un comprimé orange. Puis il sortit une seringue, remonta sa manche, et se fit une injection. Toute l'assistance eut un mouvement de recul.

La transformation se déroula sous leurs yeux.

—

Paul parla d'une voix hypnotique :

– Je désapprouve ce que vient de faire Bjorn, parce que cela contrevient aux usages, mais regardez-le… Ouvrez vos yeux, décillez-les, regardez le fauve…

Bjorn la grande panthère noire était d'une souplesse menaçante. Une électricité sembla habiter l'air, tout d'un coup. Chaque mouvement de ses pattes pouvait lancer la foudre, chaque coup de tête, de croc. Le cou disparaissait sous la masse musculeuse des épaules. La gueule cherchait quelque chose à mordre, sans cesse ouverte. Il y avait quelque chose d'inéluctable en elle, la certitude d'une attaque. Il y avait cette impression de force, féline, suffocante.

La voix hypnotique de Paul Hugo, sur ce spectacle, ressemblait à une voix off :

– C'est la perfection même, la puissance… La pureté. Rien à voir avec ces mécaniques instinctives qu'on voudrait vous faire craindre. Rien non plus de domestiqué, rien qui soit soumis aux règles, aux lois, aux hommes.

La panthère fit un tour sur elle-même puis se dirigea vers les amis de McIntyre qui se mirent à reculer, pas à pas, fascinés par le danger qui émanait d'elle. Kate articula lentement, comme tétanisée :

– Paul, les règles stipulent que nul anthrope ne doit assister au conseil pendant sa métamorphose, et que les menaces sont bannies du mode de gouvernement de cet endroit…

– Oui, Kate. Tu as bien appris ta leçon, comme un caniche. Mais regardez… Bjorn est la puissance, en cette minute. Et je vous le demande, mes amis : pourquoi y renoncerait-il ?

Trouvez-vous que Bjorn perd ses moyens, sa maîtrise, alors qu'il a pris cette drogue ? Non… Oh, non… Il ne perd rien. Il choisit. Il est maître de lui puisqu'il sélectionne parmi vous celui qu'il veut…

Tout le monde avait reculé, sauf Flora et Shariff, toujours assis. Une minute plus tôt, ils étaient au milieu de l'assemblée des partisans de McIntyre – maintenant, ils en formaient l'avant-garde. Ils ne bougeaient pas. Tim, toujours debout à côté d'Hugo, fit deux pas en avant, vers le fauve, pour détourner l'attaque, si…

– Le trouvez-vous fou, ou d'un calme magnifique ? Qu'en pensez-vous ?

Kate dit à voix haute, avec une solennité hachée par le stress :

– La séance est dissoute.

– Bjorn ! ordonna Paul Hugo.

La panthère, en deux bonds, fut devant la docteur en biologie, les babines retroussées sur des crocs ivoire.

– Tu ne devrais pas rejouer avec la chance, Kate. Ines t'a manqué, parce que nous le voulions, mais Bjorn… reste Bjorn.

La voix de Paul monta d'un cran :

– Croyez-vous qu'il frappera parce que je le lui ordonnerai ? Oh, non… Bjorn n'est pas un toutou. Il est plein de haine pour Kate, parce qu'elle vous a trahis, tous. Il choisira d'exprimer sa puissance contre elle si elle refuse que l'on procède au vote ce soir, comme le règlement l'exige à chaque conseil. Dans une minute, je vais proposer sa destitution, puis nous parlerons de l'avenir de l'Institut, du projet que nous avons pour lui, mes amis et moi… Mais en attendant, regardez Bjorn. Regardez-le… Il épargne Kate, pour l'instant, il sait le faire, malgré la drogue ingérée. Peut-être a-t-il plus de haine pour d'autres…

Paul s'amusait. Plus personne ne bougeait, de peur

d'attirer l'attention de la panthère qui s'était détournée de Kate et revenait d'un pas inquiétant vers Flora et Shariff :

– Par exemple, continua le bibliothécaire, pour deux jeunes gens qui se permettent d'émettre des accusations graves alors qu'ils ne sont même pas majeurs... Qui sont les suppôts du professeur... Parce que leur métamorphose est minable, qu'ils sont au bas de la chaîne alimentaire, et qu'ils ont peur de leur faiblesse, comme de notre puissance...

– Flora !

Tim avait crié en s'avançant de quelques pas. La jeune fille s'était redressée sur ses jambes, lentement, pour quitter sa position assise, mais elle se figea. Les yeux jaunes de la panthère l'hypnotisaient. Bjorn la fixait, elle, et personne d'autre.

– Oui, Tim, tu hésites... Seras-tu obligé de te transformer en ours pour sauver tes amis ? Me donneras-tu raison, vas-tu te battre à mort contre un autre anthrope ? Feras-tu assez vite, et dois-tu, toi aussi, utiliser ta puissance, pour tuer l'un d'entre nous ? Ai-je raison ou as-tu tort ? Quel dilemme, n'est-ce pas, monsieur Blackhills ?

– Et toi, tu en veux, un dilemme, Ducon ?

Shariff n'avait toujours pas bougé. En apparence. Sa chaise était en équilibre sur deux pieds, ses chaussures délacées en appui sur la table de devant. Mais son visage venait de sortir de sous sa capuche, un sourire mauvais aux lèvres. Et sa main avait jailli de sous son sweat. Elle tenait un pistolet automatique de gros calibre. L'arme dessina un huit, dans l'air.

– Le dilemme de Bjorn, reprit Shariff, c'est : la panthère saute-t-elle assez vite ou la balle part-elle encore plus vite ? Mon dilemme à moi, c'est : si j'abats Bjorn parce qu'il essaye de me tuer, qu'est-ce qui me retient de buter aussi celui qui lance Bjorn sur moi ?

Le flingue de métal froid braqua Paul Hugo.

– Shariff, tu ne peux rien… Ton revolver n'est jamais chargé en dehors du stand de tir. Ordre de ton seigneur et maître, le grand professeur.

– Et toi, Paul Hugo, ton premier dilemme c'est : Shariff-le-homard-pensant, comme tu dis, obéit-il toujours au professeur ? Ou pas ?

PAW !

Un coup de feu, en l'air. Un peu de bois et de plâtre tombèrent du plafond, tout le monde sursauta. La panthère avait fait un bond de côté, elle hésitait maintenant sur l'attitude à adopter.

– Premier dilemme résolu. Et, croyez-moi ou pas, il y a quinze munitions blindées dans le magasin. J'en fais monter une deuxième ? On continue ?

Shariff continuait de se balancer sur sa chaise, sa voix était railleuse, comme si tout cela n'était qu'un jeu. Le flingue allait d'une cible à l'autre.

– Deuxième dilemme pour Paul Hugo, grand théoricien alpin de la puissance : la panthère sous speed va-t-elle être assez conne pour essayer d'attaquer, malgré tout, le samouraï ? Parce que dans ce cas, je te préviens, je l'aurai elle, puis je t'aurai toi, Paul Hugo. Sans aucun remords. Et je saurai aussi buter quatre ou cinq de tes protégés, avant que les autres aient le temps de m'atteindre…

Un mouvement rapide du pistolet, vers sa droite.

– … contrairement à ce que paraît espérer l'ami Mevlut. Alors, tu rappelles ton garde du corps et ta bestiole… Tout de suite.

Mevlut esquissa un mouvement de recul quand le flingue l'attrapa dans sa mire. Le fauve s'était, quant à lui, ramassé sur ses pattes arrière. Comprenait-il ce qui se passait ? S'apprêtait-il à bondir, malgré l'arme ? Hugo hésita encore quelques secondes, puis, lâcha d'une voix cinglante :

– Bjorn !

Le fauve leva la tête, étrécit deux fois les yeux en lançant un rugissement – comme le tigre dans l'arène face au fouet du dompteur. Puis, lentement, à regret, vaincu, il fit demi-tour et vint se placer derrière Paul Hugo.

– Un vrai toutou, en fait, ton échantillon de la race supérieure… Troisième devinette, mon pote : que vaut l'infinie puissance que tu nous vantes face à l'industrie humaine qui a inventé mon arme à feu ? Que dalle, on dirait. Quatrième devinette : comment vas-tu expliquer à ton ami Ronald ce qui s'est passé, et ta trahison, quand il reviendra ? Vaut-il mieux essayer d'expier ta forfaiture ou prendre tout de suite tes cliques et tes claques ? Il paraît que tu viens de t'offrir un chalet…

PAW ! nouveau coup de feu au plafond. Tout le monde sursauta.

– Faudra réparer, je suis désolé… Mais tu demanderas à un homme-mouche ou à une fille-guenon de monter faire le taf, avec son infinie puissance. Cinquième et dernière devinette : comment vas-tu ramener ton chihuahua dans sa pièce rouge, ce soir, vu que le speed va nous l'avoir énervé ? Tu as prévu des steaks ?

Shariff se balançait toujours et riait franchement maintenant. Ses dents blanches et carnassières contrastaient avec son visage enfantin. Puis il lança à voix haute :

– Des menaces ont été proférées, et des armes brandies, ce qui constitue deux violations évidentes du règlement intérieur de notre institut, ainsi que de l'esprit de notre charte. Au nom de la présidente par intérim, je proclame donc la séance dissoute, et remise *sine die*… Le prochain conseil élargi aura lieu au retour du professeur. Le conseil restreint prononcera à ce moment les exclusions et les sanctions contre les fauteurs de trouble, dont je suis. Que ceux qui s'y opposent lèvent la main…

PAW ! Cette fois, le coup de feu partit à un mètre au-dessus des têtes des prédateurs. Les amis de Paul Hugo se regardèrent sans rien dire. Pas une main ne bougea.

– Adopté, à l'unanimité ! Maintenant, barrez-vous.

—

Tim, Flora et Shariff se retrouvèrent avec Kate, Anja, et Marco dans l'immense pièce au plafond trop haut, percé par deux munitions blindées. Les raclements de chaises, puis les bruits de pas, les claquements de portes qui se referment, les chuchotements s'étaient tus. Tim et Flora étaient figés, stupéfiés. Kate, Marco, et Anja attendaient la suite.

Shariff se marrait ouvertement.

– Une bonne séance, avec pas mal de rebondissements inattendus, pas vrai ? Quelquefois, rien de tel qu'un peu d'ultraviolence pour débloquer des situations insolubles… Notez que je regrette toujours qu'on en arrive à cette extrémité.

28.
LE CERCLE RESTREINT

Flora venait de sortir son ordi de son sac à dos. Les cinq autres s'étaient instinctivement regroupés autour d'elle. Soudain, Shariff redevint sérieux, inquiet aussi. Il était le seul responsable de ce nouveau conseil de guerre parallèle, il était l'héritier du fondateur. Il menait la résistance.

– Kate… Tu savais que le professeur avait pris les disques ?

Kate baissa la voix, comme si elle craignait que leur conversation soit écoutée :

– Je l'ignorais. Totalement. Il devait enlever Clauberg pour le faire parler. Je ne sais pas pourquoi il a emporté nos informations.

– OK, alors nous devons le retrouver très vite. Tout laisse à penser qu'il est en danger.

Anja l'interrompit :

– Ou qu'il nous a trahis, Shariff. C'est une possibilité qui…

– Anja, c'est la première et la dernière fois que tu évoques cette hypothèse devant moi. Je vous préviens que je ne m'allierai avec personne qui doute de mon père.

À ses mots, tous relevèrent la tête.

– Il m'a adopté. Il y a un mois. Vous trouverez les papiers dans le tiroir de son bureau.

– Shariff, je…

Flora avait tendu une main.

– Pas maintenant, Flora. Ce n'est pas le moment de s'attendrir. Quelqu'un sait-il comment on pourrait le retrouver ?

Et comment Hugo a-t-il été mis au courant de notre plan ?

Silence. Apparemment, ils attendaient tous qu'un gamin de treize ans apporte la solution.

– Bon… De deux choses l'une… Ou bien il y a un traître dans ce conseil de guerre, et il ne peut s'agir que de Kate ou de Marco…

La voix de Shariff était celle d'un adulte, avec un léger tremblement, provoqué par la colère peut-être… Ou la peur.

– … Mais je ne veux pas le croire. Ou bien l'un d'entre nous, le professeur, Matthew ou Julien, a commis une erreur qui a révélé notre plan à l'ennemi.

De nouveau, un silence. Chacun, sauf Anja, cherchait sans doute le moment où il aurait pu prononcer le mot de trop qui avait mis quelqu'un sur la piste… Shariff se tourna vers Kate, et demanda :

– Peu importe, pour l'instant. Ce Clauberg, et sa société, c'est qui, exactement ?

– Le diable. Le grand méchant loup.

– OK, alors on va devoir aller chercher le professeur en enfer, trancha Shariff. Tim, Flora et moi, on s'occupe de trouver des infos. Toi, Kate, tu gères les affaires courantes avec Anja. Marco regroupe les quelques fidèles qui restent et met Paul et ses amis sous contrôle.

Shariff les regarda tous, l'un après l'autre, dans les yeux.

– Nous ne devons compter que sur nous-mêmes. Mon père a besoin de nous. Maintenant.

– Anja… Tu es avec nous ?

Elle opina de la tête.

– OK. Chacun de nous ne s'appuie que sur deux ou trois proches, absolument sûrs. Et personne ne circule sans arme. Ça va aller ?

Tim n'avait toujours rien dit. On ne lui demandait pas son avis. Les choses s'étaient précipitées.

29.
IN TENEBRIS (2)

Il répétait les noms, les visages, l'un après l'autre. De longues listes, pour ne pas… perdre… laisser s'échapper…
Il savait que son humanité résidait là… Les siens… Et les autres… tous les visages qui constituaient son histoire personnelle, depuis sa naissance. Depuis sa seconde naissance, lorsqu'à la suite de la transfusion, à l'hôpital, il avait…
Ils disaient : un « anthrope »… C'était le mot qu'ils utilisaient, lui et Paul. Paul Hugo. Paul Hugo n'était pas là, mais il se souvenait parfaitement de lui… de son visage.

—

Flora. Shariff. Anja. Kate. Timothy. Marco. Julien. Tous ceux-là… avaient cru que… Mais ils s'étaient trompés, il avait trompé leur… confiance ? Foi ? Il ne se souvenait plus ce qu'ils étaient venus faire ici, il savait juste qu'ils s'étaient trompés et que quelqu'un… dont le nom… Clauberg ? Aribert Clauberg ? L'homme-rapace, l'albinos, ou…
L'albinos venait d'apparaître. Ouverture théâtrale, silencieuse, des portes de l'ascenseur. Trois hommes le suivaient. Et un quatrième, qu'ils traînaient. Celui qu'ils traînaient, il connaissait son nom… C'était… Un nom de chien, un très gros chien de guerre… Un mastiff…
Il se souvenait que celui qu'ils traînaient avait été quelqu'un d'important pour lui. Comme un fils. Comme l'autre, le plus jeune, Shariff…

Matthew. Celui qu'ils traînaient s'appelait Matthew. C'était un mastiff… Pourquoi l'avaient-ils jeté au sol, juste devant la vitre de sa cage ? Pourquoi le rouaient-ils de coups ?

30.
« ON Y VA ? »

De retour au mazot, ils barricadèrent toutes les portes et les fenêtres. Kate venait de donner ses ordres aux fidèles de McIntyre : les nouvelles équipes de sécurité de Marco devaient patrouiller, en douceur, en espérant que les amis de Paul Hugo n'iraient pas jusqu'à l'affrontement. Les gardiens avaient la consigne de ne pas parader entre les mazots de l'Alpage, afin de ne pas exciter leur colère. La directrice du labo se sentait les épaules assez solides pour gérer la situation, dans les heures à venir.

À la fin du « conseil restreint » improvisé, à six, elle leur avait dit : « On devrait pouvoir les tenir tranquilles pendant une semaine. Après ça, soit ils partiront, soit ce sera la guerre… »

Shariff gardait ses deux armes chargées à portée de main. Il menait les opérations, et improvisa un énième « conseil restreint », à trois, dans le mazot.

– Assemblée réservée aux enfants de McIntyre, et provisoirement installée dans la chambre de Catwoman… La séance est ouverte !

Tim ne disait toujours rien, mais écoutait. Flora pianotait sur le clavier d'un de ses deux ordis, à une vitesse vertigineuse, tout en leur résumant l'état de ses connaissances :

– J'ai passé des heures sur Internet ces dix derniers jours, à récupérer des informations et à vérifier les activités et les comptes d'AC Hemato Incorporated. Activités diversifiées, recherche fondamentale, recherche appliquée, production pharmaceutique et biotechnologies. Fondateur et PDG, Aribert Clauberg. Siège social, Lausanne, Suisse. Chiffre d'affaires : 1,8 milliard d'euros. Nombre d'employés : 120 000.

– Waouh… Plutôt un poids lourd…

– Yep. Et Le poids lourd en question ressemble à un sacré merdier, côté structures. Il y a au moins trente entités enchevêtrées, chacune spécialisée dans des activités précises, plus une dizaine de sociétés-écrans, à ce que je vois. Pour faire de l'argent dans des endroits très très paradisiaques…

– Même les Suisses pratiquent l'évasion fiscale, commenta Shariff. Mais je ne pense pas que le professeur enquête sur le blanchiment d'argent des labos pharmaceutiques. Regarde plutôt ce qui concerne la production de molécules, d'amphétamines, pour la médecine ou autre.

– OK, monsieur-je-sais-tout, mais figure-toi que j'ai *déjà* regardé. Tu m'écoutes ?

– Vas-y…

Ses mains couraient maintenant sur les deux claviers, alternativement, sans qu'on sache ce qu'elle cherchait. Elle passait apparemment d'un écran à l'autre, où défilaient des fichiers Excel, des listes de noms… Elle étudiait chaque tableau en un coup d'œil, cela ne l'empêchait pas de garder le fil.

– Bon. Outre mes petites investigations infructueuses dans la comptabilité d'Hugo, et dans celle de Clauberg, je me suis penchée sur les domaines d'application des différentes entreprises du groupe. Notamment sur tout ce qui touche aux activités militaires.

– Militaires ? Attends, ce n'est pas pas un labo pharmaceutique ?

– Si… Mais c'est surtout une gigantesque machine à produire du fric, grâce à toutes sortes de produits que ses filiales fournissent à toutes sortes de clients : pharmacie, biotechnologie, armes biologiques… Il existe au sein de la holding une entité poétiquement baptisée WarDogs, spécialisée dans les biotechnologies appliquées à des fins militaires. Clients : une bonne dizaine d'États. Domaines de recherche : tout ce qu'il est possible d'imaginer concernant les manipulations biologiques pour fabriquer des superguerriers. Ils bossent sur le clonage, ils expérimentent des molécules augmentant la résistance des soldats aux gaz de combat. Ils travaillent également sur l'implantation de puces dans le cerveau humain pour permettre des choses aussi utiles qu'une hyperesthésie oculaire ou auditive, par exemple…

Tim, pour la première fois, intervint :

– Désolé, Flora, je ne parle pas ta langue, là.

Shariff traduisit :

– Une hyperacuité des sens. La capacité de voir mieux, plus loin, d'entendre mieux, plus loin, de percevoir les ultrasons, etc.

– Ils essaient de fabriquer des… des cyborgs ? demanda Tim.

– Disons au moins des surhommes. Capables de voir la nuit, de communiquer dans la gamme des ultrasons, de recevoir directement dans le cerveau des ordres informatiques. Et, manifestement, plusieurs départements de la Défense prennent leurs recherches très au sérieux. Le tout est parfaitement légal vu qu'en apparence ils ne fabriquent aucune arme biologique et ils mènent leurs recherches en choisissant soigneusement l'implantation de leurs labos.

– Et le speed ? demanda Shariff. Ça rentre dans le cadre de ces recherches ?

– McIntyre le pensait, et il avait raison. Depuis sept mois, officiellement, ils fabriquent une amphétamine pour les commandos, qui rend les types capables de se battre pendant quatre jours d'affilée tout en stimulant l'agressivité.

– La *Tiger Eye ?*

– Peut-être… Officiellement, c'est le programme *Cold Blood.* L'avantage de leur cachet est qu'il supprime toute mémoire aux combattants. Une façon habile de prévenir le syndrome post-traumatique. Mais leur came ressemble comme une jumelle à celle de Bjorn.

– Bon. Et on a la preuve que Clauberg en a vendu à Paul Hugo ?

– Bien sûr que non, sinon, je l'aurais sortie tout à l'heure…

Tim se rembrunit. « Tout à l'heure ». Autrement dit, lors de leur fiasco devant Paul Hugo. Heureusement que Shariff…

– *Never mind*, dit le garçon homard. Ce qui importe, dans un premier temps, c'est de ramener mon père… On sait qu'il était convaincu de la complicité de Clauberg et d'Hugo, et on sait qu'il est parti enlever le fondateur du labo. On doit donc pouvoir retrouver sa trace informatique quelque part, sur un des sites du groupe, ou dans un agenda électronique, non ?

– Bingo !

Tim remarqua seulement à cet instant que Flora avait cessé de pianoter depuis quelques secondes. Elle venait de tourner son écran vers eux pour qu'ils le voient : il affichait un site Internet commercial, pour un palace au bord du lac Léman.

– Tu nous offres un week-end de charme, *darling* ? lança Shariff. Je suis invité ?

– Dans tes rêves, gamin. Bon, c'est juste un début de piste… Je viens de forcer le serveur de la messagerie de Matthew et il a réservé trois chambres… selon un mail de confirmation reçu le 20 avril. *Hôtel du Lac*, Lausanne, Suisse.

– Reste à savoir s'ils y sont toujours.

– Je viens de me promener dans le serveur intranet de l'hôtel. Ronald McIntyre, Julien Charcot et Matthew Finnegan avaient des réservations à leurs noms, cette semaine, du samedi 21 au mercredi 25. Mais apparemment, ils ont disparu dès la première nuit, sans régler leur note, et leurs affaires sont toujours dans leurs chambres. La direction a décidé de débiter leur compte de la caution, correspondant à deux semaines de séjour, et elle renverra leurs bagages à l'adresse de leur passeport en fin de semaine, selon l'usage maison.

– Disparus, corps et biens, déclara Shariff.

– Oui. On commence par là, répliqua Flora. On y va ?

—

– Bon, tu te sens de nous conduire jusque-là ? Tu seras moins empoté qu'au conseil ?

Shariff avait carrément mis les pieds dans le plat. Flora regarda Tim, intensément.

« Alors, tu vas te débiner, cette fois encore ? » songea-t-elle.

Après une seconde d'hésitation, il endossa le nouveau rôle qu'on lui confiait :

– Il va bien falloir. On doit être là-bas le plus vite possible, si on veut trouver un indice… Avant que l'hôtel ne réexpédie leurs affaires. Flora cherchera d'éventuelles traces électroniques, dans les archives de WarDogs, ShylocK et AC Hemato… Nous, on fouillera les valises pendant ce temps-là.

– Il y a juste un problème, les garçons. Le plus vite possible, ce ne sera pas avant trois jours. Je deviens Catwoman cette nuit.

– Eh bien on n'a plus qu'à espérer que l'*Hôtel du Lac*

accepte les animaux, parce qu'on n'a pas exactement trois jours devant nous.

C'était au tour de Tim de la fixer, avec une douce fermeté.

Quand Shariff eut quitté la chambre pour « préparer ses armes », elle attaqua :

– Comme tu l'as vu avec celui de Matthew, je peux forcer n'importe quel serveur en quelques minutes, Tim. Quand nous aurons retrouvé McIntyre, il faudra que tu m'expliques ce que tu avais l'intention de faire en réservant un billet d'avion pour Missoula départ demain. Un seul billet…

Elle montra sa main, où brillait un petit diamant de peu de valeur, à l'éclat blanc :

– On est *mariés*, Tim. *Toi* et *moi*. Si c'est au-dessus de tes forces d'y croire, tu n'as qu'à faire semblant.

DEUXIÈME PARTIE

CHRYSALIDE, IMAGO

—

Flora et Tim

31.
IN TENEBRIS (3)

Neuvième métamorphose, déjà… en combien de jours ? Il en perdait le compte, avec cette pièce allumée en permanence. Il devait pourtant y avoir eu des jours, des nuits. Il savait qu'il devait compter cela.

Il ne savait plus ce que signifiait précisément le mot « métamorphose ».

Était-ce un mot qu'il avait inventé ? Ou pas ?

Un mot de quelle *espèce* ? Il savait qu'il avait deux espèces, mais ne se souvenait plus exactement du sens de cela non plus : deux… espèces…

Connaissaient-ils le mot « métamorphose », les humains qui le regardaient derrière la vitre ? Que cherchaient-ils en lui infligeant cela ? Pourquoi ce supplice ? Que voulaient-ils ? Qui étaient-ils, déjà ?

Et lui ?

Il perdait ses repères. Il était venu ici pour obtenir quelque chose qui n'avait aucun rapport avec ce qu'il était maintenant, quelque chose qui datait d'une époque où il était… autre ? Humain ? Comme eux ?

Oui, ça y est, il s'en souvenait. Il était humain, il y a… des jours… des semaines ?

Il était un homme, mais pas en blouse blanche, comme ceux qui venaient parfois l'observer, derrière la paroi, et qui le piquaient avec des seringues.

Il se souvenait que dans le passé, il avait fait cela, aussi : se piquer avec des seringues. Pourquoi ?

Il se souvenait qu'autrefois, il en connaissait les raisons… Pourquoi lui échappaient-elles, maintenant ?

Qu'était-on en train de lui faire ? Qui étaient les humains en blouse blanche qui lui injectaient du sang avec des seringues ? Pourquoi n'était-il pas parmi eux ?

Il n'avait pas toujours été un… animal… Un carcajou… *A wolverine*… Autrefois, il était… parmi eux ?

Non. Ailleurs. Il se piquait avec des seringues ailleurs, pour une raison… d'instinct ? Non, l'inverse… de… maîtrise ?

Oui, c'était le mot : la maîtrise. *Supranoïa*. Il lui semblait que le mot existait. Il lui semblait qu'il l'avait inventé. Il y a… longtemps ? Dans le passé.

Le passé s'estompait.

Peut-être, s'il dormait, parviendrait-il à se… souvenir ?

Les hommes produisaient un son, quand ils s'adressaient à lui… Ce son était un… nom. Il devait conserver ce nom, se souvenir – McIntyre.

Était-ce une réponse ? Et à quelle question ?

32.
LES FUGITIFS

– J'ai réfléchi… Vous ne pouvez pas partir seuls. Je ne peux pas l'autoriser.

– Qui te dit qu'on te demande la permission, Kate ?

Tim venait de répondre comme le leader du commando. Shariff attendait, un élève devant son prof le plus sévère : debout, sagement, les bras dans le dos. Il avait son pistolet à la ceinture, même s'il était évident qu'il ne s'en servirait pas, cette fois.

– Je ne peux pas me priver de Marco en ce moment, mais acceptez au moins d'emmener quelqu'un comme chauffeur. Tim n'a pas son permis, il n'a même pas l'âge légal pour conduire, et…

– Kate, tu ne comprends pas, répliqua froidement Flora. Nous n'avons aucune intention de respecter la loi. Nous t'informons simplement que nous prenons une voiture de l'Institut, et que nous allons chercher McIntyre. Seuls.

– Mais pourquoi vous voulez… ?

– L'Institut aura besoin de toutes les forces disponibles dans les jours à venir. Nous, nous ne pourrons pas servir à grand-chose, et Shariff est devenu une cible vivante, depuis le conseil. Donc, officiellement, on prend la fuite… Officieusement, on va exfiltrer McIntyre, Matthew et Julien, où qu'ils soient, et on revient dès que possible. OK ?

La jeune fille dévisageait la biologiste avec un air résolu.

– OK. Je n'ai pas le choix… Vous êtes armés ?

– Toujours, mademoiselle la directrice, sourit Shariff. Comme de vrais porte-avions.

– Quand partez-vous ?
Tim regarda sa montre :
– Il est minuit... Nous décollons dans deux heures.

—

Si la police les avait interpellés pendant les trois heures de route qui les séparaient de la frontière, elle aurait constaté que le jeune homme au volant du break gris violait non seulement le code de la route et la réglementation sur les permis de conduire, mais également la législation sur les armes. Il possédait deux revolvers enregistrés au nom de l'Institut de Lycanthropie, un colt 45 automatique de très gros calibre, et un calibre 38, tous deux de marque Smith & Wesson.

Il y avait également, dans une sacoche noire, deux ordinateurs qui avaient servi à hacker quelques-uns des sites les plus sécurisés du monde.

La dernière bizarrerie de ce véhicule, la plus grande sans doute, ne tombait pas, en revanche, sous le coup de la loi. La présence d'un aquarium d'eau salée occupait toute la malle de la berline. Le homard breton, *Homarus gammarus*, qui s'y reposait à cette minute, ne faisait pas partie de la liste des espèces protégées ou interdites. Il était même de consommation courante, au point que n'importe quelle poissonnerie de supermarché en proposait quelques spécimens au moment des fêtes.

Et si le homard était enfermé dans le coffre, peut-être était-ce à cause de l'élégante chatte noire, menue, gracile, qui parfois s'ébrouait, bondissait d'un siège à l'autre dans la grosse Mercedes silencieuse et climatisée, puis revenait se mettre en boule sur la place du passager, à l'avant, affectant le sommeil.

En cas d'interpellation, au moment de verbaliser, les policiers ignoreraient que le félin aurait dû mettre sa ceinture de sécurité; ils reprocheraient peut-être au conducteur de ne pas avoir placé l'animal dans un panier fermé, sans plus. Ils estimeraient que le fait de parler à un chat à haute voix ressortait d'une forme de pathologie mentale très répandue, et tout à fait bénigne – après tout, certains s'adressent bien à leur chien, leur poisson rouge ou leur plante verte.

– Tu n'es pas bavarde, Flora… Et moi non plus, je sais. Tu penses que Shariff a raison de vouloir jouer le coup à trois, juste à trois ?

La chatte le regarda, les yeux écarquillés, fixes, telle une statue.

– Ceux que nous allons affronter ont des moyens illimités… Et nous, nous n'avons qu'un samouraï. Et une Catwoman.

Elle ferma les yeux.

« Et toi, Tim, tu ne comptes pas ? Tu t'es embarqué dans notre équipée dans quel but ? Juste pour suivre le mouvement ? Pour McIntyre ? Ou parce que c'était un bon prétexte, finalement, pour ne pas t'enfuir ? »

—

La transformation de Flora avait eu lieu dans la nuit. Par pudeur, elle s'était réfugiée dans sa chambre, après avoir préparé des vêtements pour cinq jours, et ses deux ordis prêts à être embarqués. En un sens, cela soulageait Tim. Qu'aurait-il pu lui dire, à cette minute ? Elle savait, pour les États-Unis, son retour à Missoula. Qu'ajouter à cela ?

Il avait attendu que Shariff soit appelé par les marées

pour prendre le départ. Shariff avait prévu assez de matériel pour préparer des milieux « marins » pendant une semaine, partout où il trouverait une baignoire, une bassine, n'importe quel récipient susceptible de contenir un océan miniature. Sinon, en l'absence répétée de bains de mer, le homard étouffait…

Il l'avait placé dans son aquarium et avait embarqué les bagages.

En montant dans le break à la place du conducteur, Tim avait prudemment déchargé le colt 45 de Shariff et dissimulé les munitions ; puis, il avait ouvert la porte au félidé farouche et filé avec sa ménagerie vers les grandes grilles de l'Institut.

—

Le passage le plus délicat du voyage consistait à traverser Saint-Gingolph, sur les rives du lac Léman. Cet ancien village de pêcheurs, aujourd'hui bourg-dortoir pour les travailleurs frontaliers profitant des salaires suisses et des loyers français, était littéralement coupé en deux par la frontière.

Tim s'arrêta une heure avant d'y arriver, pour permettre au homard de revenir parmi les humains. Il ne pouvait pas risquer de rester bloqué ne fût-ce que quelques heures à la frontière, et de laisser les douaniers découvrir un samouraï de treize ans, entièrement nu, enfermé dans le coffre de la voiture à côté d'un aquarium.

– Tu penses qu'ils vont te prendre pour un adulte ? Tu aurais dû te laisser pousser la barbe, au moins, ou t'en coller une fausse !

– Arrête Shariff. Le seul vrai problème, ce n'est pas ma

barbe, mais ta coupe de cheveux. Tu ressembles de plus en plus à un maffieux !

– Oui, et j'aime ça, mon pote. Ça me dirait même assez de me les tresser à l'africaine, comme Ghost Dog. Tu saurais natter tout ça ?

– Tu crois qu'on n'a que ça à faire ?

Shariff bouda quelques instants, fouilla la boîte à gants, et déclara :

– Tim, tu as vidé mon arme. Je suis capable de m'en rendre compte, juste au poids. J'aimerais que tu me rendes les munitions.

– Négatif. Ta fascination pour les armes, ton trip de samouraï, ça commence à nous faire flipper, Flora et moi. Et ce qu'on va affronter n'a rien à voir avec un jeu ou un film.

– Je sais. Mais je ne peux me préparer que comme ça... Et c'est mon père qu'on va chercher, Tim. Mon père, tu comprends ?

Il n'y avait plus d'arrogance dans sa voix, comme lors du conseil. Juste une immense angoisse, presque enfantine.

– Cet homme... m'a tiré du néant... et m'a permis de devenir quelqu'un, juste quelqu'un, tu vois. Je n'aurai pas une vie heureuse, pas une belle vie... Je ne suis pas comme toi et Flora, je n'ai même pas la possibilité de tout foutre en l'air, de gâcher un grand amour, comme vous.

Shariff lança un coup d'œil en coin au conducteur, au moment où précisément celui-ci regardait Flora dans le rétroviseur.

– Ouais, elle entend sûrement, même si elle fait semblant de dormir...

Shariff sourit, mais ses yeux étaient tristes, vides, il le sentait. Des yeux secs, tout juste capables de fixer le vague.

– De toute façon, que tu le veuilles ou non, Flora est faite pour toi. Mais moi, ce n'est pas la même chose...

Pas de CD. Du doigt, Shariff manipula l'autoradio, à la recherche d'une station de radio qui diffusait de la musique potable.

– Moi, je n'ai que mon père, et la sagesse... Quand vous partirez, il ne me restera que ça. Alors, laisse-moi jouer au samouraï si ça m'amuse, parce que c'est la seule chose qui me permet de garder mes nerfs dans le bordel actuel. La seule chose qui me permet de croire que je peux changer le cours des événements et lui sauver la vie. Tu comprends ?

– OK, Shariff. Mais primo, je ne te laisserai pas tomber, même si Flora veut encore de moi après cette histoire de départ pour Missoula. Et deuxio, je te rends tes munitions dès qu'on a passé la frontière. Pas avant.

Shariff se retourna vers la banquette arrière et dit :

– Il joue un peu au chef, ton fiancé, tu ne trouves pas, ma belle ?

Le petit carnivore leva le museau, et le gratifia d'une sorte de sourire qui souleva ses moustaches, dans un bâillement théâtral.

– Tu vois, elle n'a pas arrêté de nous écouter.

—

Un jeune homme de dix-sept ans et un gamin de treize ans passèrent sans encombre la frontière, sous la falaise ; la chatte noire feignait à nouveau de dormir sur le siège arrière.

Le poste frontalier avait heureusement été déserté par les douaniers ce matin-là – ils abordèrent environ une heure plus tard les faubourgs de Lausanne, la grande ville suisse des bords du lac Léman.

33.
EXIL

Le jeune homme demanda une réservation pour une semaine. Il était accompagné d'un adolescent dissimulé sous son sweat à capuche, et d'une chatte noire. L'homme en tenue de valet qui enregistra leur réservation ne posa toutefois aucune question, lorsqu'il se fut assuré que la carte de paiement qu'on lui présentait permettait sans problème de payer le prix astronomique que coûtaient une suite et une chambre de ce palace suisse pendant cinq nuits. Après tout, les jeunes riches avaient droit, comme tous les riches, à une totale liberté de circulation, et à des excentricités.

L'hôtel accepta donc le félidé sans rechigner, bien que celui-ci n'ait ni panier ni laisse.

On proposa d'installer une litière dans l'une des deux chambres. Le jeune homme accepta, prévint qu'il attendait quelqu'un et qu'il voulait donc réserver une troisième chambre pour le surlendemain. La chatte miaula.

Le valet de chambre surprit une conversation à mi-voix entre elle et Tim, dans l'ascenseur, tandis qu'il leur montait les bagages :

– On peut difficilement te prendre une piaule maintenant... Mais j'ai réservé une suite pour que tu aies ton intimité. Et dans deux jours, je demanderai une troisième chambre.

La chatte miaula de nouveau, sans que Tim puisse déterminer la nature de son commentaire.

—

Tim laissa la chambre de leur suite à Flora, attendit qu'on apporte le nécessaire pour « son animal de compagnie », et demanda qu'on dresse des draps pour lui plutôt sur le canapé du salon.

– C'est un félin extrêmement sophistiqué, presque snob, et un peu susceptible. Il risquerait de mal le prendre si je gardais le grand lit pour moi…

Dès que le personnel fut sorti, il lança, d'une voix gentiment moqueuse :

– Eh Flora, j'espère que tu as tout ce qu'il te faut. Et laisse-toi approcher par le personnel quand même. Si tu griffes les valets de chambre, on va avoir des problèmes avec les services vétérinaires… Je suis sûr que tu n'es ni tatouée, ni vaccinée.

Il lui parlait depuis le salon, comme il l'aurait fait avec une jeune fille en train de s'habiller dans sa chambre, avant de sortir ; afin peut-être de contrebalancer l'humiliation qui consiste à se voir attribuer une litière, un panier, des croquettes et un bol de lait, accompagnés de commentaires flatteurs.

– Sinon, c'est plutôt pas mal, ici, non ? Je connais une fille qui adorerait ce genre d'endroit… Elle s'enfermerait dans sa chambre, bouclerait les volets, mettrait de la musique très fort, et ne ressortirait pas pendant trois jours. Trois jours d'ordi dans le noir. C'est sa façon à elle d'apprivoiser les lieux nouveaux…

Mais elle n'était pas une jeune fille, et ils n'allaient pas sortir. De la savoir chatte, sans pièce rouge ni bunker personnel, il ressentait un trouble mêlé de pitié – il savait combien elle détestait être exposée. Elle y consentait toutefois – pour le professeur ?

– Oui, je suis sûr qu'elle adorerait ça, reprit-il. D'autant plus que c'est grâce à son fric qu'on se retrouve dans cette suite. Enfin, disons, grâce à l'argent qu'elle a détourné de Dieu sait où…

Ils ne sortaient ni ne sortiraient plus ensemble, fini les escapades amoureuses. Ils partaient à la guerre, encore une fois, neuf mois après le bunker. La fille-chatte méritait mieux. Elle méritait le meilleur, pas un garçon comme lui habité par le meurtre, qui portait le fardeau de la mort de son frère. Pas un type capable de déchiqueter dix êtres humains, fût-ce des ennemis, fût-ce par amour.

Chaque fois que Tim croyait au bonheur, Flora et lui repartaient vers la mort. Chaque fois qu'une fenêtre s'ouvrait pour eux deux, la mort frappait. Tim savait qu'il en était le responsable. Depuis neuf mois, la Faucheuse ricanait dans son sillage. À Missoula, à l'Institut, dans le bunker. À Lausanne ?

Flora devait espérer quelque chose de plus doux, de plus grand. Il lui en voulait encore d'avoir su la vérité avant lui, concernant Ben, mais il se détestait surtout lui-même d'avoir envisagé un avenir heureux, après avoir lacéré son frère. C'était fini. Pouvait-elle entendre cela ? À quoi bon le lui dire, dès lors ?

—

Le ton de Tim était faussement enjoué, elle le sentait. Depuis qu'ils avaient emprunté la voiture de l'Institut, il avait déployé des trésors de gentillesse à son égard, mais elle pouvait percevoir toutes les nuances de ses mensonges et de ses silences.

Cela ne tenait pas à sa nature animale, ou à ce fameux sixième sens qui, avec les neuf vies, caractérise le chat. Non, Flora le sentait, et elle en éprouvait un véritable coup au cœur.

Quelque chose s'était brisé, douze jours plus tôt. Quoi ? Il n'en soufflerait probablement rien à une chatte, et sans doute pas davantage à la jeune fille qu'elle était, qu'elle allait redevenir. Il n'y avait plus rien à ajouter, c'était ainsi : elle l'avait perdu.

Tim n'était là que pour sortir McIntyre des griffes de Clauberg, de Kofer, quel que fût l'endroit où il se trouve. Ensuite, il partirait.

– Bon… Je sors, Catwoman… Je vais trouver un moyen de fouiller la chambre du professeur.

« C'est ça, prends tes jambes à ton cou, Timothy Blackhills. Trouve des moyens. Taille ta ligne de fuite, en me tournant le dos, et sans un mot, sans une explication ; comme un lâche. »

À cette minute, elle le détestait presque.

—

Tim jeta un coup d'œil à sa montre : Shariff était dans l'océan de sa baignoire depuis quelques minutes.

Il erra dans les étages, apparemment désœuvré ou égaré. En fait, il repéra rapidement le niveau réservé au personnel, se glissa d'une porte à l'autre, jusqu'au cagibi où les employés chargés du ménage enfilaient leurs uniformes. Il fut assez aisé de se glisser dans la pièce, de fouiller les quelques vêtements disponibles, et de voler une de ces cartes électroniques qui permettent au personnel d'entretien d'entrer dans toutes les chambres.

L'affaire lui avait pris moins d'une heure. Il avait le sésame. Restait à s'en servir.

Mais il fallait attendre le retour de Shariff, comme ils l'avaient convenu, pour mener la fouille en règle ; sans compter que la nuit, ils risquaient moins de croiser des employés, ou d'éventuels clients voisins…

Sans trop y réfléchir, Tim prit l'escalier de service et

descendit au rez-de-chaussée. Il sortit de l'hôtel. Il n'avait pas envie de se retrouver seul dans cette suite, avec Flora, dont le regard jaune, hautain et les silences semblaient l'accabler de reproches.

—

Il se surprit à redécouvrir la ville, tout ce monde, ce bruit, qu'il n'avait plus connus depuis presque neuf mois. Un tramway passa dans un chuintement électrique et dangereux, juste devant lui, au moment où il s'apprêtait à traverser une rue, entre deux grands immeubles en pierre de taille. Il sursauta. C'était la première fois qu'il quittait l'Institut depuis le bunker, la première fois qu'il se retrouvait dans le monde des hommes, l'univers « normal », depuis Missoula.

Il songea, brièvement, à la maison de ses parents d'où l'on embrassait également du regard les contreforts montagneux – les montagnes Rocheuses.

Lausanne ne ressemblait pas à sa ville natale, mais elle était aussi une cité dans la montagne. Moderne, aérée, ouverte. Les trams glissaient le long des façades d'un autre siècle, vestiges incontestables d'une opulence, due à l'argent des banques, et aussi à celui, plus récent, des laboratoires pharmaceutiques. La ville grimpait le long d'un coteau. Le lac Léman aux couleurs changeantes ce midi bornait l'espace urbain, il était plat, comme un miroir, tandis que les Alpes françaises, encore enneigées pour les plus hauts sommets visibles, découpaient l'horizon à perte de vue.

S'ils avaient eu un avenir avec Flora, ils auraient pu vivre ici, du moins s'y arrêter au cours du tour du monde qu'elle projetait. Mais non, ils n'avaient pas de futur. Elle méritait de partager sa vie avec une âme moins sombre, moins pesante. Alors, pourquoi était-il ici ?

Pour le professeur ? Pour Shariff ? Pour elle ?

À cette heure, il aurait dû passer une dernière journée dans son studio, préparer ses bagages, avant de quitter définitivement les lieux, et revenir vers Missoula – son enfance, le cimetière où reposait sa famille.

La vérité sur ce qu'il avait fait l'attendait là-bas, dans l'État du Montana où une Ford avait versé sur le côté, provoquant une réaction en chaîne, le saignement de nez appelé « épistaxis », *luxna* d'une arkanthropie qui faisait de lui un meurtrier. C'était donc là-bas qu'il devait retourner, même s'il ne saurait qu'y faire ; simplement, il pensait que sa place était avec sa famille. Peut-être sous le même gazon, sous le même cèdre qu'elle. Comment disait Shariff ? « Tu fais déjà si bien ton propre malheur, inutile de demander à d'autres de s'en occuper. »

34.
EFFRACTIONS

Tim revint dans la suite quelques instants seulement avant le retour à l'humanité de Shariff. La nuit était tombée depuis longtemps sur Lausanne. Flora, roulée en boule sur le lit, ne dressa même pas une oreille quand il poussa la porte de la chambre, feignant peut-être le sommeil. Il ne chercha pas à la réveiller.

Ils en étaient là.

– Salut les monte-en-l'air… Voici *Gentleman Thief* !

Shariff-le-gentleman-cambrioleur portait le sweat noir, le baggy noir et les chaussures montantes noires de Ghost Dog. Il avait le calibre 45 dans sa main droite. Il tendit l'autre paume, ouverte, vers Tim.

– Tu me rends les munitions, maintenant ? Il est trop léger comme ça.

Il esquissa une chorégraphie de kung-fu.

– Pas question que tu te balades avec un flingue chargé dans l'hôtel, rétorqua Tim, et encore moins alors qu'on effectue un cambriolage.

– Ça, mon pote, c'est à moi d'en juger. La dernière fois qu'on a croisé une panthère, tu étais plutôt content que je ne me déplace pas à blanc.

– Tu aurais moins fait le malin si Bjorn avait été humain. Il t'aurait désarmé en moins de deux.

– Possible. Mais toi, tu aurais moins fait le malin si j'avais été un homard, il y a vingt-trois heures. Allez, donne.

Shariff gardait la paume tendue, le regard fermé. Tim lut

une tension réelle sur le visage de son ami. Shariff ne plaisantait pas, il voulait plus que tout son revolver avec ses balles. Lorsqu'il obtint satisfaction, il sortit de sa poche une petite caméra numérique.

– Tu as une lampe frontale ? On va tout filmer, comme ça, on pourra vérifier qu'on n'a pas oublié un truc qui aurait dû nous sauter aux yeux… Et Flora pourra regarder le film. Au fait, on l'emmène, le matou ?

Flora en deux bonds se plaça devant la porte, afin de ne pas leur laisser le choix.

—

Ils fouillèrent consciencieusement, systématiquement, pendant deux heures, la chambre du professeur puis celles de Matthew et de Julien. Dans les placards des deux premières, ils trouvèrent des vêtements de rechange, leurs bagages, un nécessaire de toilette. Rien d'autre : pas de notes, pas d'ordinateur, pas de disques « empruntés » à l'Institut. Pas d'agenda où aurait pu figurer, en rouge et entouré d'un geste ferme, le lieu du kidnapping, ou l'endroit où McIntyre avait prévu de détenir Clauberg.

Rien. *Nada*. Un coup d'épée dans l'eau.

Dans la troisième chambre, celle de Julien, il n'y avait même plus d'affaires, de vêtements. Rien de rien.

—

Flora était revenue dans la première pièce. Elle sentait l'odeur de McIntyre partout ; il l'avait laissée sur les meubles, sur le lit, dans ses bagages, sur la porte de la salle de bains… Il avait été ici pendant plusieurs heures, peut-être pendant plusieurs jours. Mais il y avait eu d'autres gens, aussi, d'autres empreintes. Bien sûr, dans un hôtel, cela ne voulait rien dire : les valets, le personnel d'entretien. Sauf qu'il y avait également ce drôle d'effluve… qu'elle connaissait… qu'elle avait respiré quelquefois, lorsque Shariff, au cours de ces derniers mois, était venu la trouver dans sa chambre… L'odeur de graisse, caractéristique, saturée, écœurante, que dégagent les armes parfaitement huilées, prêtes à être utilisées.

S'agissait-il des armes que McIntyre, Matthew et Julien avait emportées en vue de l'enlèvement ? À moins qu'on ait fouillé cette chambre. C'était possible : des hommes armés avaient pu la visiter. Mais dans quel but ?

Flora aurait pu suivre cette odeur, elle aurait sans doute pu la pister dans l'hôtel, et quelques mètres au dehors. Mais les chats ne peuvent se fier à leur flair, une semaine après une disparition, à la manière des chiens d'arrêt. Les chats ne peuvent traquer des gens qui sont sûrement montés dans une voiture pour se rendre à des galas de charité, des laboratoires secrets, des planques.

Elle était inutile. À moins que…

L'idée de flairer la piste de la voiture ouvrit une porte dans son esprit. Et la logique humaine prit le relais des sensations félines. Décortiqua la question. Offrit des hypothèses. Les valida. Les agença. Leur donna des réponses, fermes, définitives.

Flora savait désormais comment retrouver la trace du dernier endroit où McIntyre s'était rendu, avec Matthew et Julien. Ils le sauraient dans vingt-quatre heures, quand elle serait redevenue une jeune fille.

—

Peu avant 3 heures, ils se séparèrent enfin. Tim tombait de sommeil, Shariff retournait à l'océan. Leur « plan » consistait à effectuer quelques recherches légales sur les différents sites des filiales de la holding d'Aribert Clauberg, et sur les activités officielles de ShylocK – bref, à distraire l'attente, et à ne pas s'avouer totalement impuissants, jusqu'au retour de Flora parmi eux. Ils comptaient sur elle pour trouver des indices, et ainsi l'endroit où avait disparu McIntyre.

Une fois dans la suite, Tim tourna en rond quelques instants, tendit les draps qu'on lui avait remis sur le canapé du salon, hésita une fois de plus à gratter la tête du petit animal qui dormait à côté, sur le fauteuil. Flora sommeillait, sans un mouvement, sinon quelques variations infimes de sa queue, parfois, comme si elle était autonome, électrisée. Il s'abstint de la toucher, finalement, ne voulant pas la surprendre contre son gré.

Ce corps était celui de son amie, pas seulement celui d'un animal. Ce corps était celui de la jeune fille qu'il avait aimée… qu'il aimait. Tim voulait qu'elle soit heureuse et elle ne pouvait l'être avec lui. Vraiment ? Bonheur, Malheur, il ne savait plus…

Il avait mis toute la distance du silence entre eux, depuis une semaine, ce n'était plus l'heure de faire marche arrière. Il commença de se déshabiller pour la nuit. Il était déjà torse nu quand il vit la chatte noire relever le nez et le regarder, attentive, les yeux mi-clos, elle qui semblait dormir l'instant d'avant.

Il se sentit stupidement gêné par ce regard inquisiteur qui le transperçait, et s'empourpra.

– Voyeuse !

En secouant la tête, entre sourire et sentiment d'habiter chez les dingues, il alla s'enfermer dans la salle de bains, se doucha, et décida de dormir en jean. Quand il revint dans le salon, Flora avait regagné sa chambre.

—

Il avait mis un abîme entre eux deux, elle le sentait dans l'électricité de l'air, dans les nuances de son regard, dans chaque hésitation de sa main, cette façon qu'il avait d'être trop gentil, trop délicat. Tout était pensé, calculé pour ne pas la blesser, sans doute, mais aussi parce qu'il retenait quelque chose – ou que quelque chose le retenait. Il n'y avait plus aucune spontanéité joyeuse dans sa voix et dans ses gestes. Il n'était plus cloîtré dans sa chambre, comme lors des six, sept jours précédents, mais demeurait tout aussi inatteignable. Chaque instant depuis la fin du conseil semblait lui répéter ceci : « Tim part sans toi. Il te quitte. Il t'abandonne. »

—

Ces derniers mois, Tim faisait de plus en plus de rêves extrêmement signifiants, extrêmement angoissants aussi, et presque *trop* explicites ; des « rêves à la con », comme disait Shariff qui ne croyait plus à la psychanalyse, lui préférant désormais l'art moins sibyllin du katana. À 3 h 10 du matin, Tim avait déjà sombré dans le sommeil, et rêvait de laboratoires secrets aux cornues et aux becs bunsen alambiqués bleus ou rose fluo. Dans les reflets des instruments, plus proches d'une vision gothique à la *Frankenstein* que d'une représentation moderne, il apercevait, infiniment diffracté, le visage de McIntyre. Mais, chaque fois qu'il se retournait, le professeur avait disparu, comme un fantôme, un reflet, une production mentale insaisissable.

Peut-être Tim aurait-il perdu la mémoire de ce songe, si l'intrusion ne s'était produite à ce moment de son sommeil.

À 3 h 10 du matin, donc, un petit carnivore noir, aux

oreilles pointues, souple sur les coussinets élastiques de ses quatre pattes, et aussi silencieux qu'un mensonge, bondit du lit où il dormait en boule. Il se glissa, par l'embrasure de la porte qui séparait la chambre du salon.

Ni les volets, ni les rideaux n'étaient tirés. Mais la nuit était noire, sans lune, et aucune lumière ne filtrait dans la pièce. La jeune chatte au corps de liane se dirigeait pourtant avec sûreté.

Elle s'arrêta au pied du canapé, parut hésiter quelques secondes. Elle bondit finalement à côté de Tim qui rêvait d'un sommeil hanté mais immobile. Elle ne toucha ni ne frôla le dormeur. Elle était si légère que le canapé ne trembla même pas.

Timothy Blackhills sut que Flora Argento avait choisi de venir dormir avec lui, lovée dans ses bras, contre lui, seulement à l'instant où elle le décida. Le petit fauve sombre comme la nuit se glissa sous sa main, et frotta sa tête contre le cou du jeune homme torse nu. Puis, la chatte posa le museau sur cette main et ne bougea plus.

Tim mit longtemps avant de savoir si c'était son seul cœur qui battait ainsi, comme un oiseau affolé dans la cage de sa poitrine, ou s'il sentait également celui de Flora. Que faisait-elle ? Qu'espérait-elle ? À cet instant, il aurait dû lui dire la vérité, à elle qu'il aimait plus que tous : ils n'avaient pas d'avenir ensemble, parce que lui, Tim n'en avait pas tout court. Contrairement à ce qu'elle semblait vouloir, il ne pouvait rien partager. Il tuait, c'était sa nature, comme la nature du félin était de se pelotonner… Mais avoue-t-on cela à une chatte noire qui s'endort, au cœur de la nuit, dans vos bras ? Et l'avoue-t-on à la fille qu'on aime malgré tout ?

Perdu, éperdu. Tim ne songea pas à la chasser. Et il n'eut pas la cruauté, la loyauté ou le courage de se dérober, de quitter le lit. Si vraiment il avait cru la promesse qu'il se fit de remettre au lendemain les explications, si vraiment sa décision de quitter le pays avait été ferme, sans doute Timothy Blackhills aurait-il réussi à se rendormir avant l'aube.

Quand il ouvrit les yeux, éveillé par le franc soleil, la chatte n'était plus entre ses bras. Elle s'était évanouie comme un songe, ou un mirage.

35.
IN TENEBRIS (4)

McIntyre, qu'est-ce que c'était… McIntyre ?

C'était le son qu'ils produisaient à travers la vitre, pour lui dire de… se calmer ?

Il ne voulait pas. Il devait sortir, traverser les parois de verre, rejoindre l'espace libre. S'il pouvait les atteindre, il les… mordrait. Ils le craindraient.

« McIntyre », criaient-ils.

L'humain entra. Celui qui avait une sorte de pelisse blanche. Celui dont le bâton piquait, mordait et brûlait. Celui qui le frappait.

Il cracha, siffla, en se retirant à reculons dans le coin de sa cage de verre. Il ne voulait pas… le bâton.

—

La brûlure sur son flanc commençait à partir. Il sentait encore la chaleur, lorsque cela… palpitait. Il respirait de moins en moins vite. Il allait se réveiller, se remettre sur ses pattes. Ses pattes, c'était le mot, ses griffes. Semi-rétractiles.

Il gardait ce genre de mot. Il peinait… à se rappeler… les noms. Les noms s'estompaient. Pas les visages, mais les… noms…

Il se souvenait de celui de Matthew… Ils l'avaient battu, tout à l'heure… Battu, frappé, mutilé… Là, dehors, juste derrière la paroi de verre… Pour qu'il le voie ?

Et maintenant, ils l'avaient emmené…

Encore ? Où ça ? Où le gardaient-ils, et pourquoi ?

« Matthew ».

C'était le seul nom qui lui restait, l'un des seuls visages qu'il parvenait à garder. Le reste… le reste était une série de personnages sans nom, sans traits. Des silhouettes ? Des proies qu'il avait croisées, attaquées ? Des choses qu'il avait fuies, au cours se sa vie de…

Il n'était pas un carcajou.

Il était un humain, un… anthrope ? Que signifiait ce mot ?

Son nom était…

Il avait oublié son nom. Il savait qu'il devait essayer de se remémorer l'un après l'autre tous les visages d'un endroit dans la montagne, un endroit qui lui était cher parce qu'il était…

Un refuge ? Un territoire de chasse ?

Ne pas raisonner ainsi, ne pas utiliser la mémoire associative, essayer de creuser, de reconnecter les neurones, pour retrouver un raisonnement… humain ?

Oui. Il était un humain. Il avait été un humain…

Il en avait croisé, du moins. Des humains. Familiers, amicaux… Dangereux ?

Les humains qui entouraient la cage étaient des ennemis. Ils le gardaient enfermé, comme sous une cloche de verre, ils lui plantaient des aiguilles sous la peau, quand il était… autre… Humain ?

Mais d'autres humains, des bipèdes, avaient autrefois été plus… amicaux ? Familiers ?

Pourquoi ?

Il n'y avait aucun moyen de faire revenir les visages et les noms des humains dangereux ou familiers. Sauf un : celui du jeune garçon aux cheveux longs et noirs, tirés en arrière, un garçon aux yeux tantôt rieurs, tantôt graves, visage grave qui visitait sa mémoire, dont il savait qu'il était quelqu'un… Son fils ? Sa victime ?

Que devait-il se rappeler ? Pourquoi devait-il rattraper ainsi son passé qui s'enfuyait ? Pour devenir différent ? Pour qu'on cesse de le garder enfermé ? De lui planter des aiguilles ?

Parce qu'il… devenait… fou ?

36.
SUR LES RIVES DU LAC TAHOE

Il n'y avait rien d'autre à faire qu'attendre, en espérant que Flora trouverait un indice, le lendemain, dans les messageries de McIntyre, de Julien et de Matthew, ou à l'intérieur des agendas électroniques d'AC Hemato Inc. et ShylocK. Sinon, comment procéder ? Sonner à la porte du siège de WarDogs, d'un air candide : « Bonjour, on vient rechercher notre ami qui a disparu en enquêtant sur votre came et vos relations avec des tueurs qui se transforment en panthères... » ?

Rien à faire, sauf essayer d'emboîter les éléments du puzzle.

– Tu penses que mon père voulait faire quoi, en emportant les disques ? Les échanger contre les preuves accusant Paul ?

– J'ai du mal à le croire. Clauberg était le commanditaire des chasseurs... Le professeur ne lui aurait jamais livré des informations comme ça.

– Alors, il faut qu'on trouve à quoi les disques devaient lui servir, pourquoi il les a emportés. C'est peut-être une des clés de sa disparition. Il faudrait arriver à penser comme lui...

– Tu es le mieux placé pour ça, Shariff.

Shariff le regarda fixement pendant quelques secondes, plein de reconnaissance. Le compliment lui était allé droit au cœur. Puis le samouraï se leva, glissa son colt 45 dans sa poche, et demanda à Tim une liasse de francs suisses pour aller faire des courses en ville.

– Tu ne vas pas acheter un lance-roquettes, au moins ? Histoire de te sentir en pleine maîtrise…

– Plantigrade !

—

Ils étaient seuls de nouveau, désœuvrés, incapables de se parler.

– Ça t'ennuie si je regarde ce que tu as collecté sur tes ordis, maintenant ? Tu préfères que je t'attende ?

La chatte le toisa. Elle paraissait sur le qui-vive, prête à griffer, à mordre, peut-être. Elle cligna des yeux, dans une incontestable mimique d'approbation, tel un sphinx égyptien. Dingue…

Tim refit le tour des fichiers téléchargés par Flora concernant l'ennemi. Peut-être avaient-ils oublié un indice évident, quelque chose ?

Le contenu des dossiers AC Hemato Incorporated, filiale militaire – WarDogs : des recherches pour permettre aux soldats de résister à une guerre biologique – injections, sérums ; des recherches sur les hépatites ; des recherches sur les « cocktails » utilisés dans les obus à tête chimique, à tête bactériologique, les armes de projection, les gaz, les germes… Légal, cent fois légal. Officiellement, la compagnie WarDogs ne développait aucune arme bactériologique, chimique ou biochimique ; elle travaillait exclusivement sur les contre-mesures – comme on fabrique des missiles antimissiles. WarDogs ne s'intéressait pas à la façon d'inoculer les virus de la peste, du choléra, de l'Ebola, du sida, elle rendait les combattants capables d'évoluer en milieu infecté.

D'autres faisaient le sale boulot illégal, mortel, auquel WarDogs s'enorgueillissait de ne pas toucher. Payés par les mêmes gouvernements qui pouvaient ainsi infecter la zone et lancer leurs soldats, seuls capables d'y évoluer, vainqueurs par élimination ? Ou par les gouvernements ennemis, les « voyous » ?

Comment WarDogs se procurait-elle les germes de l'ennemi ? Fabriquait-elle clandestinement les armes d'infection ? Fournissait-elle en réalité le poison et l'antidote ?

Un programme sur les biotechnologies, intitulé Cyborg. Il était question d'implantation de puces électroniques, d'implantation d'oreilles numériques, de recherche sur la stimulation électronique du nerf optique, sur les microcaméras implantées dans le crâne, sur la vision nocturne... Objectif : rendre les super-combattants capables de voir, d'entendre, d'enregistrer nuit et jour et de transmettre ces informations, comme des ordinateurs dotés d'une webcam, pour que d'autres les interprètent. Les soldats brevetés cyborgs de WarDogs sauraient évoluer en terrain hostile sans équipement, recevoir des données numériques via des satellites, transmettre les données recueillies sur place. Ils seraient des centres de technologies transportables, des sortes d'émetteurs-récepteurs.

L'enregistrement permanent et indiscutable de tous les actes de guerre, en vue d'éventuelles transmissions à des juridictions internationales, permettrait officiellement de vérifier la légalité de ceux perpétrés par les troupes. Ce motif légitimait la recherche. Des financements avaient été demandés aux instances juridiques nationales et internationales.

Légal, donc.

Mais existait-il d'autres utilisations de telles implantations ?

Il ne voulait pas se perdre en conjectures et en ruminations. Cela ne servait à rien, et pas davantage d'explorer les activités obscures du groupe de Clauberg. Ce qui comptait, c'était McIntyre. Tim hésita un instant, avant d'ouvrir le dossier suivant : ShylocK. De toute façon, penser qu'il pourrait trouver une clé dans toute cette masse d'informations relevait de l'illusion.

Il se tourna vers la chatte noire maigrelette, qui depuis quelques instants tournait autour de lui, l'agaçant, bondissant sur la table, donnant des coups de patte vers le clavier. OK, ils avaient besoin de prendre l'air.

– On sort ? Tu as envie d'aller voir le lac ?

C'était étrange de marcher ainsi, la jeune chatte à ses côtés, légère, silencieuse, comme son ombre. Leurs pas les menaient naturellement vers la rive, là où une promenade aménagée attendait les visiteurs, les touristes, les flâneurs. L'heure n'était pas encore aux grandes foules d'été, mais même en ce jour de semaine, il y avait quelques enfants et leurs mères, quelques passants aussi, qui profitaient du soleil d'avril.

Que faisaient-ils là, si loin de l'Institut et de ses luttes intestines, de ses règlements de comptes, si loin surtout du professeur ? L'espace d'un instant, Tim se trouva ridicule. Qui promène ainsi son chat, même en ville ? Mais ce n'était pas un animal domestique. C'était Flora.

Sur le vaste quai dégagé, il y avait une aire pour les enfants et quelques sculptures d'un art moderne à l'esthétique discutable. Tim alla vers une sandwicherie : la bise des bords de lac, ou l'inquiétude et un sentiment de vacuité, lui creusaient l'estomac. Il commanda un hamburger, un double cheese, que le patron de la paillotte confectionna en quelques instants, dans le crépitement du grill.

La viande sentait bon. Il prit le sandwich enveloppé d'un papier trop mince tâché de gras, puis se retourna vers Flora :

– Tu en veux ?

Elle cracha. Elle ne voulait pas de ses miettes. Sans ajouter un seul mot, tout en avalant son cheeseburger, il se dirigea vers les jardins publics, installés sous des grands cèdres et jalonnés de statues plus figuratives. Une jeune femme de bronze, nue, agenouillée, les bras tendus devant elle comme pour une offrande, avait une élégance triste, juvénile, qui le toucha. Il se retourna. La chatte trottinait toujours derrière lui. Flora et la statue devaient avoir le même âge, elles avaient cette même grâce émouvante. Qu'était-elle venue faire dans ses bras, cette nuit ?

Tim s'assit sur un banc, la féline en fit le tour, décrivant deux ou trois sinusoïdales autour de ses pieds comme pour inspecter les lieux, avant de sauter à côté de lui.

– Sans regret ?

Il lui présenta le reste du sandwich. Elle détourna la tête, mais sans cracher cette fois.

Une dizaine de mouettes attendaient sur le quai qu'ils veuillent bien s'en aller pour s'occuper des miettes. Une bande de corbeaux volait entre les mâts du port et leur disputait parfois l'espace aérien. De fréquentes querelles éclataient entre les oiseaux noirs, et seule l'arrivée d'une nouvelle mouette paraissait les réconcilier – ils se liguaient alors contre elle. Avec le ciel bleu, ils ne parvenaient pas tout à fait à conférer au lieu un air sinistre.

– Quand j'avais quatorze ans, je suis allé dans un endroit comme celui-là… Au bord du lac Tahoe, en Californie. Il est à peu près aussi grand, et l'eau a la même couleur gris glacé, comme si la neige des sommets s'y reflétait…

Il venait de parler à voix haute, sans trop savoir pourquoi. Il n'avait pas prévu d'évoquer ce souvenir. Cette réminiscence remontait de sa mémoire enfouie, et là, en cette minute, ils étaient tous les deux, elle l'écoutait ; voilà tout.

– Nous étions allés skier avec Ben, à Squaw Valley. Nos

parents nous avaient laissés partir seuls pendant plus d'une semaine. Il y avait aussi Neve, sa petite amie… Je suppose que cela rassurait maman. Elle devait penser qu'avec une fille, nous tenterions moins le diable… Et pour une fois, nous avions réservé deux nuits à l'hôtel, à la fin du séjour, pour se reposer au bord du lac. Un hôtel d'étudiants, tu vois, rien à voir avec celui du professeur…

—

C'était la première fois qu'il lui parlait de Ben et de ses parents. La première, en dehors de tous ces flashs qui ne concernaient que la nuit du 2 juillet. Flora entendait sa voix lointaine, comme s'il racontait une légende à la veillée, comme s'il récitait un poème - comme si tout cela ne le concernait pas, lui, son passé, et qu'il évoquait les souvenirs d'un autre, de quelqu'un d'un autre siècle.

Elle ne bougeait pas, immobile sur ses pattes.

Elle savait que s'il la regardait à cette minute, il saurait lire dans ses yeux toute l'attention, tout le respect qu'elle y mettait - même dans ses yeux de chatte mêlés de métal et d'agate.

– Plus tard, on est allés visiter un petit musée, tenu par un descendant des Indiens Washoe qui y exposait des souvenirs de sa tribu… Et ensuite, Neve a voulu qu'on descende jusqu'à San Francisco, à plusieurs centaines de kilomètres, pour voir le Golden Gate Park. Elle adorait les plantes, elle voulait boire un thé au *Japanese Tea Garden* avec son chéri, disait-elle, et aussi flâner dans l'arboretum. Et Ben a suivi, bien sûr… Elle le menait par le bout du nez… Moi, les fleurs m'ennuyaient, tu penses, alors je suis allé dans le parc saluer l'ours Monarch, le dernier des grizzlys de Californie, qu'ils ont empaillé… Tu sais, celui qui a servi de modèle pour le *Bear Flag*… Quelle dérision, tu ne trouves pas ?

Il se tourna vers elle. Elle ignorait jusque-là qu'il y avait un drapeau californien. Pour se donner une contenance, elle pencha la tête sur le côté, lui offrant son meilleur profil. Et elle bâilla, lentement, exagérément, à la manière d'un lion de pierre, d'un air qui voulait dire : « Continue, je t'écoute. »

—

– J'aimais bien Neve… Et je crois que Ben aussi… Je veux dire, il l'aimait vraiment beaucoup. Je ne sais pas pourquoi ils se sont séparés, finalement, je crois qu'à l'époque, elle allait terminer sa fac de botanique à San Francisco, justement.

Il regardait très loin devant lui, maintenant, jusqu'à l'autre rive dont on apercevait les contreforts plus accidentés, presque chaotiques, dans un reliquat de nuages d'un gris de fusain.

– Il était heureux d'être avec nous deux, je le voyais. Son petit frère et sa petite amie. Et je le comprends.

Une pause.

– Je suis sûr qu'il t'aurait adorée, Flora… Il aurait été tellement heureux de te connaître.

—

Il ne disait plus rien. Il regardait le lac depuis au moins cinq minutes, sans un mot. Sa voix s'était brisée dans la dernière phrase. Et maintenant, il se perdait dans le lac. Pleurait-il ? Pensait-il au fantôme de son frère ?

Timidement, à pas de loup, Flora parcourut le mètre qui

les séparait, sur le banc, et vint se frotter contre lui, d'abord lentement, puis plus franchement. Il se tourna vers elle, la regarda – oui, il y avait une buée de larmes dans ses yeux.

La main de Tim fut sur elle, sur son échine, dans son dos, elle sentit l'électricité statique, et l'autre électricité, celle de l'émotion, de la surprise – la caresse.

Elle avait failli se cabrer, mais elle le laissa faire. Il avait fait ce geste, sans y penser, sans doute.

Il y avait dans son regard une infinie tristesse, quand il dit :

– Mais cela n'aurait jamais pu se faire… Parce qu'il a fallu qu'il meure. Il a fallu qu'il meure pour que je te connaisse, Flora.

Elle comprit qu'il énonçait une équation maudite, une malédiction – une réalité dans laquelle il se débattait.

– Et c'est moi qui l'ai tué.

37.
GHOST LOBSTER

Retour aux ordis, aux dossiers de WarDogs. Dans les fichiers protégés XX, double niveau de sécurité, accessibles aux seuls dirigeants de l'entreprise : un programme sur l'agressivité et la mémoire intitulé *Cold Blood*, « Sang-Froid ». Sécrétion d'adrénaline, d'endorphine. Colère artificielle et traitement abrasif de la mémoire. Rage développée, ciblée, maîtrisée – on supprime la peur des combattants, on la transforme en colère ; puis, ils l'oublient. Les molécules développées étaient expérimentées depuis sept mois sur des commandos infiltrés en milieu hostile, sur les conseillers spéciaux de la firme privée Blackrain aussi, envoyés sur les terrains de jeu des armées modernes : Irak, Afghanistan. Résultats effectifs : suppression des sentiments de compassion, capacité à torturer, manipuler, violenter sans état d'âme, sans aucune retenue, pendant soixante-douze heures, puis suppression de tout souvenir et de toute image résiduelle des actes commis lorsque la molécule se dissipait dans le sang.

Une sorte de programme deux en un – je cesse d'avoir tout sentiment humain, puis j'oublie que j'ai été inhumain. Simple, carré, fonctionnel : toutes les armées du monde rêveraient d'avoir des hommes de main sans interdit ni mémoire.

Officiellement, ces recherches servaient précisément à réparer le syndrome post-traumatique du soldat revenu du front. Les protocoles se poursuivaient dans les hôpitaux militaires français, anglais, américains…

Atrophie de la mémoire, ciblée sur les souvenirs de violence :

Les tueurs redevenaient des agneaux, une fois le sang « nettoyé ». Autoamnistie psychologique de groupe. C'était légal, moral. Jouissant d'une parfaite respectabilité, d'une totale impunité.

Quelque chose clochait. Pourquoi sept mois, seulement ? La *Tiger Eye* existait depuis plus longtemps. Un labo pouvait-il prendre le risque de mettre d'abord une drogue illégale en circulation, de fabriquer quelques tueurs civils, pour ajuster ensuite sa molécule avant de l'expérimenter officiellement sur des militaires ? Tim ne parvenait pas à y croire tout à fait.

Il glissa sur le dossier de ShylocK – une agence de sécurité tout ce qu'il y avait d'officiel, qui promettait des services facturés très cher : protection physique, électronique, forces d'appoint militaires, opérations amphibies… Elle exploitait le marché, sûrement juteux, de la guerre, de la violence armée. Étaient-ce les mercenaires de ShylocK qui détenaient leurs amis ?

Tim revint au dossier plus général, consacré à AC Hemato Inc. Des photos d'Aribert Clauberg lors de l'inauguration de sa fondation philanthropique, à des soirées de charité, à des dîners de gala. Tim sentit une bouffée de colère, de haine même monter en lui. Cet homme en smoking était « le commanditaire », se pouvait-il qu'il ait ignoré les méthodes des chasseurs ? Avait-il choisi de fermer les yeux et de ne rien savoir ? Ou avait-il lui-même donné l'ordre d'éliminer tout le monde ?

Qu'importe. Clauberg était le véritable responsable de l'assassinat de Véronique, c'était à cause de lui que Flora, Shariff, le professeur et lui s'étaient retrouvés enfermés dans le bunker – et donc à cause de lui que des images de meurtres hantaient son cerveau depuis huit mois.

– Salut, c'est le homard fantôme !

Shariff était entré sans frapper. Il revenait de son expédition en ville, le crâne entièrement tressé de fines nattes africaines ramenées vers l'arrière de son crâne, la mine infiniment satisfaite. Sans doute se trouvait-il maintenant un air de ressemblance flagrant avec son Ghost Dog. Sans doute était-il le seul.

– Le coiffeur n'en finissait pas ! À un moment, j'ai bien cru que je n'allais pas pouvoir quitter son salon avant la marée haute, et que je finirais en crustacé au milieu des lotions capillaires et des serviettes chaudes.

– Tu vis dangereusement, Shariff.

– Et toi, pendant ce temps-là, j'imagine que tu as trouvé comment on allait délivrer notre daimyo ? Qu'est-ce que tu regardes, une collection des photos mondaines de notre ennemi en chef ?

– Il n'y a aucun indice, dans les dossiers.

– Attends Flora, mon pote. Attends qu'elle nous revienne.

—

– Tu… Tu crois que mon père se doute qu'on le cherche ?

– J'en suis certain, Shariff. Il doit penser que c'est une folie, mais je suis sûr qu'il nous attend. Comme nous l'attendions, dans le bunker.

– Et s'il est mort ?

Que répondre à cela ?

38.
LA NYMPHE

Vers minuit, ce soir-là, le petit félin qui semblait dormir, sur l'oreiller du canapé, à proximité de Timothy Blackhills, leva soudain la tête, les oreilles dressées, les sens aux aguets.

Flora sut que le temps était venu. La chatte se dirigea vers la salle de bains restée éclairée, comme si Tim avait eu peur du noir et de ses cauchemars. Elle se glissa par la porte entrouverte. Quelques instants plus tard, elle fut elle-même.

L'eau brûlante de la douche la rendit tout à fait à son corps.

La jeune fille aux cheveux noirs, encore trempés, emmêlés, resta de longues minutes devant le miroir du double évier à la robinetterie luxueuse : un rêve de princesse, pour une petite fille romaine élevée dans une famille modeste puis dans des foyers sans le sou. Mais elle avait grandi, elle ne croyait plus aux contes de fées.

Elle n'était pas à sa place, ici.

La serviette épaisse, d'une blancheur immaculée, glissa de ses épaules jusqu'à ses pieds, avec le silence et la lenteur d'une chrysalide. Entièrement nue, face à la glace, Flora prit le temps de se regarder, comme si elle découvrait pour la première fois l'inconnue qui la passait au scanner, dans le reflet.

Elle avait un air trop grave, trop vieux pour son siècle. Sa main gauche passa sur la courte cicatrice qui marquait sa pommette gauche – la trace du coup donné par un des *blackmen*, au moment de leur fameuse intervention commando, sous le bunker du col de Bise. La plaie, mal soignée par leurs geôliers, avait laissé une griffure sur le haut de sa joue, un souvenir indélébile qu'elle n'aurait pas voulu effacer même si elle l'avait pu. Cicatrices, bleus au corps et à l'âme : des deuils, des absents, des dettes.

Un voile de tristesse passa sur ses traits, mais elle se reprit, se contempla encore : qui était-elle, qui était au fond Flora Argento ? Le reflet ne révélerait rien. Puis un demi-sourire éclaira son visage farouche. Elle savait qui elle voulait être.

Elle voulait être la grande sœur du samouraï, un garçon monté en graine, d'une maturité et d'une finesse presque effrayantes, et qui finirait par le payer, car la vie n'épargne pas les génies précoces. Ils meurent jeunes, trop tôt, comme inachevés dans leur trajectoire de comète. Elle protègerait Shariff de lui-même, de tout cela.

Elle voulait être la fille du père qu'elle s'était choisi, et qu'elle allait retrouver – elle savait peut-être même comment. Elle avait eu une intuition, pendant sa parenthèse. Ils avaient perdu quarante-huit heures à cause de sa distraction, mais cette fois, elle savait. Il suffisait de le vérifier sur l'ordi du salon. Ses yeux s'assombrirent, ensauvagés ; ses lèvres hésitaient toujours entre ironie et gravité. L'ordi du salon, dès maintenant ? Vraiment ?

La vérification attendrait bien encore quelques heures.

Elle était Flora. Et le garçon qui dormait dans la pièce d'à côté était Tim. Qu'il le veuille ou non, leurs destins, leurs tragédies s'étaient croisés, et noués, inextricablement, pour la joie. Elle sourit plus franchement. Sa décision, irrévocable, s'inscrivit sur ses traits, dans le pli volontaire de ses sourcils. Elle ramassa sur le carrelage gris anthracite la chemise blanche que Tim avait portée aujourd'hui et qu'il avait laissée en boule, dans un coin de la salle de bains. Elle la porta à son visage, respira son parfum sur le col. Elle l'enfila. Le vêtement lui arrivait à mi-cuisse. Elle ferma deux boutons, à la diable.

Sexy ? Sexy.

Puis elle fouilla quelques instants dans la trousse de toilette qu'elle avait préparée avant sa métamorphose. Elle y avait glissé le bijou, le fin anneau d'argent surmonté d'un diamant qui l'attendrait désormais deux jours par mois, pendant la parenthèse.

Elle était Flora, il était Tim, qu'il le veuille ou non.

Quelques instants encore, elle s'attarda sur son reflet. Elle était une jeune fille de seize ans, nue sous une chemise trop grande pour elle, une bague-serment à l'annulaire de la main gauche. Une bague qui résistait au sang de l'ours, qui ne se laissait dissoudre par rien, ni par le temps qui passe, ni par l'horreur, ni par la peur. Elle était un diamant incorruptible, brut, mal taillé, dont l'éclat pouvait briller pour deux.

Presque aussi silencieuse que la chatte noire une heure auparavant, elle se glissa dans le salon, ses pieds nus sur la moquette épaisse. Sur une console, son ordi clignotait, amical, rassurant. Dans quelques heures, quelques heures seulement, elle sauverait l'homme qu'elle considérait plus que son père, grâce au silicium, à la puissance des moteurs de recherche, au réseau satellitaire auquel le reliait sa machine…

Mais pas maintenant. Sur la pointe des pieds, elle gagna le canapé et vint se glisser sous les draps, belle comme la nuit, presque nue, contre le corps de Tim.

39.
SUR LES TRACES DU CHIEN

Lorsque Shariff les rejoignit dans la suite, à l'aube, ils étaient déjà habillés, et à l'ouvrage depuis un bon moment; plusieurs tasses vides, striées de café, jonchaient la table de la suite.

Le samouraï perçut immédiatement l'intensité électrique qui régnait dans la pièce. Comprit-il le reste, ce qui avait précédé ?

Tim était penché sur une carte routière. Flora, devant son écran, pianotait. Elle se retourna et dit :

– On sait où se trouve la bagnole de McIntyre. Elle a stationné à Ecublens, le siège de WarDogs, entre dimanche dernier, 9 h 45, et hier matin…

Tim compléta, en montrant des points sur la carte.

– Elle est garée depuis hier dans la campagne, en plein dans les champs de vignes, à une vingtaine de kilomètres d'ici, vers la frontière française… Sur les hauteurs de Lacroix, commune de Lutry. À l'exact opposé du siège de WarDogs.

Shariff écarquilla les yeux :

– Comment vous pouvez… ?

– Un traceur de GPS, le coupa Flora. Après les événements de l'été dernier, j'avais suggéré à Matthew d'enregistrer en continu les déplacements des huit véhicules de l'Institut en reliant leurs GPS à un serveur; histoire qu'on puisse retrouver rapidement une voiture manquante. On n'en a jamais reparlé, et je ne m'en suis souvenue qu'hier, comme une idiote. Ça nous a fait perdre quarante-huit heures… Je viens d'éplucher l'historique des relevés, dans l'ordi de l'Institut.

– Mevlut et Bjorn le savaient ?

– Possible…, répondit Tim. Si ça se trouve, c'est ce qui leur a permis de pister le professeur, et en voyant l'adresse où ils se rendaient à Lausanne, ils ont tiré des conclusions.

– Peu probable, objecta Shariff. Paul Hugo est intelligent, mais comment veux-tu qu'il ait déroulé une pareille pelote, juste avec des coordonnées GPS ?

– En attendant, ça veut dire qu'on peut tomber sur les amis d'Hugo, tout à l'heure.

Le samouraï comprit, sortit le colt 45.

– On ne sait pas sur quoi on va tomber, Shariff… Cela peut être n'importe quoi.

Tim ne précisa pas sa pensée. Mais Shariff traduisit : « n'importe quoi », même les cadavres du professeur, Julien et Matthew, discrètement évacués dans leur véhicule, à plusieurs dizaines de kilomètres de WarDogs, une semaine après leur tentative de kidnapping sur Clauberg – hypothèse plausible, dans la mesure où ils n'avaient pas donné signe de vie depuis sept jours. À moins que Clauberg n'ait été chargé par son complice Paul Hugo de « simplement » retenir ses visiteurs jusqu'à la fin du conseil de guerre élargi ? Les dates collaient.

Mais dans ce cas, pourquoi la voiture était-elle arrêtée en plein champ ?

– On y va ?

Flora enfilait déjà son blouson. Tim tendit la main vers Shariff.

– Tu me passes un de tes deux flingues, Shariff ?

– Promets-moi de t'en servir, cette fois, répondit le samouraï en clignant de l'œil.

—

– Pourquoi sont-ils allés à Ecublens ? Ils ont voulu préparer le kidnapping, un dimanche, devant WarDogs ?

– Va savoir, Shariff… Clauberg était au gala de charité, le même soir, c'est tout ce qu'on sait. Mais imagine ce que Paul ferait d'une pareille information : cela ressemble *vraiment* à son idée d'un rendez-vous secret, arrangé entre le professeur et Clauberg, disques contre preuves…

La tension, à son comble, avait noué Shariff, Tim le percevait : sans doute était-il parvenu aux mêmes conclusions funestes que lui, concernant le sort de McIntyre. Dans un cliquetis métallique, il armait et désarmait machinalement le colt, assis sur la banquette arrière. Flora se contentait de commenter laconiquement l'itinéraire, en suivant les coordonnées sur son ordi relié au Web par une clé 3G. C'était inutile, le GPS de la berline fonctionnait. Mais contrairement au samouraï, Flora n'avait pas de pistolet automatique pour s'occuper les mains.

Et Tim, que ressentait-il ? Il n'aurait su le dire. De l'effroi. De l'excitation. De l'impatience. Et le désir de les protéger, tous les deux, de protéger aussi le souvenir de la nuit tout juste écoulée, sans savoir ce qu'elle présageait. Quoi d'autre ?

Ils parvinrent sur les lieux en moins de vingt minutes et virent la voiture, au pied d'un arbre, sur un sentier de terre sinuant entre deux champs dont les premières pousses sortaient à peine de terre. Au-dessus s'étageaient les coteaux de vignobles, où le vert tendre s'annonçait sur les ceps.

– On y va en douceur… Je me gare ici, on reste groupés, vous me suivez.

– Chef, oui chef…

La dernière fois que Flora avait plaisanté ainsi aux ordres de Tim, c'était au col de Bise ; et leur opération avait viré à un fiasco sans nom.

De loin, ils n'avaient pas pu voir que le capot avant du break gris était encastré dans l'arbre. Flora arrêta d'un geste le gamin de treize ans en apercevant deux silhouettes affaissées, et la couleur écarlate sur les vitres, côté gauche.

– Shariff… Attends.

Tim prit une inspiration, sa main serra la crosse du pistolet automatique. Il fit seul les quelques pas qui restaient pour contourner la voiture grise, ouvrir la portière avant, du côté opposé, celui du passager.

Il y avait deux hommes dans l'habitacle, deux morts dont le premier, le conducteur, avait sans doute été tué dans l'accident : son crâne aux cheveux très courts, très blonds, presque blancs, avait laissé une large tâche sanglante dans le cercle de givre du pare-brise explosé.

Ce n'était pas, loin de là, la seule trace de sang.

Toute la fenêtre de la porte arrière gauche était maculée de rouge éclatant. La banquette arrière était d'un carmin plus sombre, déjà bruni. Le deuxième cadavre n'avait plus de visage, celui-ci avait probablement été emporté par une arme de gros calibre – qui n'était plus dans la voiture. Ce deuxième corps n'était pas davantage celui de McIntyre, de Julien ou de Matthew. La peau de la gorge et des mains étaient d'un noir d'ébène.

« Regarde, regarde attentivement. Essaye de comprendre… »

Tim était en apnée. Ces images crues en appelaient des dizaines d'autres – le carnage du bunker défilait dans sa tête comme un film en accéléré. Et cette voiture démolie en évoquait une autre : la Ford accidentée du 2 juillet. Tous ses souvenirs, ses cauchemars. Ne pas penser, respirer, voir, comprendre.

– Tim !

Flora avait crié, derrière lui. Il se retourna. Elle montrait une traînée de sang qu'il n'avait pas vue, hypnotisé par la voiture. La piste sanglante partait devant eux, vers un bosquet de grands arbres, un peu plus loin sur le sentier de terre.

Matthew Landen était assis à même le sol, appuyé contre un arbre, la chemise ensanglantée. Encore une autre nuance de vermillon. Au bout de son bras droit, le revolver qu'il tenait semblait trop lourd pour lui. Il avait dû les voir arriver sur le sentier, sans doute les avait-il même entendus tourner autour de la voiture.

Tim remarqua presque immédiatement que le bras gauche de Matthew se terminait par un pansement maculé, trop court pour cacher une main – un moignon ? Sur le visage livide du rouquin, aux cheveux trempés de sueur, il y eut un fantôme de sourire lorsqu'ils furent à portée de voix, qui s'évanouit aussitôt.

– Matthew !

– Si j'avais été un ennemi, vous… Morts depuis longtemps. Il faudra être plus prudent.

– Tu es blessé ? Où est le professeur ? Et Julien ?

– Je suis…

Il grimaça, il semblait vouloir humecter ses lèvres.

– De l'eau… Dans la voiture…

Tim courut jusqu'à la berline accidentée, trouva une bouteille d'eau minérale à côté du siège du conducteur. Il revint, toujours en courant. Flora l'arrêta à quelques mètres de la scène :

– Il a pris deux balles dans la poitrine… Il va mourir, Tim.

Shariff, accroupi devant Matthew qui essayait de parler, leva la tête vers eux :

– Le professeur… Il est toujours prisonnier de War-Dogs… Ils sont en train de l'utiliser comme cobaye.

L'histoire était simple : ils avaient été donnés. Dans la

nuit du samedi au dimanche, les mercenaires de Clauberg s'étaient introduits dans leur hôtel et avaient kidnappé les kidnappeurs. Ils les avaient emmenés, lui et McIntyre, dans leur propre voiture jusqu'au siège de WarDogs. Dans les sous-sols.

– Et Julien ?

– Je… Je ne sais pas… Ils l'ont pris en même temps que nous… Mais emmené ailleurs… Ou alors… Il a pu fuir ?

– Et depuis ?

– Ils nous ont transformés… Le professeur, les injections… Moi, ils attendaient… Mon cycle… Ils savaient, pour nos… *luxna*. Le professeur est resté, enfermé dans une cage. Et… moi, je devais… emmener… l'Institut…

– L'Institut ? C'est là que vous alliez ?

– Et tu as préféré provoquer un accident plutôt que de les consuire jusqu'à nous, c'est ça ?

Les choses s'éclairaient pour Tim : les deux morts dans la berline étaient les gardiens de Matthew. Quand celui-ci avait lancé son attaque, provoquant l'accident, le premier était mort sur le coup. Le deuxième avait eu le temps de tirer deux balles sur Matthew avant qu'il ne s'empare de son arme.

– Tu as réussi à les tuer tous les deux, n'est-ce pas ? Tu voulais y retourner ?

– Il y en a… un troisième… là…

Son bras désigna les fourrés, puis retomba. Les quelques phrases que Matthew venait de prononcer semblaient l'avoir épuisé. Son visage avait encore pâli – maintenant, il verdissait. Tim alla voir à l'endroit indiqué, trouva un troisième cadavre avec deux impacts de balles dans le dos. Le type n'avait plus de pouls. Trois morts, alors que Matthew était un prisonnier sans arme, sans main gauche, et coincé dans une voiture ! Tim revint sur ses pas.

– On va t'emmener à l'hôpital, dit-il à Matthew. Tout de suite…

– Non… Impossible… Je suis trop…

Matthew eut un rictus, puis un seul mot jaillit, douloureusement :

– … mort.

Shariff, toujours accroupi, se tourna vers ses amis :

– Il a raison, on ne peut pas le transporter.

Flora, penchée sur le rouquin, lui humectait le visage avec une écharpe trempée dans l'eau fraîche. Matthew murmura, à bout de forces :

– Le professeur… Il faut…

– Oui, dit Tim. Nous allons le libérer. Ne t'en fais pas. Où étiez-vous retenus ? Au siège de WarDogs ?

Nouveau hochement de tête, nouveau murmure :

– Les souterrains…

– OK. On t'emmène aux urgences, et ensuite, on…

Un non de la tête. Matthew ferma les yeux, sembla puiser dans ses dernières ressources. La voix fut à peine plus haute, mais le débit mieux maîtrisé :

– Non… Je suis mort, et le professeur est… Nous ne sommes pas des… hommes… pour eux… juste des… animaux… laboratoire.

Il ferma les yeux, de nouveau.

– Et les disques ? Ils les ont pris ?

– Les… disques ?

Moins d'une demi-heure passa, ils étaient tous les trois accroupis autour de lui. Flora lui tenait la nuque, l'aidait à soutenir sa tête brinquebalante, tentait régulièrement de la rafraîchir.

Matthew se mit à claquer des dents. Les deux garçons empilèrent leurs blousons comme des couvertures. Ils ne prononçaient rien d'autre que des paroles de réconfort, inutiles. Finalement ils se turent.

Matthew ne disait plus rien. Lors des dernières secondes :

il écarquilla ses yeux clairs, et sembla voir plus loin, beaucoup plus loin qu'eux.

– Fiona… Webster… Kathlyn… Je n'ai… pas… voulu…

Sa tête retomba. Les yeux demeurèrent ouverts. La main de Tim passa sur le visage du rouquin, pour qu'il cesse de regarder la mort et ses remords en face.

40.
L'ŒIL DU FAUVE (5)

Elle venait enfin de sortir du chalet principal, alors qu'il n'osait même plus l'espérer – des heures entières qu'il faisait le guet, ici. Il avait vu l'aurore arriver et avec elle, les perspectives de chasse auraient dû s'évanouir. Mais pas cette fois, non. Il lui restait trois heures avant de devenir un homme, et c'était amplement suffisant pour s'occuper de celle qu'il attendait.

Kate-l'usurpatrice, générale de réserve d'une armée presque en déroute. Elle avait travaillé toute la nuit et toute la matinée dans le bureau de McIntyre. Elle prétendait diriger leur Institut, comme si ses connaissances scientifiques, les règles, les lois pouvaient suffire ; comme si le pouvoir n'était pas à prendre, tel n'importe quelle proie. Kate-l'intérimaire, Kate-la-provisoire.

Elle se trompait. La Grande Prédation le lui avait confirmé. Tout se prend. On ne possède vraiment que ce que l'on arrache.

Il était imprudent de frapper au grand jour, mais la prudence n'est rien. Il était fou de penser que l'histoire basculait sur un coup de dents – mais sinon, comment ? Kate-l'usurpatrice était le dernier obstacle, sans doute. Ines l'avait manquée. Bjorn l'avait manquée. Par hésitation, maladresse, reliquat de conscience humaine ? Lui ne la manquerait pas.

Il était un superprédateur. La louve Ines n'occupait que le troisième niveau de sa chaîne alimentaire, tandis que lui, il était au-delà. Cinquième niveau dans la classification des zoologistes – puissant, très puissant. Sans rival. Seul concurrent : l'homme. Et il était un homme, également. Tout-puissant, qu'on le veuille ou non.

Maintenant, il était là pour que l'histoire bascule, que le pouvoir ne leur échappe plus, qu'ils s'emparent de tout ce qui leur appartenait : leur bibliothèque, leur Institut. Ils méritaient ce pouvoir, ils avaient expérimenté l'ultime vérité, la Grande Prédation. L'infini pouvoir sur la vie. Ils étaient des anthropes, pleinement.

La mort donnée. Il y avait goûté. Il ne voulait plus s'en passer. À chaque fois qu'il redevenait lui-même, les images de Silvio mis en pièces affluaient dans son cerveau. C'étaient des flashes, de véritables trips auxquels il voulait revenir – comme une drogue dure, addictive.

La porte centrale du chalet principal, celle du bureau de McIntyre, s'ouvrit de nouveau. Le remplaçant de Bjorn sortit à son tour, Marco-le-renégat, Marco-la-conscience-effarouchée, comme ils disaient entre eux. Lui aussi venait du bureau de McIntyre, et puisque le superprédateur ne l'avait pas vu arriver, c'est qu'ils avaient passé la nuit ensemble, Kate-l'usurpatrice et Marco-le-renégat. Avaient-ils travaillé à leur prochain plan pour éradiquer la menace ? Avaient-ils parlé et ressassé toute la nuit leur terreur de devoir diriger un Institut trop grand pour eux, parce que le pouvoir échappe à ceux qui n'ont pas la puissance ?

Ou bien s'étaient-ils contentés de s'enfermer dans le bureau, verrouillés à double tour, de peur de sortir, la nuit, au milieu d'eux ?

Désormais, les prédateurs étaient les maîtres de l'Institut, la nuit. Le jour, les équipes de Marco faisaient encore illusion, mais dès que l'obscurité tombait, ceux du Hameau s'enfermaient avec leur arsenal, en espérant que rien n'arriverait.

Trois meurtres, en trois jours. Enfin, les prédateurs se

mettaient à sa suite. Il leur avait ouvert la voie avec Silvio et enfin, ils comprenaient, l'un après l'autre, l'infinie ivresse de la prédation. Plus rien ne les retenait. Ce qui se produisait était irréversible, inscrit dans leur nature. Pourquoi se terrer dans une pièce rouge, quand leur nature était de vivre au grand jour ? Pourquoi chercher la maîtrise, la *supranoïa*, alors qu'il suffisait de suivre ce que disait l'esprit, sans chercher à le maîtriser, le canaliser, l'endiguer – le châtrer ?

Ils découvraient tout ça, l'un après l'autre, ceux qui frappaient, ceux qui s'apprêtaient à le faire. Et ceux qui s'enfermaient le savaient aussi, sans doute. Les livres de Kate-la-biologiste devaient appeler ça « prédation intraguilde » : la concurrence des espèces sur un territoire clos, qui voyait le triomphe des plus forts. Des plus carnassiers.

Leurs livres à eux, à leur étage de la bibliothèque, appelaient autrement ce qui survenait : « malédiction » ou « révélation ». « Destin ». « Élection ». « Pouvoir ». « Mythe ».

Ils étaient des êtres mythiques, des chimères, des cauchemars pour autrui. Bientôt, dans deux ou trois nuits, tous leurs adversaires, tous ceux qui osaient concurrencer leur guilde, auraient fui, ou bien ils seraient morts.

Kate-l'usurpatrice s'approcha du jeune type armé qui prétendait empêcher l'irréparable avec ses quelques gardiens effarouchés. Elle se pencha vers lui et l'embrassa furtivement.

Ainsi donc, c'est cela qu'ils avaient fait, cette nuit, dans le bureau verrouillé : ils s'étaient aimés. Pour conjurer la peur, parce qu'ils se savaient perdus, ou parce qu'ils se voyaient encore un avenir ?

Lui allait une fois de plus ouvrir la voie. La partie humaine de son cerveau l'ordonnait. L'instinct le réclamait. L'histoire était en marche… En plein jour, au vu et su de tous, et face à deux proies, dont l'une était armée, l'attaque n'avait strictement rien à voir avec ce que son esprit avait planifié la veille, avant qu'il provoque la métamorphose. Mais son autre cortex, sa part d'ombre et de sang réclamait son écot. Son autre cerveau voulait une proie, voire même plusieurs. Et il s'était juré qu'il obéirait toujouts à cette part de lui-même.

41.
SUN TZU

Ils ne pouvaient plus rien pour lui, et l'urgence leur interdisait de se charger du corps. Ils laissèrent Matthew allongé au pied de l'arbre, le visage couvert par sa propre veste. Puis ils dévissèrent les plaques minéralogiques de la berline et détruisirent les systèmes de communication embarqués, pour que la police ne puisse pas remonter de cette voiture jusqu'à l'Institut de Lycanhtropie, sur l'autre rive du lac.

– On devrait peut-être la brûler ? suggéra Shariff, qui lisait trop de thrillers entre deux ouvrages philosophico-zen.

– Non. Ça suffit, répondit Tim. On va chercher McIntyre.

Lorsqu'ils eurent pris la route en direction de Lausanne, Flora appela la police et expliqua d'une voix blanche où on trouverait une Mercedes grise et quatre cadavres, dont trois tués par balles. Elle ne donna aucune explication, raccrocha. Matthew aurait droit à un enterrement décent, et aussi aux infinies spéculations d'une enquête de police.

Ils étaient sous le choc, tous les trois. Mais ils devaient garder la tête froide, comprendre, raisonner.

– Ils ont été donnés, trahis… Sans doute par Paul Hugo, puisqu'il savait ce qu'ils allaient faire. Et comme Hugo était en lien avec Kofer, pour le fric et la *Tiger Eye*…

– Ça se tient, Flora. Reste à comprendre comment Hugo a connu le plan. Donc qui nous a vraiment trahis.

– En attendant, vous croyez qu'il faut prévenir Kate et Marco qu'il y a un traître dans l'Institut ?

– Ils le savent déjà, ma belle. Et si c'est l'un d'eux, inutile de l'avertir.

Shariff avait répondu trop brusquement. Une vérité commençait de se faire jour dans son cerveau. Du moins, pour l'heure, un soupçon…

– Ça va, Shariff ?

Il ne répondit pas à Flora. Les choses, toutes ces informations incohérentes commençaient à s'ordonner. Et le puzzle indiquait que…

– Ne te bile pas, gamin. On va retrouver ton père. Et on va le sortir vivant de leurs griffes.

Tim ne semblait avoir aucun doute. Une résolution volontariste, aveugle, une sorte de méthode Coué. Mais c'était le seul chemin qui s'offrait aux samouraïs.

—

– Vous ne croyez pas qu'on devrait quand même appeler Julien sur son portable ? Au moins, nous saurions s'il a pu fuir.

– Non, Shariff. S'il est enfermé, Kofer et Clauberg ont son portable. Ils ne doivent pas savoir que nous le recherchons.

– D'autant que s'ils sont convenablement équipés, ils risquent de savoir que nous sommes à Lausanne.

Ils repassèrent à l'hôtel pour récupérer leurs affaires et régler leur note. Il était 14 heures quand ils se mirent en route pour Ecublens. Flora restait connectée et téléchargeait toutes les informations qu'elle pouvait trouver sur le siège de WarDogs – permis de construire, plans de l'architecte, etc. C'était maigre. Un bâtiment apparemment ordinaire avec trois étages de bureaux et deux niveaux enterrés réservés aux recherches en laboratoire.

– Chaque niveau est censé pouvoir être entièrement cloisonné pour établir des quarantaines sanitaires en cas d'incident, lors d'une expérimentation sur des souches malignes, par exemple. On va se retrouver devant des dizaines de sas, de portes codées, de portes de contrôle.

– Ouaip… À côté, le bunker était un openspace.

Tim songeait à ce qu'il avait dû commettre, pour simplement ouvrir les deux portes d'un seul sas, là-bas. Il n'y avait aucune bonne idée pour évoluer dans le genre de périmètre qu'on leur présentait. Il n'y avait aucun plan possible.

– Qu'est-ce qu'on prévoit, chef ?

– Je ne sais pas. On est trois gamins, ils sont toute une organisation. Et on n'a même pas eu le temps de préparer l'opération. Je propose donc qu'on entre, qu'on tue tout ce qui bouge, qu'on exfiltre le professeur et qu'on se tire.

– « Si vous êtes encerclés, complotez. Si vous êtes condamnés, luttez. » Sun Tzu.

– Je plaisantais, Shariff. On n'a pas une chance, de toute façon, mais on va faire comme si.

42.
L'ŒIL DU FAUVE (6)

Kate-l'usurpatrice écarquillait les yeux, la bouche grande ouverte dans un cri muet. Elle n'avait plus de larmes, plus de voix, plus rien – elle ne pouvait même plus crier, mais ses cris, de toute façon, ne représentaient aucun danger. Prévenir qui ?

Clouée contre le mur du chalet, trop loin de la porte pour espérer pouvoir s'y engouffrer avant qu'il bondisse, elle attendait, tétanisée, épinglée comme un insecte – en elle, sans doute, l'horreur et la certitude de l'inéluctable avaient remplacé la peur. Le chasseur s'en délectait.

Là-haut, agglutinés derrière les baies vitrées des trois étages de la bibliothèque, ils devaient tous regarder la scène. Ils avaient déjà vu la première mise à mort. Kate-l'amoureuse avait hurlé lorsqu'il s'était jeté sur l'autre. Forcément, tous l'avaient entendue – c'était une heure où ils pensaient être à l'abri. Ils s'étaient précipités sur le balcon du chalet principal. Mais aucun n'avait osé en sortir. Pas un seul n'avait cherché à les défendre – parce que ceux de l'Alpage étaient là, dans la bibliothèque, avec eux ? Parce qu'ils avaient trop peur pour *agir*, qu'ils étaient paralysés ? impuissants ?

Kate-la-victime pouvait crier, hurler encore, désormais, cela ne servait plus à rien – personne n'interviendrait. Des lâches, des empêchés, voilà ce qu'étaient devenus les anthropes à l'école de McIntyre-l'agneau-bêlant. Même de jour. Même avec des armes.

L'arme de sa première proie, dont les restes n'avaient

plus rien d'humain, gisait par terre, là, à deux mètres. Les restes ? Cette fois, il ne redoutait plus les enquêteurs de McIntyre ; il n'avait pas pris la peine de masquer sa signature, comme il avait dû le faire pour Silvio. Alors, il avait attaqué directement à la tête, mordu l'occiput pendant que sa proie hurlait, ses canines avaient percé le crâne – silence de la proie, quand les crocs avaient atteint le cerveau. Sa signature : deux trous nets dans le crâne de Marco. Parmi les superprédateurs de l'Institut, il était le seul à posséder des mâchoires suffisamment puissantes pour faire cela. Une tête, un visage lacéré et percé par les dents.

Kate-la-générale-déchue savait maintenant qui il était. Elle avait eu le temps de le reconnaître, et sans doute que tout s'éclairait pour elle.

Qu'importe, puisqu'elle allait mourir. Elle ne portait pas d'arme sinon elle aurait tiré, déjà, depuis longtemps ; c'était le risque à prendre. Kate avait beau refuser sa puissance et n'être qu'au deuxième niveau de sa chaîne alimentaire, elle était une créature décidée. Si elle l'avait pu, elle l'aurait empêché de déchiqueter le garçon qu'elle aimait.

Elle l'aurait tué, tout en sachant qui il était. Mais elle n'avait pas d'armes, et plus rien que ses yeux pour voir ce qui restait de l'autre – le garçon qui avait osé penser qu'avec des fusils, on les arrêterait. Rien ne les arrêterait. Une fois de plus, son intuition prédatrice l'avait guidé au moment de prendre sa décision ; et l'instinct avait eu raison. Après cette démonstration, ce soir, l'Institut serait vidé de leurs ennemis. Il ne resterait plus que les disciples, les croyants, Les initiés de la Grande Prédation, et ceux qui s'initieraient. Sur leurs traces, derrière eux.

Il releva ses yeux dorés, d'un froid métallique. Kate-la-proie-suivante n'avait pu se détacher du massacre, pendant tout le temps. Ce qu'il accomplissait devant eux tous était effrayant, mais fascinant. Il prenait une vie et la réduisait en lambeaux de viande rouge. Il commençait par percer l'esprit, qui s'enfuyait du crâne. Puis il mettait en pièces tout le reste. Il n'y avait plus d'âme là-dedans, plus de principe vital, d'éternité ni de vanité humaine, aucune pseudo-supériorité de la race humaine sur les autres espèces, aucune conscience éclairée ; pour lui, il n'y avait plus que de la nourriture.

Mais à dire vrai, il n'avait plus faim.

A cette minute, il avait juste envie de tuer, un désir impérieux, une pulsion inhumaine – mais tellement humaine, pourtant, sans rapport aucun avec l'instinct de son autre espèce. Le meurtre de Kate-l'amie-de-McIntyre n'aurait rien à voir avec l'instinct animal. C'était une vengeance, la fin de l'ennemi. C'était le pouvoir.

Il reculait encore l'instant de tuer. Cela, ce n'était pas une pensée animale. L'animal ne se délecte pas de ce qu'il inspire : il tue. Mais l'esprit humain, la cruauté humaine, pouvaient le guider aussi bien que la faim. Il retroussa les babines. La salive vint dans sa bouche, merveilleuse mécanique des fluides, pour préparer la manducation.

43.
LA MORT DU HÉROS SACRIFICIEL

Ils furent à Ecublens vers 15 h 30. Le siège de WarDogs était en périphérie, en banlieue de la banlieue, dans une zone industrielle. Ils garèrent la berline grise, trop semblable à celle de Matthew, à environ deux kilomètres de l'objectif, devant un lotissement. Ils n'indiqueraient pas d'emblée à l'ennemi qu'ils allaient lancer l'assaut.

Tim était sombre, préoccupé. Flora comprenait pourquoi : il n'y avait pas de stratégie, presque aucune chance. La dernière fois, ils s'étaient fourvoyés du tout au tout. Sous le bunker, leur opération commando avait provoqué la mort de Véronique, leur incarcération, puis la reddition de McIntyre. Et cette fois ? Cette fois, McIntyre avait besoin d'eux, alors ils se comportaient exactement comme huit mois plus tôt : ils se jetaient dans le gueule du loup, en espérant un miracle. Sauf que les miracles ne se reproduisent pas deux fois en une année.

Ils trouvèrent une sorte de promontoire, à trois cents mètres environ du siège. Il y avait une haie épaisse. De là, ils pourraient voir sans être vus.

Tim sortit ses jumelles pour faire le tour du propriétaire. Le bâtiment ressemblait au siège d'une filiale high-tech d'un groupe international ayant pignon sur rue. Un petit immeuble moderne, d'acier et de verre, un logo neutre et rassurant, une cinquantaine de voitures relativement neuves, relativement chères, garées sur un parking devant l'entrée. Manifestement, les salariés de WarDogs gagnaient bien leur vie, pour se payer ce genre de jouets. Deux types assuraient la sécurité, les habituels vigiles en tenue sombre qu'on voit partout, même devant les grands magasins, oreillette et lunettes fumées.

– C'est tout ? dit Shariff, armé de ses propres jumelles.

– Tu t'attendais à quoi ? Des sacs de sable et des mercenaires en gilet pare-balles ? Ces mecs-là sont dans la légalité, Shariff. Du moins ils voudraient en persuader le monde entier.

– OK. Donc, comment on accède aux sous-sols parfaitement légaux de ce siège légal ?

– *No lo sé.* On regarde ce qui se passe pendant les quelques heures qui viennent, on attend la nuit, et on voit si une occasion se présente.

– Une tactique déjà éprouvée, par vrai ? D'ici là, moi, je vais aller faire mon crustacé.

—

Flora s'était allongée à côté de Tim, sans un mot. Elle avait repris les jumelles de Shariff. Cela faisait presque dix minutes qu'elle scrutait le bâtiment, et toujours pas un commentaire. Tim chuchota :

– Qu'est-ce que tu en penses ?

– On n'a pas une chance sur mille, bien sûr… Ils sont puissants, riches, sans doute extrêmement dangereux. Et en plus, en ce moment, ils doivent être méfiants… Trente-six heures après, ils savent forcément que leur petite expédition avec Matthew vers l'Institut a échoué. Ce qui veut dire qu'ils attendent sans doute de la visite. Peut-être même qu'Hugo les a prévenus que nous avons quitté l'Institut depuis trois jours.

– Je ne pense pas qu'Hugo leur en ait parlé. S'ils étaient vraiment si proches, Hugo leur aurait tout simplement indiqué l'emplacement de l'Institut.

– Non, Shariff a raison, il est peut-être prêt à leur vendre des informations, mais je ne pense pas qu'il leur vendrait sa Grande Bibliothèque. N'empêche, il ne faut pas trop compter sur l'effet de surprise.

Tim avait fait le même bilan que la jeune fille : pas beaucoup de cartes de leur côté, pas même un seul atout dans leur jeu.

– Écoute, je ne crois pas que cela serve à grand-chose de nous sacrifier tous les trois. La dernière fois qu'on s'est retrouvés enfermés, Shariff a pu s'évader, mais là, ça risque d'être plus compliqué. Et si on tente l'affaire à trois, personne ne pourra prévenir l'extérieur de ce qui se passe.

– Et donc ? demanda Flora au bout d'un moment de silence.

– Donc, je vais essayer de pénétrer là-dedans, cette nuit, et pendant ce temps, toi et Shariff, vous resterez en arrière. Si dans vingt-quatre heures personne n'est ressorti, vous préviendrez la police. Vous expliquerez tout ce qui se passe là-dedans, les liens avec les quatre morts de Lutry. Ils seront obligés de t'écouter, puisque tu possèdes le portable avec lequel tu les as avertis pour les cadavres.

– OK, mais même si les flics osaient déplaire à une entreprise qui est la quatrième puissance financière du pays, tentaient immédiatement une perquisition, et parvenaient par miracle à vous retrouver tous les deux vivants, comment on leur expliquerait ce qui se passe vraiment ?

– Tu préfères quoi : préserver le Grand Secret ou sauver la vie du professeur ?

– Je ne sais pas. Si McIntyre a choisi de faire sans la police, on doit respecter les risques qu'il a pris, non ?

Un long silence.

– De toute façon, je ne te laisserai pas y aller seul.

Elle s'appuya sur un coude et le dévisagea longuement. Sans aménité.

– Tu vas m'écouter une minute… Tu te la joues héros sacrificiel, Tim, et ça ne m'étonne pas. Ça fait huit mois que tu te la joues comme ça…

Elle changea de voix, et ses doigts dessinèrent des guillemets dans l'air. L'imitation fut mauvaise, et délibérément mélodramatique.

– « Plutôt que de vivre, je sacrifie ma vie pour ceux que j'aimais, pour ceux que j'aime, pour ceux que j'aimerai… J'expie mes fautes, et celles du monde entier. C'est mon destin, je dois mourir… Et si je ne meurs pas, je dois payer, quitter ceux que j'aime pour repartir tout seul à Missoula affronter Dieu sait comment une prétendue vérité. » Comme toujours…

Elle revint à sa voix normale, sauf que son ton charriait une colère froide, recuite, vieille de… huit mois ?

– Mais ça te ferait mal de nous demander notre avis, parfois ? Si on avait envie de s'embarquer avec toi dans cette galère ? Si nous, ce qui nous intéressait, c'était toi, ta vie, et qu'on préférait perdre la nôtre avec toi plutôt que de pleurer le héros magnifique ? Si en fait de héros, assumant seul les responsabilités du monde entier, tu te comportais comme un putain d'égoïste suicidaire ?

Ses yeux étaient des têtes chercheuses, qui le vrillaient comme pour percer ses protections, ses carapaces. Des yeux noirs pouvaient-ils être à la fois si pâles et si brillants ?

– Tu ne comprends pas ce qu'on a essayé de faire depuis neuf mois ? Il faut te faire un dessin ?

Il n'y avait aucun mépris dans ces mots, juste une immense frustration qui explosait dans un chuchotement.

– Shariff qui se casse la tête pour trouver une façon de nous libérer de notre trouille ? McIntyre qui essaye de te préserver des remords ? Et moi, moi qui… Putain, mais quelle conne ! Moi qui étais dans ton lit, cette nuit… Ça non plus, ça ne veut rien dire dans ta petite tête ? C'était juste en passant, histoire de se distraire gentiment avant le grand sacrifice du héros ?

Il ne savait quoi répondre. Il aurait dû lui demander de se taire, lui dire qu'elle était injuste, qu'il essayait de la préserver, de lui offrir la chance de faire sa vie avec quelqu'un d'autre qu'un tueur. Contre son gré, contre lui-même… Mais elle s'en fichait, elle continuait.

– Tu ne t'appartiens pas, Tim. Tu n'es pas seulement à toi, quoi que tu en penses. Maintenant, tu te dois à ceux que tu aimes, et d'abord aux vivants. Tu entends : aux vivants. Tu te dois plus à moi, à Shariff, à McIntyre même, qu'à Benjamin, John ou Geneva Blackhills. Pour eux, tu ne peux plus rien. Pour nous, tu comptes. Alors tu arrêtes de te complaire dans ton héroïque rumination, et tu assumes l'idée qu'on fait les choses ensemble, qu'on prend les risques ensemble, qu'on vit et qu'on meurt ensemble.

Elle se redressa, elle estimait en avoir fini. Mais non, finalement, elle s'allongea de nouveau et se tourna vers lui. Toujours aussi froide.

– Ou alors, peut-être que la vie avec moi te fout la trouille, Tim ? Peut-être que tu regrettes de m'avoir donné ce diamant, de m'avoir embrassée ? Dans ce cas, il suffit de le dire, je te rends ta bague, et tu vas foutre en l'air ta vie où tu veux, comme tu veux… Mais si ça ne t'ennuie pas, puisque j'ai le droit d'avoir encore un avis, en ce qui concerne McIntyre, j'en suis. Parce qu'il est autant mon ami que le tien.

La main de Flora glissa, prit le pistolet automatique que Tim avait posé devant lui.

– Donc, c'est moi qui prends les commandes parce que, de toute façon, tu es parfaitement incapable de te servir d'une arme, comme tu nous l'as brillamment démontré au pied du col de Bise.

Tim allait répondre, mais une voix l'interrompit, derrière lui, en anglais :

– *I guess it's yours...*[1]

—

Trois cyborgs en contreplongée. Ils venaient de les surprendre dans l'obscurité, lourdement armés, et les toisaient de très haut. En dépit de leur impressionnant attirail, ils s'étaient approchés sans un bruit. Tenue de camouflage, lunettes de vision nocturne, fusils d'assaut, système de télécommunication. Leurs silhouettes noires, ombres chinoises sur le bleu de la nuit, se hérissaient d'antennes, d'appareils, d'armes.

Les cyborgs étaient en fait, probablement, des simples humains ; mais alors de véritables commandos, égarés en pleine zone industrielle. Comme si la guerre s'invitait ici. Ils allumèrent leurs trois lampes torches à la même seconde, obéissant à un ordre muet. Flora et Tim furent aveuglés un instant.

Celui des trois qui venait de parler, la peau noire, massif, carré comme une poutre, le crâne rasé, tenait dans sa main un homard bleu breton qui agitait ses pattes et ses pinces comme un diable.

---

1. « J'imagine que c'est à vous... »

44.
MAUVAIS REMAKE

Tim *agit*.

D'un mouvement rapide, précis, brutal, il saisit le pistolet dans la main de Flora et roula sur le côté pour se mettre en position de tir, sur le dos. Une séquence parfaite – mais l'un des trois types l'avait vu venir et le cueillit d'un grand coup de pied dans les côtes. Un deuxième coup de rangers dans la main sembla lui exploser toutes les phalanges.

Tim lâcha l'arme en poussant un cri bref.

Le deuxième commando s'était déjà penché sur Flora et la relevait en la tenant par les cheveux.

L'homme qui avait frappé Tim le plaqua à plat ventre, posa un genou sur son dos et lui fit une clé de bras avant de le redresser. Il n'y avait ni colère ni urgence dans leurs gestes, juste une violence extrêmement dosée, technique. Le tout n'avait duré que quelques secondes.

Tim, Shariff et Flora avaient déjà perdu la partie, sans même avoir lancé les dés – comme des oies blanches, des petits soldats dérisoires.

– *Now, guys, you'd better follow us...* [1]

Flora, à cet instant, se contorsionna, tentant d'échapper à la poigne de celui qui la maintenait par les cheveux. Son gardien la souleva de terre en passant un bras en tenaille sur sa poitrine. Dans le mouvement, la deuxième main gantée de noir se posa sur ses jeunes seins, comme une

1. « Maintenant, jeunes gens, je pense que vous devriez nous suivre... »

araignée. L'homme qui tenait le homard dit, d'une voix égale, toujours en anglais :

– Ton morceau de viande blanche a meilleure mine que le mien… J'en demanderai un morceau à Prince.

– Quand il aura fini avec elle, tu n'en auras plus envie.

Pour la première fois, les autres cyborgs eurent une réaction humaine : deux rires gras. Tim sentit monter en lui une rage folle.

– *Fuck you*, bande de porcs. Reposez-la.

Toujours aussi calme, l'homme qui tenait le homard lui décocha une gifle magistrale.

– *Shut up, asshole*, on risque de t'entendre… Tu ne voudrais pas déranger nos pacifiques voisins. Ils dorment.

—

Un nez cassé une fois est plus fragile, les cartilages cèdent de nouveau, volontiers.

Plus tard, Tim serait incapable de dire s'il avait intentionnellement provoqué la gifle, si cela faisait partie du même plan que dans le bunker, comme un mauvais remake ; s'il avait eu dans la bouche le goût du sang avant même de comprendre ce qui allait arriver, ou si sa langue l'avait cherché durant quelques dixièmes de secondes, attendu, espéré.

—

Il libéra sa patte, d'un simple mouvement d'épaule, bref, violent, et se retourna dans une volte-face imprévisible. La créature qui avait tenté de le retenir, déséquilibrée par ses gestes, avait fait deux pas en arrière ; c'était trop peu, encore, pour échapper à son allonge… Tuer, sans fureur, sans rage, sans émotion. Comme dans le sas, pendant les premières secondes.

Les griffes partirent, décrivirent un véritable arc-de-cercle. Elles touchèrent la créature à la gorge. Un geyser de sang. Les proies saignent toujours ainsi, à la gorge. Une voix, lointaine, mais qui revenait à la surface consciente, récita : « artère, jugulaire, il est mort ».

Il connaissait cette voix, c'était celle de l'autre cerveau. Il se souvenait.

La créature hérissée qui ressemblait à un bipède tomba à genoux, les deux mains à la gorge, essayant de retenir le fluide.

Sang. Mort. Manger, maintenant ? Non. Il devait tuer les bipèdes, la voix le lui intimait, celle qui connaissait les mots des bipèdes. La voix lointaine, si proche, l'autre lui-même.

Il devait tuer les bipèdes, mais non, pas tous. Certains. Lesquels ?

Il retomba sur ses pattes devant la première victime. Odeur du sang, odeur affolante.

« Non. En sursis. Déjà mort. » « Ne mords pas, ne t'acharne pas. Elimine les autres, d'abord. »

La voix, l'autre cerveau, lui commandait.

Il se retourna avec une vitesse stupéfiante pour sa masse.

Il y avait trois autres silhouettes. Deux bipèdes noirs, hérissés, avec cet étrange troisième œil protubérant, au milieu du front. Le cerveau enfoui disait : « Lunettes de vision nocturne… ils peuvent te voir. » Les mots venaient facilement, deux mémoires coexistaient, l'une analysait, sentait, percevait, l'autre ordonnait. Tout était facile, il savait ce qu'il devait faire.

La jeune fille n'était pas une proie, un danger – la jeune fille s'appelait Flora, elle était son amie, elle ne mourrait pas.

L'un des deux bipèdes la tenait contre lui. Il mourrait

en dernier. S'occuper d'abord du plus grand. Tuer. Châtier.

C'est le plus grand qui l'avait frappé, à la truffe. C'est le plus grand qui devait mourir le premier. Tuer, sans colère, se posséder soi-même, garder la maîtrise, disait l'autre cerveau.

Le plus grand tenait dans sa main gauche une chose qui bougeait, se tortillait, une chose munie de pinces. « Cela s'appelle Shariff. Cela est un homard », indiqua la voix à l'intérieur de son crâne.

La main droite du deuxième bipède serrait un bâton qui fume. Le plus grand avait reculé, comme le couple proie-numéro-trois/Flora. De quelques pas.

Tim se redressa de nouveau sur ses pattes, pour frapper, tuer. Maîtrise parfaite. Il était un ours, il était un seigneur, il allait...

Le plus grand braqua son bâton vers lui. « C'est un fusil à visée laser », dit le deuxième cerveau, celui auquel les mots venaient le plus aisément. « Le point rouge sur toi permet de verrouiller la cible. » Le deuxième cerveau dit encore : « Tu n'as pas le temps, esquive le point rouge. » Son énorme corps tenta une feinte, mais le point rouge le suivit, tremblant sur sa poitrine.

Le bipède dit calmement :

– Bonne nuit, *Teddy Bear* !

Comme il y a huit mois, dans le couloir du bunker, le deuxième cerveau anticipa l'information, avec quelques centièmes de secondes d'avance sur la gâchette : « Tu es mort, Timothy Blackhills. »

TROISIÈME PARTIE

NUIT

—

Flora Blackhills
Shariff McIntyre

45.
PREMIER SOUS-SOL

Ils ne l'avaient pas enchaînée, mais c'était tout comme. La pièce de quinze mètres carrés dans laquelle ils gardaient Flora était une cellule, moderne, propre, aseptisée comme une pièce de laboratoire, mais une prison cependant : la porte demeurait verrouillée de l'extérieur en permanence.

Tim, Shariff, où étaient-ils ? Dans des geôles semblables ? Ou avec McIntyre et Julien ?

Deux caméras à détecteur de mouvement couvraient sans angle mort son espace vital. Dans cette pièce, il n'y avait qu'une table et une chaise, un lit, un évier de type paillasse de laboratoire, sur lequel on avait posé deux serviettes, un gant en éponge et du savon. Flora procédait à des toilettes circonspectes et partielles, à cause des caméras. Elle était sous leurs microscopes, à découvert. Exposée sans l'avoir choisi, l'avoir voulu, loin, si loin de cette impudeur joyeuse cinq nuits plus tôt ; sous les draps de Tim.

Tim, que lui avaient-ils fait ? Les armes des cyborgs étaient chargées de seringues hypodermiques. Ils voulaient les capturer, pas les tuer. Ils savaient ce qu'ils allaient trouver dehors. Ils les attendaient.

Ils lui avaient remis les vêtements qu'elle avait laissés dans le sac. Ils avaient donc retrouvé la voiture garée à deux kilomètres. Les cyborgs savaient tout d'eux, désormais, puisqu'ils avaient leurs affaires. L'opération était un fiasco absolu.

Avaient-ils été repérés pendant leurs deux heures de guet ? Ou trahis, comme McIntyre avant eux ? Les suivait-on, eux aussi, avec leur GPS ? Avait-on appelé ShylocK pour prévenir les vigiles de leurs manœuvres d'approche ?

Sa totale solitude était rompue quelques instants aux heures des repas. L'un des hommes armés apportait un plateau contenant des rations convenables, réchauffées au micro-ondes. Pendant qu'on lui déposait son repas, un autre gardien de WarDogs la tenait en joue devant la porte ouverte de sa geôle, l'empêchant de distinguer ce qui se passait à l'extérieur. Armes pour endormir ou armes pour tuer, cette fois ?

En dépit de ses efforts, les « soldats » n'avaient pas ouvert la bouche.

Deux fois par jour, avec la même ponctualité que les repas, et aux mêmes heures, le grand albinos au physique de Titan et au charisme inquiétant qui commandait la troupe de commandos lui rendait visite. Il avait un visage rendu étrange, effrayant, monstrueux par sa maladie : peau sans couleur, cheveux crépus d'un blond pisseux, yeux rouges. Il se déplaçait comme le font les chefs de bande, lourdement, dans le bruit de ses bottes, de ses armes – une machette fichée à sa ceinture, deux grenades accrochées sur sa poitrine, un fusil d'assaut dans une main, qu'il ne cessait de manipuler pendant les interrogatoires. Même dans la cellule de Flora, il se comportait comme un chef de guerre sur le terrain des opérations.

Elle avait lu suffisamment d'informations sur « Prince Kofer », le patron de ShylocK, pour savoir à quoi s'en tenir : il avait trempé, naguère, dans quelques-unes des plus effroyables guerres civiles africaines. Elle avait déjà croisé son nom lorsqu'elle avait mené des raids, avec une « amicale pirate » anonyme, contre les avoirs des plus gros trafiquants de « diamants de sang ». En dépit de tout ce qu'elle avait appris, sur ShylocK et WarDogs, elle ne pouvait pas croire qu'elle retrouvait vraiment ce genre de personnage, ici, en

Suisse, dans la filiale officielle d'une entreprise réputée respectable.

À chaque fois, l'albinos posait les mêmes questions, sans laisser transparaître le moindre agacement : comment connaissaient-ils l'existence du laboratoire secret ? D'autres qu'eux guettaient-ils dehors, comme ceux qui avaient libéré Matthew Landen ? N'étaient-ils qu'une avant-garde ? Flora ne disait rien, pas un seul mot. Manifestement, le chef ne pouvait imaginer que ses commandos avaient été abattus par un homme seul, manchot de surcroît. Manifestement, il pensait que des gens de l'Institut avaient neutralisé ses troupes.

Ils n'avaient donc pas été trahis depuis l'Institut.

Le troisième jour, devant le silence obstiné de Flora, Prince Kofer la toisa.

– On a ton téléphone, et des contacts dans la police… On sait que c'est toi qui leur as indiqué l'embuscade dans laquelle sont tombés mes gars. Ma question est : comment vous avez pu organiser ça alors que mes hommes n'étaient partis que depuis une heure trente.

Flora continua à se taire, enregistrant la nouvelle des complicités dans la police. Tim avait imaginé, il y a trois jours, que leur coup de fil concernant les morts de Lutry pourrait leur servir quand il faudrait alerter la police – et s'il se retournait contre eux ? Avant de partir, sans y croire mais par acquit de conscience sûrement, l'albinos terminait toujours par les deux mêmes questions : s'était-elle enfin décidée à indiquer à ses gardiens l'emplacement de l'Institut ? Pensait-elle qu'ils allaient patienter longtemps encore devant son silence ?

Où étaient Tim et Shariff ? Et McIntyre ? Julien était-il vivant ? Était-il dehors ou l'avait-on simplement séparé des autres, comme elle maintenant, pour une obscure raison ?

Cela faisait trois jours que durait ce manège. La lumière

du jour ne lui manquait pas, pas encore. Pendant les premières heures, elle avait surtout souffert d'être brutalement et totalement sevrée d'informations, de connexions, de moyens d'agir : sans téléphone portable, sans ordinateur, sans réseau. Elle ne savait pas comment meubler les longues plages de solitude et de silence. Ses geôliers avaient posé deux carnets à spirale, vierges, ainsi que deux crayons à mine sur la table en bois. Pour qu'elle y inscrive des aveux, des confidences ? Pour qu'elle tienne le journal intime de sa détention ?

Elle n'avait pas besoin d'écrire, plutôt de circuler, surfer, fouiller, visiter, voyager. Elle vivait mal lorsqu'elle n'était pas reliée au monde, au *World Wide Web*. Elle ressentait ce même empêchement deux jours par mois, lorsqu'elle était chatte.

Mais une autre frustration, progressivement, prit toute la place : où étaient ses amis ? Que leur avait-on fait ?

Quand on les avait capturés, sitôt « l'ours » endormi, on les avait aussitôt séparés. Les cyborgs l'avaient bâillonnée, lui avaient fourré la tête dans une cagoule noire totalement opaque. Elle n'avait pu se fier qu'à ses impressions : elle entrait dans un espace fermé, sans doute un ascenseur. Elle avait entendu une voix synthétique, senti le sol bouger comme s'il se dérobait sous ses pieds. Elle était descendue, probablement au sous-sol.

Elle avait supposé que, rapidement, les interrogatoires seraient menés avec ses deux amis, lorsqu'ils auraient repris forme humaine. Elle pensait avoir l'occasion de les apercevoir, ou au moins d'apprendre de leurs nouvelles. Que subissaient-ils, qu'avouaient-ils peut-être ? Tim avait dû revenir de sa métamorphose depuis deux jours au moins. Shariff avait eu le temps de redevenir six fois le jeune garçon qu'il était, la moitié de sa vie.

Matthew avait dit qu'on utilisait les animaux comme

des cobayes, dans ce laboratoire. Que leur avait-on fait subir ? Avaient-ils droit aux mêmes interrogatoires qu'elle désormais ? Connaissaient-ils les mêmes conditions de détention, ou au moins étaient-ils ensemble ?

—

L'homme qui entra avec l'albinos, ce matin-là, faisait une tête de moins que lui. Il n'était pas ridicule, pourtant : un physique de play-boy, sportif, peau hâlée, cheveux poivre et sel savamment désordonnés, vêtements décontractés à la coupe impeccable – une veste de tweed tabac sur un pull à col roulé noir. Flora l'identifia sans aucun doute grâce aux photos qu'elle avait vues pendant sa courte semaine d'enquête sur AC Hemato Inc. : Aribert Clauberg. Le big boss, en personne.

Même l'attitude de Prince Kofer indiquait que cette fois, le grand chef était dans la place. Le mercenaire semblait moins à son aise, plus raide : l'officier de terrain recevait la visite de son général.

– Bonjour, mademoiselle Argento. Je suis sincèrement enchanté de faire votre connaissance.

La voix ne semblait même pas fausse. Le ton, enjoué, n'était pas surjoué. Flora décida de le laisser attendre autant qu'il le souhaiterait, la main tendue vers elle, toujours sans un mot.

Elle enregistra l'information : « Ils connaissent ton nom, ton identité, ils savent qui tu es. » Elle se demanda si cela présageait des conséquences plus inquiétantes.

Finalement l'autre laissa retomber sa main.

– Mon remarquable employé, monsieur Kofer, avec qui vous avez fait connaissance ces derniers jours, m'a prévenu que vous restiez obstinément muette au cours de vos entrevues.

Comprenez-vous correctement l'anglais ou préférez-vous que nous poursuivions en français, ou même en italien, votre langue maternelle ?

Elle continua de s'en tenir au silence. Il répéta la question plus brièvement dans les deux langues proposées, avec une aisance parfaite – un polyglotte content de lui, en démonstration, comme un premier de la classe. Le silence de Flora sembla le dérouter un instant, puis il déclara :

– À votre aise, au fond. Vous vous tairez donc pendant la petite visite de nos installations que je vous propose.

L'albinos fit deux pas vers elle, la poussa dans le dos. Il n'était pas envisageable de résister, elle n'en avait aucunement l'intention, d'ailleurs, qui sait, ce serait sans doute l'occasion d'avoir des nouvelles de ses amis…

Maintenant, elle voyait ce sous-sol qu'elle avait traversé la cagoule sur les yeux. Un grand espace cloisonné en une trentaine de pièces, vitrées à mi-hauteur – un laboratoire. Derrière les vitres, des chercheurs en blouse s'affairaient. Ne voyaient-ils pas qu'il y avait une prisonnière, escortée par un géant albinos armé d'un fusil d'assaut ? Leur avait-on menti à son propos ou avait-on acheté leur silence, leur cécité ?

Clauberg, distraitement, commentait les salles devant lesquelles ils passaient, comme s'il s'agissait d'une visite organisée pour un invité de marque, avant de signer de gros contrats.

– Ici, nos recherches biomécaniques. Prothèses, transformations, améliorations des membres, de la vue, de l'ouïe par l'utilisation de nanotechnologies…

– Où sont Tim et Shariff ? Où est le professeur ?

Il se tourna vers elle, un sourire aux lèvres, entre ironie et autosatisfaction.

– Ainsi donc, vous parlez ? Patientez, mademoiselle…

Vous allez voir vos amis. Mais votre rôle et le leur ne sont pas les mêmes, dans nos projets. Nous vous avons réservé une place toute particulière.

Quel « rôle » voulait-on lui confier ? Quels étaient ces « projets » dont il parlait ? Qu'étaient devenus ses amis ?

Ils continuèrent de marcher, Flora parfois frôlée par l'inquiétant Kofer, Clauberg commentant les laboratoires où des hommes, en combinaison de protection bactériologique, travaillaient sur des outillages ultramodernes : microscopes électroniques dernier cri, appareils de vision, robots.

Ils atteignirent l'une des extrémités du bâtiment. Les plans qu'elle avait étudiés avant l'opération montraient qu'il y avait encore un niveau souterrain, au dessus ou en dessous. Tim, Shariff, McIntyre, Julien étaient-ils là-bas ? Pourquoi la gardait-on loin d'eux ?

– Dans les dernières salles que vous voyez ici, nous travaillons sur l'irradiation. Ces malheureux rats ont subi des projections de neutrons à des doses spectaculaires, mais ils sont maintenus artificiellement en vie par des injections massives de… Mais passons, je vois que cela ne vous intéresse guère. Et je vous comprends, toutes ces recherches ne sont que des balbutiements, un avant-goût de ce que nous allons désormais pouvoir développer grâce à la précieuse contribution de vos amis. Et à la vôtre, dans…

Il s'interrompit pour jeter un œil à la tablette numérique qu'il avait en permanence à la main et semblait utiliser comme un carnet de notes.

– … dans quelques jours ou semaines. À la date de vos prochaines règles.

Stupeur.

– Ne soyez pas surprise, mademoiselle Argento. L'homme qui nous a vendu vos amis nous a également fourni un mode d'emploi pour un demi-million de dollars supplémentaire, afin que nous puissions utiliser nos cobayes. Ce mode d'emploi contient la liste de tous les membres de votre cercle, avec, pour chacun, un profil détaillé : animal anthropique, comme vous dites, *luxna*, morsure, durée et fréquence des métamorphoses… Votre vocabulaire est amusant, je dois dire…

Il continuait de tapoter sur sa tablette, en parlant à voix haute. « L'homme qui les avait vendus » avait livré les informations contenues sur les disques emportés par McIntyre. Où les avait-il eues ? Qui en possédait un double ? Paul ?

– Bien entendu, cette liste présente un défaut majeur : elle n'est pas nominative. Monsieur McIntyre, lors des premières heures de son séjour ici, m'a opposé une résistance obstinée à ce propos, expliquant que le fichage des anthropes violait le secret médical… Bien. Ces considérations éthiques grotesques ne nous ont guère handicapés. Pour vos deux amis, qui ont eu l'obligeance de se métamorphoser sous nos yeux, ou presque, il a été facile de faire correspondre le nom et l'animal. C'était également évident pour le fondateur, puisque la liste était établie par ordre chronologique, et qu'y figurent les dates d'entrée à l'Institut. Votre ami monsieur McIntyre était nécessairement le premier…

Clauberg s'était immobilisé devant des portes en acier brossé, celles d'un ascenseur, au bout de l'immense plateforme de recherche. Au moins 1 500 mètres carrés. Il y avait des pièces, encore invisibles, derrière des portes fermées, au fond du couloir, à l'exact opposé de l'ascenseur – d'autres cellules ?

– Concernant votre propre métamorphose, reprit Clauberg, nous avons dû procéder par déduction, en fonction de toutes les choses que nous avons apprises sur vous, à la réception de l'Hôtel du lac notamment. Vos amis étaient arrivés avec une chatte… Je devine à votre réaction que nous avons visé juste. C'est excellent.

Il avait fait le lien entre elle et son anthrope. Comment pouvait-il utiliser ça contre elle ? Clauberg avait enfin relevé les yeux de sa tablette et la regardait. Il n'y n'avait aucune ironie, aucun humour dans son regard, juste la conviction qu'effectivement, c'était « excellent » ; et cette autre certitude, déroutante : l'homme pensait pouvoir en convaincre Flora elle-même. Était-il fou ? Ou venait-elle de découvrir sa faille : la vanité ?

– J'avoue cependant mon impatience. Le travail de déduction que cela suppose pour chaque nouveau cobaye me fatigue à l'avance… Lorsque j'aurais enfin mis la main sur tous les spécimens de votre Institut, j'espère que certains d'entre eux seront plus coopératifs que vous ne l'êtes tous les trois.

Information bonne à prendre : Tim et Shariff ne disaient rien, eux non plus.

– Enfin passons, ce sont les inconvénients de la recherche scientifique. Elle est toujours plus longue, plus laborieuse qu'on le souhaiterait, n'est-ce pas ? Mais j'en viens à ce qui me préoccupe. Notre interlocuteur, l'homme qui nous a vendu vos amis, imaginait peut-être que deux cobayes me suffiraient. Mais j'ai besoin de plus, j'ai besoin de tous ceux qui sont inscrits sur la liste qu'on m'a communiquée… Allons-y, monsieur Kofer.

Clauberg venait de lui tourner le dos. Le mercenaire albinos composa le code situé à gauche de la porte de l'ascenseur, une assez longue combinaison de dix chiffres au moins. Il portait dans le dos, à sa ceinture, sa longue machette. Il y avait des récits effrayants racontant l'usage qu'il en faisait, dans les récits que Flora avait lus ces derniers jours. Une lumière verte s'illumina, après que Kofer eut validé sa combinaison. Une voix synthétique s'éleva :

– Prince… Kofer… Accès illimité. Niveau haute sécurité.

La double porte métallique de l'ascenseur s'ouvrit dans

un chuintement. Flora essayait d'enregistrer le plus d'informations possibles, de les emmagasiner pour pouvoir s'en servir. Pas de détecteur d'empreintes digitales, pas de lecteur de rétine. Kofer tapa une autre série de chiffres tandis qu'ils entraient – commande extérieure, une sécurité de plus.

Les portes de l'ascenseur se refermèrent sur eux. « Descente... deuxième sous-sol... confirmée. » Kofer se glissa entre eux deux. Clauberg continuait de pérorer comme si de rien n'était.

– J'espérais une plus grande efficacité des équipes de monsieur Kofer pour arracher à nos invités l'information qui me manque. Et les prétendus aveux de monsieur Landen ont viré au fiasco, apparemment à cause de vous. Mais peut-être vos amis ou vous-même serez plus bavards que nos deux précédents pensionnaires lorsque nous passerons à des méthodes plus... convaincantes.

L'albinos n'avait pas bronché à la critique. Flora regarda Clauberg pour essayer de décrypter ses propos : « Nos précédents pensionnaires » ? McIntyre et Julien étaient-ils... morts ?

Clauberg appuya sur un bouton qui commandait la descente. La cabine glissa, aussi silencieuse que si elle avait été suspendue dans le vide sidéral.

– C'est la seule information qui me manque vraiment aujourd'hui : où se trouve l'Institut, mademoiselle Argento ? Nous avons extraordinairement besoin de le savoir. Nous le saurons un jour, mais le plus vite serait le mieux.

– Paul Hugo ne vous l'a pas dit ? Ce serait plus simple de lui acheter cette information, non ?

Flora avait répondu presque instinctivement, pour montrer qu'on ne la lui faisait pas. Elle se mordit les lèvres la seconde suivante. Elle avait enfreint pour la deuxième fois à la règle absolue qu'elle s'était fixée, le silence. La réponse la dérouta d'autant plus :

– Paul Hugo ? Vous parlez de l'universitaire qui a travaillé voici vingt ans sur le sens et la symbolique de la métamorphose dans la littérature gothique et médiévale européenne, comparée aux croyances chamaniques des peuplades amérindiennes, n'est-ce pas ? Je me doutais qu'il était membre de votre Institut. Votre camarade Matthew Landen et votre fondateur m'ont également posé des questions à son sujet…

Il adressa un sourire mince, tordu, dont Flora ne comprit pas la signification. La cabine de l'ascenseur avait « atterri » depuis quelques secondes, mais il fallut de nouveau appuyer sur une commande pour déclencher l'ouverture des portes, qui s'effectua dans le même chuintement futuriste.

46.
DEUXIÈME SOUS-SOL

– Remarquable, n'est-ce pas ?

Flora porta ses deux mains à la bouche pour ne pas crier. L'espace, ici, n'était pas découpé en salles de laboratoire, en pièces distinctes – c'était une immensité sans aucune cloison, de 1 500 mètres carrés au moins comme à l'étage du dessus, mais offerts d'emblée, éclairés par des néons bleutés au plafond à six mètres de hauteur.

Flora n'eut d'yeux, cependant, que pour trois cages de verre ou de plexiglas, parfaitement transparentes, crûment illuminées par des plafonniers, trois cages circulaires d'environ vingt mètres carrés chacune, les trois premières d'une série de vingt ou trente en enfilade, installées au centre du deuxième sous-sol. Leurs parois s'élevaient jusqu'à trois mètres cinquante, elles n'avaient pas de plafond. Autour de ses trois premières cages, une dizaine de chercheurs en blouse blanche tournaient, maniant une batterie d'appareils volumineux, impressionnants, qui glissaient sur des vérins, ce qui devaient permettre de les déplacer d'une cage à l'autre. Aucun des chercheurs n'avait relevé la tête ni même semblé remarquer l'irruption de visiteurs.

Des lumières clignotaient, les systèmes de veille et d'alerte qu'on trouve dans les services de réanimation des hôpitaux, des écrans, des courbes, des mesures qui permettent aujourd'hui de dessiner les lignes de vie et de mort des patients.

Dans les deux premières cages, Flora aperçut deux silhouettes parfaitement identifiables. La troisième créature, un peu plus loin, disparaissait sous un impressionnant appareil d'IRM, autour duquel deux scientifiques semblaient suivre des évolutions qui les captivaient. Julien ou Shariff ?

– Souhaitez-vous que nous nous approchions un peu, mademoiselle Argento ?

Se forcer à regarder. Se forcer, malgré tout… Ne rien céder devant eux, et emmagasiner toutes les informations qui lui manquaient, dans sa cellule-prison de l'étage supérieur.

Derrière les parois transparentes de la première cellule, il y avait un homme entièrement nu, offert aux regards de tous. Il se tenait debout et sembla observer quelques instants de pause, hagard, avant de se remettre à marcher comme lorsque Flora était entrée – en cercle continu, obsessionnel, longeant les parois de verre comme le font les animaux habitués aux grands espaces lorsqu'on les encage.

Syndrome de captivité. La tête légèrement baissée dodelinait, regardait ses pieds, suivait des yeux un itinéraire apparemment connu de lui seul.

Il releva le visage vers eux quand ils s'approchèrent, s'arrêta de nouveau, les contempla longuement, douloureusement, avec dans le regard cette infinie détresse, ce même air inquiet et perdu qu'ont les personnes très âgées dans les maisons de retraite où elles attendent la mort, sans plus savoir qui elles sont ou qui leur rend visite. Flora sut immédiatement que McIntyre ne la reconnaissait pas. Un instant, elle eut du mal à faire coller cette image avec celle du professeur qu'elle connaissait, qu'elle avait laissé quinze jours plus tôt. Pourtant il n'y avait aucun doute – n'était-ce la maigreur impressionnante, les traits, la stature étaient les siens.

Quelque chose semblait s'être brutalement éteint en lui.

Flora posa une main sur la vitre, lentement.

L'homme nu et hâve hésita, leva la main, posa sa paume

sur celle de la jeune fille, seulement séparée de celle-ci par la paroi de verre épais. Flora sentit une boule monter dans sa gorge, les larmes également – dans ce geste d'une profonde intimité McIntyre semblait n'accomplir qu'une imitation impersonnelle, vaguement incrédule, du geste de l'humaine en face de lui, comme un grand singe aurait imité un visiteur dans un zoo.

– Nous lui laissons quelques minutes de pause encore… de peur que son organisme ne se dégrade trop vite. Puis nous procéderons à une nouvelle métamorphose.

Clauberg montrait, sur un chariot, le matériel nécessaire à une transfusion.

– Ne soyez pas surprise s'il ne manifeste guère de joie à vous voir… Nous avons observé que la succession à intervalles très rapprochés des métamorphoses entraîne une sorte d'abrasion de la mémoire humaine… Une amnésie. Le cobaye semble oublier d'abord son passé récent, puis son passé plus ancien, et enfin sa propre identité. À ce stade, il est probable que le langage humain ait totalement disparu. J'imagine que nous pourrions voir cela comme un mécanisme de protection, de préservation de l'espèce… Cette perte de santé mentale est un phénomène intéressant, quoique totalement anecdotique en ce qui concerne nos recherches.

Ne pas crier, ne pas craquer. Flora se mordait les lèvres. Elle enfonçait ses ongles dans les paumes de ses mains, à se faire saigner.

– Ce qui nous inquiète davantage pour la poursuite des expériences est son refus total de s'alimenter, lorsqu'il est humain comme lors de ses métamorphoses. Nous allons le perdre très vite, j'en ai peur. Mais passons…

Clauberg se dirigeait déjà vers la deuxième cage, comme un visiteur pressé.

Tim était allongé, sanglé dans sa cellule, sur une sorte de

lit chirurgical imposant qui le maintenait bras et jambes écartés, pattes antérieures et postérieures écartées. Tim-le-grizzly était ligoté. Tim-le-grizzly était relié à des dizaines de perfusions. Certaines lui prélevaient des fluides, du sang rouge sombre, d'autres injectaient des fluides dans son corps. Tim-le-grizzly était devenu un réservoir, au centre d'un dispositif qui le vidait et l'emplissait à la fois.

– Celui-là n'en est qu'à sa quatrième métamorphose. Nous attendons...

Clauberg désignait du stylet qu'il utilisait sur sa tablette numérique, des appareils de mesure, des écrans de scanners, des appareils à rayons X, des caméras à très grosse focale et d'autres instruments dont elle ignorait la fonction et qui surplombaient l'ours crucifié sur son chevalet.

– Mais le processus de métamorphose ne dure que quelques dixièmes de secondes, comme vous le savez... Et il ne se reproduira pas, dans son cas, avant...

Il jeta un coup d'œil au compte à rebours affiché sur un ordinateur qui enregistrait apparemment les données du scanner.

– ... vingt-huit heures, lorsqu'il redeviendra un cobaye humain.

L'ours qui semblait inconscient, yeux clos, tourna lentement la tête vers Flora.

Elle vit qu'il n'avait pas totalement sombré : il la regardait de ses petits yeux bruns aux éclats rougeâtres, trop rapprochés, profondément enfoncés dans le fouillis de sa fourrure brun-gris. Elle lut un éclair de gratitude au fond de la pupille – quelque chose s'alluma. L'instant d'après, comme frappé par une révélation, l'ours souleva la tête, autant que la sangle de cuir qui la maintenait le lui permettait ; il sembla vouloir tendre tout son corps emprisonné vers elle.

Flora se précipita contre la vitre, les deux paumes et le front plaqués contre le verre.

Il entrouvrit la gueule, deux, trois fois, sembla vouloir parler.

– Tim ! Timothy Blackhills !

L'ours ferma les yeux, les ouvrit de nouveau, comme s'il refusait de croire ce qu'il voyait. Il secoua la tête pour s'arracher à la sangle, se cabra, son énorme corps électrisé, dans une violence inouïe.

Sursaut brutal, désir de liberté : lui aussi voulait la rejoindre, maintenant, tout de suite.

Sa gueule s'ouvrit cette fois franchement, découvrant des crocs ivoire, effrayants, aiguisés comme des armes.

Le grognement qu'il poussa hésitait entre plainte et colère, gémissement et fureur.

– Éloignez-la, éloignez-la ! cria un scientifique en blouse blanche qui arrivait en courant.

Il saisit une sorte de fusil à harpon et entra dans la cage. Le fusil était en fait un bâton électrique, qui envoya des éclairs bleutés quand il frôla le lit chirurgical de Tim. L'ours vit les éclairs, mais ne se calma pas. Il se cabra encore.

L'homme à la blouse blanche toucha deux fois l'énorme animal au ventre, là où la fourrure était plus claire, le poil moins épais. Deux fois, l'animal sursauta, littéralement soulevé de son lit, tressauta, puis retomba, pantelant, inerte, les yeux fermés.

– Salauds, salauds… Que lui avez-vous fait ?

Kofer avait posé ses deux énormes mains grises à la peau squameuse sur ses épaules, comme deux étaux. Il l'avait tirée en arrière aux premiers cris du scientifique.

Elle n'avait même pas cherché à résister. Elle continuait de fixer Tim, les mains sur le visage, le regard entre les doigts – horrifiée par le spectacle dont elle ne pouvait se détacher.

– Je peux comprendre votre émotion, c'est effectivement très… impressionnant, je suppose, la première fois. Mais rassurez-vous, nos chercheurs respectent scrupuleusement la législation suisse, l'une des plus strictes au monde croyez moi, concernant l'utilisation d'animaux de laboratoire. Nous n'infligeons aucune souffrance à nos cobayes, sinon celles rendues nécessaires par la réussite de nos recherches.

– Vous êtes un malade, Clauberg. Un criminel, une ordure, un…

Sa voix tremblait de rage, mais elle avait réussi à ne pas crier, à ne pas…

– Ne confondons pas, mademoiselle Argento, voulez-vous ? *Vous* êtes une criminelle, internationale de surcroît, ce dont nous allons parler tout à l'heure. Quant à moi, je ne suis que le capitaine d'une industrie dynamique, un homme soucieux de produire et de calibrer l'offre en fonction de la demande. Voulez-vous que nous passions au homard ou est-ce suffisant ?

Elle serra les dents. Voir, tout voir, emmagasiner les informations. Ne plus répondre. Ne pas parler. Elle alla d'elle-même vers la troisième cage, suivie comme son ombre par l'albinos. Le play-boy soupira et leur emboîta le pas.

« Le homard »…

Flora s'appuya contre la paroi : Shariff était invisible, enfermé dans l'appareil d'IRM qui occupait le centre de sa cellule, et autour duquel trois chercheurs s'affairaient, enregistrant des dizaines de clichés. Derrière elle, Clauberg avait déjà évacué sa lassitude, il avait repris son bagout de VRP des labos pharmaceutiques.

– Le homard, donc, est…

– Il s'appelle Shariff.

– Oui, certainement… Si vous voulez… Shariff pas-de-nom-de-famille. Il est véritablement une bénédiction pour nos recherches. Des métamorphoses toutes les six heures, ce qui nous permet d'obtenir des observations très régulières. Une taille suffisamment petite pour permettre l'utilisation d'appareils conventionnels. Et nous profitons de ses phases animales pour examiner la structure de son exosquelette, ce qui pourrait ouvrir la voie à des applications formidables et très utiles dans nos recherches sur le soldat ultime.

Des milliers de clichés défilaient sur l'ordinateur installé dans la cage, à côté du tube de l'IRM devant lequel les trois scientifiques discutaient. Toute la structure osseuse de Shariff, ses pinces, son abdomen, ses pattes, étaient photographiés constamment, puis analysés sur l'écran. Mais lui était invisible, enfermé dans le tube blanc. Elle aurait voulu le voir. Le voir.

– Si nous pouvions nous procurer deux ou trois cobayes de cette qualité, nos recherches aboutiraient tellement plus rapidement… Hélas, si j'en crois les listings de McIntyre, le homard est l'unique individu aussi remarquable de votre petit cercle, le seul chez qui les métamorphoses soient si fréquentes.

La voix s'était éloignée. Flora se retourna. Aribert Clauberg était déjà à dix mètres, longeant la cage de verre suivante, tout aussi illuminée, mais totalement vide. Il poursuivit sa marche jusqu'à un bureau, simple ombre chinoise dans l'obscurité, qu'il éclaira et derrière lequel il s'assit.

– Monsieur Kofer, voulez-vous inviter mademoiselle Argento à s'approcher ? demanda-t-il d'une voix impérieuse. Nous devons avoir une conversation décisive, maintenant.

En allant vers le bureau, Flora longea la quatrième cage. À côté, il y avait une table à roulettes sur laquelle on avait posé un bac transparent ; un aquarium empli d'une solution bleutée, gazeuse ou aqueuse, qui fumait. Flora vit deux choses : devant elle, Aribert Clauberg avait branché sa tablette numérique à un écran LED ; dans le bac d'azote liquide, à sa droite, une main humaine, une main gauche, qui flottait.

47.
IN TENEBRIS (I)

Flora.

Une lumière, dans la nuit.

Flora.

C'était… la jeune fille devant la cage s'appelait Flora. Il le savait. Ils avaient beau l'attacher, le trouer avec des fils de plastique, le brûler avec le bâton, ils ne pouvaient pas lui enlever ses… Quel était le mot ? Ses souvenirs ?

L'autre voix, dans son cerveau murmura. L'autre voix dans le cerveau disait : « Elle s'appelle Flora. Flora est revenue. »

48.
SUR L'ÉCRAN LED

– Bien… Ce que j'ai à vous expliquer va nous prendre quelques minutes, au cours desquelles je souhaite que vous m'écoutiez attentivement, mademoiselle Argento.

Ce n'était qu'une formulation de politesse. Elle n'avait pas le choix.

– J'imagine que nos travaux vous procurent pour l'heure une impression détestable. Vous vous sentez sur l'île du docteur Moreau, ou d'un quelconque apprentisorcier. Mais je vous prie de croire que rien de tout cela ne relève de la sorcellerie. Nous sommes des professionnels, mademoiselle Argento, les meilleurs, je peux vous l'assurer. C'est la raison pour laquelle je vous demande de faire un pas de côté, et de considérer tout cela sous un angle plus… raisonnable.

Il venait de croiser les mains sous son menton et la dévisageait avec une sorte d'attention séductrice, concentrée, exclusive. C'est ainsi qu'il devait agir lorsqu'il avait face à lui un interlocuteur difficile à convaincre, au cours de ses négociations.

– Ce que les listings de votre cercle intitulent « métamorphanthropie » représente un véritable gisement de diamants à ciel presque ouvert et, pour l'instant, stupidement négligé. Les perspectives qu'ouvre ce phénomène biologique sont évidemment incalculables, dans tous les domaines. Les travaux menés par mademoiselle Bidgelow ces trois dernières années, et les deux brevets que nous lui avons achetés au prix fort, ne sont évidemment qu'un début…

Kate ? Clauberg connaissait Kate ? Il fit quelques gestes

sur sa tablette numérique, et deux brevets portant sur la structure cellulaire du vivant apparurent sur l'écran, illustrant son propos. Flora se souvenait… Paul Hugo avait dit pendant la séance du conseil que Kate avait vendu des brevets à Clauberg.

– J'imagine que la publication de ces travaux, qui ne sont qu'un millième de la partie émergée de l'iceberg, était nécessaire pour financer la vie et la pérennité de votre cercle. Mais en publiant ces travaux et en déposant les premiers brevets, mademoiselle Bidgelow a commis l'imprudence d'attirer notre attention. Nous avons cherché à en savoir davantage sur cette personne, aux résultats remarquables, pour éventuellement la débaucher. Malheureusement, les seules coordonnées que nous avons pu trouver étaient celles d'un mystérieux Institut de Lycanthropie, dont l'existence paraissait hypothétique…

Nouvelle manipulation de la tablette : le site officiel de l'Institut, que Flora connaissait bien, apparut à l'écran. Il présentait des photos qui n'avaient rien à voir avec les lieux réels de leur vie d'anthropes, et qui correspondaient parfaitement à l'idée qu'on se fait d'une clinique de luxe pour célébrités fatiguées ou toxico-dépendantes à la recherche d'une cure de sommeil.

– Comme vous le savez sans doute, l'adresse officielle de l'Institut ne correspond qu'à celle d'une anodine clinique privée de psychiatrie à Chamonix. Une surveillance assidue du lieu nous a appris que son fondateur, actuellement détenu dans la cage de verre derrière vous, ne la visitait que très exceptionnellement… Ce qui semble logique, puisque aucun malade n'y demeure. Une coquille vide, donc.

Nouvelle manipulation, d'autres images apparurent. Flora se concentrait sur l'écran, par habitude, et parce que pour elle, la vérité, les solutions, les issues venaient *toujours* de là. Ou était-ce pour oublier les cages de verre dans son dos ?

– Chaque fois que nous sommes tombés sur une adresse IP ou un numéro de téléphone portable, comme ceux que fournissait mademoiselle Bidgelow dans ses dépôts de brevet, ils nous ont conduit à une adresse introuvable ou résiliée, un appartement fermé, une impasse… Même chose, encore tout récemment, concernant le véhicule de messieurs McIntyre et Landen, qui était enregistré au nom d'une société grenobloise fictive, comme celui que vous avez utilisé, j'imagine. Je dois avouer que ces petits secrets ont aiguisé ma curiosité.

Encore un jeu de doigts sur la tablette.

– J'ai donc lancé certaines de mes équipes, spécialisées dans l'intelligence économique, sur les traces de mademoiselle Bidgelow, et sur celles de l'Institut de Lycanthropie et de son fondateur, tout en essayant de les contacter directement… et discrètement, sous prétexte de développer de nouveaux brevets ensemble. Ils n'ont jamais répondu à mes avances, et le résultat de nos recherches a été décevant. Nous n'avons finalement trouvé qu'un début de piste peu fiable. Des sortes de fous mystiques, quelque part en Europe centrale, qui croyaient dur comme fer à des fables tout droit sorties des légendes et prétendaient chasser des « loups-garous ». Une conviction hors de tout propos scientifique, et difficilement *bankable*, dans ma partie… Mais une coïncidence m'amena à les contacter toutefois : leur chef, un certain monsieur Sfax, qui se faisait appeler le Taxidermiste, s'intéressait à l'Institut de Lycanthropie, et se vantait sur un de ses forums de pouvoir la localiser.

La photo d'un petit homme rachitique, portant lunettes et, de toute évidence, une perruque, apparut sur l'écran.

– J'ai rencontré ce singulier personnage à deux occasions, et j'ai feint de croire à ce que je pensais être des délires. Je lui ai expliqué que l'Institut développait des recherches qui m'intéressaient. Monsieur Sfax m'a dit être soucieux de financer ses activités mythologico-cynégétiques, et je lui ai proposé un marché : qu'il croise en personne mademoiselle Bidgelow ou le professeur McIntyre, qu'il obtienne de leur part le contenu de leurs recherches quels que soient les moyens mis en œuvre pour parvenir à ses fins, et je lui promettais un demi-million de dollars. Je me doutais bien entendu qu'il réclamerait davantage s'il réussissait, mais je n'en avais cure, ce dont nous parlions valait des milliards, j'en étais déjà convaincu. Des milliards.

Clauberg venait de poser sur le bureau un ouvrage jauni, le type de publications universitaires qui remplit les rayonnages des bibliothèques et ne trouve que rarement un lecteur. Flora lut le titre : *Le Grand Secret*. Auteur : Paul Hugo.

– Ce livre a achevé de m'en convaincre. C'était la bible de monsieur Sfax, et il m'a indiqué où je pourrais m'en procurer un exemplaire, à prix d'or. J'imagine que vous le connaissez bien...

Flora prit l'ouvrage que Clauberg lui tendait. Il était sous-titré : *Essai sur les métamorphoses animales et anthropomorphes dans la littérature européenne et dans les pensées magiques d'Amérique. Perspective comparée.* Elle connaissait l'histoire de cet essai : c'est grâce à lui que McIntyre et Hugo s'étaient rencontrés, il y a vingt ans, grâce à lui qu'ils avaient nourri, ensemble, le projet de l'Institut. Cet ouvrage était un élément essentiel dans la mythologie interne de leur « abri » ; on disait qu'il était aujourd'hui introuvable, sinon dans la Grande Bibliothèque.

– Une lecture passionnante, et très éclairante. Malheureusement, j'ai été déçu par monsieur Sfax. Il m'a appelé en juillet dernier pour m'indiquer qu'il aurait très prochainement le colis que je lui avais demandé. Mais une quinzaine de jours plus tard, j'ai reçu un nouvel appel, me certifiant cette fois que le colis était à ma disposition, mais pour cinq millions de dollars. Et à condition que je sache casser des cryptages assez élaborés. Je l'ai rassuré sur ce point, et lui ai proposé de le rencontrer séance tenante, pour verser la somme et qu'il m'indique la localisation de l'Institut.

Flash-back : l'enlèvement de Véronique ; la rançon ; Tim, Shariff, le professeur, avec elle dans le bunker...

– Ce fut, hélas, mon dernier contact avec le Taxidermiste. Il a ensuite cessé de répondre à mes appels, et je n'ai retrouvé sa trace que plusieurs semaines après... J'avais commis l'erreur de confier cette affaire à des amateurs, alors que j'avais besoin de professionnels. Des meilleurs.

Il esquissa un geste vers Prince Kofer, tandis que le site de la société de sécurité ShylocK apparaissait à l'écran.

– C'est mon nouvel employé, monsieur Kofer, qui, avec ses mercenaires, m'a permis de retrouver le bunker calciné, puis les restes enterrés de ceux avec qui j'avais conclu mon précédent marché. Leurs téléphones et leurs dernières connexions indiquaient sans aucun doute possible qu'ils s'étaient trouvés à cet endroit, dans ce bunker à l'abandon, lors des derniers appels de monsieur Sfax. J'ignore encore ce qui s'est produit, mais du moins je sais pourquoi j'ai perdu leur trace, et je ne peux plus compter sur eux.

Un diaporama apparut sur l'écran, des images en noir et blanc. Une fosse ouverte, en pleine forêt. Des restes humains, exhumés, pas encore réduits à l'état de squelette. Les dix morts du bunker, les proies de Tim-le-grizzly. Ces photos de fosse commune en appelaient d'autres, dans l'imaginaire de la jeune fille – restes de crimes de guerre. Sur les clichés suivants, plusieurs hommes qu'elle reconnut comme les mercenaires de Kofer tenaient dans leurs mains les restes, puis les stockaient dans des caisses en plastique.

– J'ai donc tablé sur les services de monsieur Kofer, que j'ai engagé à temps plein, et à fonds perdu, pour réussir là où Sfax avait échoué. Je voulais localiser enfin votre Institut. Mais malheureusement, passés ses premiers résultats, son équipe s'est avérée aussi impuissante que moi. J'en étais donc à désespérer d'obtenir des résultats enfin tangibles, lorsque j'ai été discrètement contacté, voici deux semaines, par une source à laquelle monsieur Kofer, grâce à ses connexions dans le milieu de la drogue, avait acheté une importante quantité d'une drogue tout à fait particulière, aux effets meurtriers, mais très prometteurs pour un programme que nous poursuivons.

– La *Tiger Eye* ? Le programme *Cold Blood* ?

– Je vois que vous connaissez nos travaux... Oui, la *Tiger Eye*. L'homme qui a inventé cette amphétamine l'a monnayée aux réseaux de distribution de ShylocK l'été dernier contre deux millions de dollars, sur une proposition de notre part... Il a repris contact avec Kofer il y a trois semaines à peine, en demandant deux millions de dollars supplémentaires contre deux cobayes de votre cercle, dont le fondateur de l'Institut, et le mode d'emploi de leur transformation. J'ignore comment notre interlocuteur a pu savoir que cela m'intéressait au plus haut point... C'était en tout cas aussi brutal qu'inespéré.

Ils s'étaient trompés : Paul Hugo, ou quelqu'un de sa bande, n'achetait pas le speed à Clauberg. Il le lui vendait. Cela expliquait la fortune de Paul Hugo. Mais alors, d'où venait la *Tiger Eye* ? Pourquoi Hugo ou Bjorn avaient-ils créé cette came ? Pour l'argent ?

– Voyez-vous, mademoiselle Argento, grâce aux propos apparemment délirants de monsieur Sfax, confirmés par l'ouvrage de monsieur Hugo, j'en étais arrivé à l'intuition, puis à la conviction que ce que vous appelez la métamorphanthropie existe vraiment. Mais je n'en avais pas encore la preuve, jusqu'à ce que notre discret interlocuteur me la livre.

L'écran s'éteignit. Clauberg se leva, lissa sa veste comme si elle avait pris un faux pli.

– Et précisément, il est l'heure pour monsieur McIntyre de nous en fournir une nouvelle fois l'illustration. Voulez-vous profiter du spectacle ? Suivez-moi, je vous en prie.

—

Prince Kofer la dirigeait en la poussant, sans véritablement lui laisser le choix.

Un soldat de l'albinos avait posé deux chaises devant la première cage de verre, Flora n'avait pas remarqué la présence d'un deuxième mercenaire jusque-là. Elle reconnut l'un des trois hommes qui les avait appréhendés devant le bâtiment – l'un des deux survivants. Était-il ici en permanence ou venait-il d'arriver sur les lieux ? Observer, emmagasiner des informations pour préparer un plan, une issue…

Le scientifique qui avait touché Tim avec le bâton électrique était maintenant entré dans la première cellule, son arme à la main. Un deuxième savant, plus petit, portant lunettes et blouse, s'approcha du professeur et l'invita à s'allonger sur le lit de fer qui occupait le centre de sa cellule.

McIntyre se laissa faire, toujours aussi indolent et insensible qu'un grand vieillard, comme un objet, un meuble. Une fois allongé, on le sangla.

Le petit scientifique à lunettes fit un signe aux deux hommes qui attendaient derrière la paroi, à l'opposé de Clauberg et Flora. Ils durent manipuler une commande électronique, car deux gigantesques bras hydrauliques glissèrent de la cellule de Tim à celle de McIntyre, sans un bruit sinon celui des vérins pneumatiques. Puis, les bras articulés descendirent sur le professeur, comme deux têtes d'aliens gigantesques, intrigués, par une proie inattendue. Tout s'exécutait par le dessus. Au bout des bras articulés, les appareils de scan, de photographie macro, de rayons X se mirent en position à seulement quelques centimètres du patient nu et allongé, apparemment indifférent. Photographier la matière quand elle change. Percer le secret de la différenciation des cellules.

– Le plus simple est de s'intéresser à la métamorphose de la structure osseuse, aisée à photographier, ainsi qu'à l'épiderme, bien évidemment, commenta Clauberg, à côté d'elle. L'idéal serait de pouvoir cultiver *in vitro* les muscles et les cellules cérébrales, et de provoquer les métamorphoses, mais nous n'en sommes pas encore là. Nous devons pour l'instant observer et enregistrer *in vivo*.

Sur le lit, le professeur n'avait pas esquissé un mouvement.

Le petit scientifique à lunettes sortit de la cage, prit sur une console roulante plusieurs seringues remplies d'un liquide sombre – sang groupe B positif – qui allait permettre au miracle de se produire. Il entra de nouveau avec cette méticulosité, cette lenteur qu'ont les chercheurs lorsqu'ils exécutent un protocole, à croire qu'ils traînent et étirent les préliminaires en longueur, suivant une à une des étapes prédéfinies pour ne pas fausser l'expérience. Flora le vit frotter le bras du patient, avec une solution antiseptique sans doute. Cela la surprit, la choqua même, comme s'il eût été normal de renoncer à toute condition médicale d'hygiène, puisqu'on torturait les prisonniers. Mais non : les cobayes devaient durer longtemps et dans le meilleur état possible.

Puis, sans prévenir, le petit scientifique à lunettes planta l'aiguille dans le bras du professeur, poussa la pompe, injecta le sang et s'écarta rapidement pour se diriger vers la sortie.

L'homme au bâton électrique le suivait, vers la porte, mais en reculant, son arme à la main.

Au bout d'un bras articulé, tous les appareils s'étaient illuminés : lumière verte des scanners, vacarme des appareils de macrophotographie qui enregistraient des centaines de clichés tout en pivotant pour suivre au plus près leur sujet, maintenant mouvant.

Sur le lit de fer, la métamorphose s'était déjà produite. Trop brève pour en apercevoir le détail, sauf pour les appareillages de macrophotographie. Un mammifère carnivore d'un brun roux, tavelé de noir, se tortillait maintenant dans les sangles de cuir qui l'instant d'avant immobilisait l'homme sans âge, sans pudeur, sans esprit.

Le carcajou. *Wolverine. Gulo gulo.*

En quelques contorsions, il se libéra, des sangles qui n'étaient plus à sa taille, puis il bondit à terre. Il crachait, les crocs en avant, comme une goule ou une créature surgie des Enfers, dans une fureur noire. Ses yeux lançaient des éclairs. Il se précipita sur l'homme au bâton qui n'était pas encore sorti et qui dut tendre plusieurs fois son arme électrique pour le repousser. Touché par une décharge, le mustélidé trapu bondit en arrière, effectua une courbe prudente, à bonne distance du torero qui l'avait frappé. Il revenait déjà vers l'intrus qui sortit et bloqua la porte.

Le reste fut le spectacle d'une pure folie, animale cette fois : le prédateur d'Amérique aux crocs jaunes, aux yeux cernés de noir, en un étrange masque que dessinait le pelage sur sa gueule et qui lui donnait l'air d'un diable, bondissait entre les pieds du lit, puis sur le lit, essayait de sauter pour accrocher ses griffes et grimper sur les bras articulés qui venaient de se relever.

Sans cesse, sans cesse, gueule ouverte, crocs offerts, sifflant et crachant, il revenait se jeter contre les parois de verre derrière lesquelles des spectateurs contemplaient le résultat de la métamorphose. Chocs sourds d'une violence inouïe, démence de l'animal sauvage emprisonné, prêt à tout pour retrouver les grands espaces.

Dans la cellule voisine, sans doute à cause de ces cris

animaux, un hurlement retentit – le grizzly répondait à son concurrent naturel. Comme dans une ménagerie de foire, soudain frappée de folie furieuse, les cris montèrent, d'une cage à l'autre. L'homme au bâton électrique courait vers la cage de l'ours, de nouveau.

49.
NÉGOCIER, AVEC LE DIABLE ?

Ils étaient revenus au bureau. De temps en temps, ils entendaient encore, derrière eux, le choc sourd du carcajou se lançant contre les parois, ou les hurlements en écho des deux prédateurs d'Amérique du Nord. Flora ferma les yeux. Ne plus regarder. Ne pas voir le sort de ses amis ; écouter, s'informer, trouver la faille chez l'ennemi.

Cette fois, elle avait droit à une chaise. La tablette de Clauberg continuait de diffuser sur l'écran les images de McIntyre-le-carcajou dans sa cage, via un réseau de vidéos internes accessibles en ligne : une nouvelle information. Flora se concentrait. On entrait dans les négociations. Devait-elle continuer de se taire ? Ou parler ? Répondre ? Pour trouver cette issue qu'elle n'entrevoyait pas ? L'albinos était debout derrière elle, aussi immobile et menaçant qu'une statue, la machette dans le dos, le fusil à l'épaule.

– Vous devez vous être habituée à cette idée, mais ce qui vient de se dérouler sous nos yeux est en tout point exceptionnel, mademoiselle Argento. Magnifique. Prodigieux. Cela ouvre une conception totalement neuve de la biologie humaine, et des lois mêmes de la nature telles que nos scientifiques croient les connaître. J'avoue que j'en étais déjà convaincu l'été dernier, mais qu'il m'a fallu le voir pour le croire tout à fait…

À l'écran, des listes remplacèrent la vidéo du carcajou.

– Le contenu du disque que l'on m'a vendu, couplé au spectacle auquel nous venons d'assister, me permettrait déjà de rembourser au centuple les investissements que m'a coûté jusqu'ici la recherche de l'Institut. Et dans le simple domaine des biotechnologies militaires, cela ouvre des champs de recherches presque infinis, qui permettraient d'accumuler une fortune colossale, telle que nul n'en possède.

Ses yeux brillaient : avidité, convoitise. Avait-il d'autres failles ?

– Mais cela ne me suffit pas tout à fait. Il me faut une dernière information, il me la faut d'autant plus que nous avançons trop lentement, avec nos rats de laboratoire... Beaucoup trop lentement.

Un sourire amusé, d'une désinvolture ironique, bravache aussi.

– Au cours de la brève entrevue que nous avons eue avant qu'il nous serve de champ d'expérimentation, votre fondateur m'a semblé persuadé que Paul Hugo était en contact avec moi, qu'il m'avait vendu cinq disques contenant tout votre savoir... Croyez bien que j'en aurais été ravi... Mais je n'ai jamais rencontré Paul Hugo, je ne connais rien de lui, à part son livre.

Il bascula en avant vers elle, il semblait soigner sa mise en scène.

– Mais ce que j'attendais de Sfax, ce que j'ai cru obtenir de Landen, c'est bien davantage que cinq disques, mademoiselle Argento. Je veux comprendre ce qui permet à des cellules spécialisées d'en devenir d'autres, à l'ADN humain de muter en une fraction de seconde, commandant la transformation des cellules spécialisées qui vont elles-mêmes, selon une architecture différente, former de nouveaux agrégats et donc une nouvelle forme de vie, d'apparence, de taille, de qualité, d'espèce. Je veux découvrir cela, et le breveter. Pour qu'aucune activité scientifique sérieuse, concernant la biologie humaine, ne puisse s'effectuer sans passer d'abord par mes découvertes. Vous me comprenez ?

Vanité, plus encore que convoitise.

– Et pour cela, il me manque quelque chose que vous seule pouvez me donner pour l'instant, mademoiselle Argento : l'adresse de l'Institut.

– Celui qui vous a vendu mes amis, il ne peut pas vous la donner ?

– Si, probablement je le pense. J'ai su par McIntyre que l'Institut m'avait identifié comme le commanditaire de monsieur Sfax. J'en conclus donc que celui qui m'a vendu la drogue est l'un d'entre vous, qu'il a appris notre intérêt pour vos semblables, et que c'est la raison pour laquelle il a proposé de me vendre messieurs McIntyre et Landen… Mais j'ignore son identité. Cet interlocuteur nous contacte lui-même, il se fait payer en liquide, les intermédiaires n'étaient pas les mêmes lors de la transaction concernant la *Tiger Eye* et lors de la livraison des cobayes. Et ils étaient tous les deux très discrets. Monsieur Kofer ne dispose donc d'aucun moyen pour le joindre… Je compte plutôt sur vous pour m'indiquer le lieu où les équipes de ShylocK pourront aller me chercher d'autres spécimens.

Qui lui avait livré ce secret ? Qui avait donné leurs trois amis à Hugo ? Ce n'était pas le moment de se concentrer là-dessus. La seule chose qui importait, c'était de trouver le moyen de fuir.

– Vous me demandez de trahir les miens ?

– Non, je vous propose de faire un choix rationnel. Je peux m'offrir les meilleurs spécialistes de l'ADN, même si mademoiselle Bidgelow refuse de travailler pour moi. Je peux acheter leurs scrupules, leur fournir le matériel le plus perfectionné, leur garantir un confort parfait pour leurs recherches. Je peux trouver des spécimens humains qui nous permettront de valider nos découvertes. Tout ceci fait partie de l'ordinaire de mon activité. Oui, je peux tout faire. Mais il me faut d'abord des cobayes… Plus nombreux… Et je suis prêt à payer très cher pour cela.

Les listings continuaient de faire dérouler sur l'écran des dizaines de noms d'anthropies, soigneusement répertoriées, accompagnés de leur *luxna* et leur morsure, de la durée et de la fréquence des métamorphoses, des variations observées selon chaque individu.

– Les métamorphoses ont lieu pour certains dans des délais trop longs, et elles durent le plus souvent trop longtemps, sauf pour ce homard… Vous, par exemple, ne vous transformez qu'une fois par mois, pendant quarante-huit heures seulement, vous ne m'êtes que de peu d'utilité. Comment me contenter de quelques secondes par mois, au cours desquelles nous pourrions observer sur vous les phénomènes de mutation et tenter de les comprendre ? Je perdrais un temps précieux, mademoiselle Argento. Il me faut d'autres spécimens. Il me faut tous les spécimens de votre cercle. Et puisque vous ne me servez à si peu dans une cage de verre, je vous propose beaucoup d'argent pour me donner la seule chose qui me manque.

Emmagasiner des informations, encore, encore, feindre, laisser des portes entrouvertes, pour qu'il parle.

– Pourquoi accepterais-je ?

– Parce que vous pouvez me comprendre, mademoiselle Argento. Et parce que vous êtes entièrement à ma merci.

Un jeu de doigts sur la tablette numérique : l'écran LED devint le miroir d'un autre ordi qu'elle connaissait par cœur. Elle reconnut son propre bureau, ses configurations. Elle vit à l'image ses fichiers, ceux qu'elle avait volés deux semaines plus tôt.

– Nous avons été piratés, voici quinze jours, par un hacker prodigieusement doué, qui n'a laissé presque aucune trace de son intrusion… Un pirate d'une telle virtuosité qu'elle était en elle-même une signature… Peut-être avez-vous entendu parler de cette jeune femme, qui est une sorte de mythe dans la communauté des hackers, au moins parmi ceux qu'on appelle les *black hats* ? Son peudo est Catwoman.

Un mandat d'arrêt international apparut à l'écran, émis par le Département américain de la sécurité intérieure. Flora avait contemplé ce mandat si souvent – il était encadré sur le mur de sa chambre, comme un diplôme universitaire. Il y en avait des dizaines d'autres, émis par des dizaines de police, à travers le monde, mais elle était particulièrement fière de celui-là : due à une intrusion dans les ordinateurs du Pentagone, lors d'une opération de contre-offensive concernant la défense du piratage libre, il y a quinze mois.

– Vous ne dites rien ? Vous ne la connaissez pas ? Ce ne serait guère étonnant, cette jeune femme remarquablement douée n'avait jusqu'ici jamais laissé le moindre indice permettant de remonter jusqu'à elle... Juste des présomptions, une réputation. Et quelquefois, des signatures vengeresses. Les polices les plus qualifiées, que j'ai contactées lorsque j'ai constaté une visite de mes installations, m'ont expliqué qu'il n'y aurait dans son cas qu'un seul moyen de la confondre : tomber, par hasard, sur son propre ordinateur.

Aribert Clauberg venait de prendre, sous le bureau, un petit sac noir que Flora portait sur le dos au moment de leur capture. Elle savait ce que Clauberg allait en sortir : un des deux petits Mac noirs, à la configuration survitaminée, qu'elle avait acquis il y a neuf mois grâce aux deniers personnels de Timothy Blackhills – après que le grizzly eut détruit ses précédentes machines.

– Il se trouve que j'ai entre les mains votre ordinateur, dans laquelle mes experts ont retrouvé certaines de nos données piratées. Il se trouve qu'ils sont tombés sur d'autres éléments constituant les signatures d'autres intrusions de Catwoman. Il se trouve que nous aurons bientôt les preuves que Flora Argento *est* Catwoman.

Ses erreurs apparaissaient, l'une après l'autre dans son esprit, en défilement automatique, comme l'exécution sur l'écran d'un fichier codé. Elle pensait comme un *black hat*. Elle venait de changer de configuration, et de retrouver la parole.

– Quel rapport avec vos affaires, Clauberg ?

– Vous êtes une criminelle, mademoiselle Argento. Alors je pense que nous parlons le même langage. Si je vous dis que votre intérêt est de m'indiquer l'endroit où se trouve l'Institut, je suis sûr que vous me comprenez.

– Je vous écoute.

– Dans quarante-huit heures, nous communiquerons ces preuves à la police suisse. Elles accablent une jeune criminelle en fuite, nommée Flora Argento. Nous mettrons à leur disposition son ordinateur et son téléphone portable. Mes contacts m'ont indiqué que ce téléphone avait servi à avertir la police de l'existence de quatre cadavres, dont trois morts par balles, dans la banlieue de Lausanne. À Lutry, précisément, je crois. Le téléphone porte vos empreintes.

– Mais il n'est pas à mon nom.

– Effectivement… Pensez-vous cependant que cela suffise pour vous en sortir ? Dans quarante-huit heures, vous serez officiellement reconnue comme hackeuse, et très probablement comme criminelle en fuite impliquée dans quatre meurtres. Comprenez-vous ce que je vous annonce ?

– Oui. Et je m'en fous, dans la mesure où je n'ai aucune raison de penser que vous allez me relâcher, de toute façon… J'en sais trop.

Il lui décrocha un sourire aussi onctueux que faux, froid.

– Justement, je viens de tout vous dire parce que je suis sûre d'obtenir votre silence… Vous ne pouvez plus vous rendre à la police. Mais vous pouvez en revanche sortir d'ici. Si vous m'indiquez où se trouve l'Institut, je vous laisserai partir, parce que la fugitive que vous deviendrez ne sera pas une menace pour moi.

– Et si je refuse ?

Le geste agacé de la main de Clauberg fut péremptoire : il n'était pas habitué à être interrompu. L'impatience, après la vanité et la convoitise – un autre talon d'Achille ?

– Voici mon offre, mademoiselle Argento. Vous allez conduire monsieur Kofer et une dizaine de ses employés à l'Institut. Cette fois nous ne commettrons pas la même erreur qu'avec monsieur Landen, lui-même criminel avéré, qui n'était encadré que par trois de nos *bodyguards*... La dernière d'une longue liste d'erreurs, j'en ai fait le serment.

– Vous avez fini ? Bien, alors je repose ma question : et si je refuse ?

– Écoutez-moi encore quelques instants, je vous prie... Nous pouvons vous torturer pendant des jours, vous, ou vos amis, sous vos yeux. Monsieur Kofer se fera un plaisir de vous arracher les informations que vous détenez en se montrant aussi convaincant que nécessaire, comme nous pensions l'avoir fait avec monsieur Landen... dont je conserve la main avec intérêt, afin de voir si la métamorphose promise se produit à la prochaine lunaison.

L'écran LED s'était rallumé sur un frôlement de la tablette. Flora vit Matthew, entouré de trois des hommes de Prince Kofer et de l'albinos lui-même. Matthew était torse nu, les pieds dans une cuvette d'eau, le corps relié à des dizaines d'électrodes. Son corps portait des marques de lacération.

Flora détourna le regard, le braqua sur Clauberg qui monta sciemment le son, pour que son interlocutrice retourne instinctivement les yeux vers l'écran. Verrouiller, ne pas voir, s'abstraire : Shariff appelait cela la maîtrise, le zen, la *supranoïa*. À cette minute, elle aurait tellement voulu être une chatte, ne pas pouvoir interpréter les images, ne pas comprendre les cris, les ordres, les questions, les râles. Elle pivota sur elle-même, cracha sur les rangers impeccables de Prince Kofer, qui n'esquissa aucun mouvement ; elle vit cependant s'allumer une lueur mauvaise dans ses yeux rouges.

Flora fit de nouveau face à Clauberg.

– Vous l'avez torturé, oui. Mais il vous a baisés.

– C'est exact. Avec votre aide et celle de vos amis. Cela signifie sans doute que mon laboratoire était placé sous votre surveillance, ce dont je n'ai cure, contrairement à monsieur Kofer. Je vous prie de croire que je suis inattaquable. N'espérez aucune aide extérieure.

L'ironie qu'il adoptait parfois déformait son visage, une grimace arrogante déroutante. Il ressemblait à un enfant gâté, un vieil enfant trop bronzé aux UV.

– Espérez-en d'autant moins que dans deux jours, la police vous aura attribué les quatre meurtres de Lutry. Mais qu'importe…

Le sourire se fit cette fois méchant.

– Plus personne ne me baisera, comme vous dites. C'est terminé. Et c'est la raison pour laquelle vous allez nous éviter de procéder à de pénibles séances de torture en vous pliant à mon offre. Vous allez nous mener jusqu'à l'Institut, puis vous serez libre de partir sur-le-champ, avec deux millions de dollars en poche déposés sur un compte dans le pays exotique que vous m'indiquerez. À charge pour vous de trouver le moyen de fuir la police.

Flora força une sorte de rire sarcastique. Avec ce genre de prestation, elle n'était pas sûre de passer l'audition d'entrée à l'Actors Studio, mais au moins on sentait son mépris.

– C'est ça, je vais vous croire… Je vous fournis l'information dont vous rêvez, je sais tout sur vous, sur vos méthodes et vos moyens, et vous me laissez partir, libre comme l'air, avec deux millions ?

– Oui. C'est difficile à imaginer, j'en conviens ; mais c'est pourtant ce que je vais faire. Parce que vous êtes une criminelle en fuite, comme l'était monsieur Landen à qui j'ai proposé la même somme, pour le même service… Comme lui, vous êtes peu susceptible de devenir un témoin crédible. Mais, à la différence de monsieur Landen, j'espère que vous allez vous montrer raisonnable. Vous accomplirez ce que je vous demande, puis vous vous évanouirez dans la nature pour toujours, mademoiselle Argento… Il n'y a que cela à faire, vous n'avez pas le choix.

La séquence de sévices sur l'écran 23 pouces arrivait à sa conclusion. À l'image, l'albinos sortit sa machette qu'il portait, comme aujourd'hui, dans son dos, glissée à la ceinture, et il trancha la main gauche de Matthew d'un geste tranquille, au niveau du poignet gauche. Le volume était suffisant pour que les cris du supplicié semblent vouloir envahir l'ensemble de la pièce.

Flora ferma les yeux. Les informations, juste les informations, sans émotion : sur la vidéo, l'albinos tenait sa machette de la main gauche. Un gaucher.

– Donnez-moi une bonne raison de croire que vous me laisserez vivre ?

– Je n'en ai qu'une, mais je la trouve convaincante : j'ai déjà gagné la partie, rien ne m'oblige à vous faire ce genre de promesse… Mais contrairement à ce que vous semblez penser, je ne suis pas un monstre. Je suis un homme extrêmement déterminé. De la même façon que vous semblez l'être, dans votre cercle, si j'en crois les restes des amis du Taxidermiste que nous avons retrouvés. Je respecte cette détermination, croyez-le bien. Quant à moi, je répugne à utiliser le meurtre si ce n'est en dernier recours.

– Et eux, alors ?

Flora s'était levée, d'un bond, sa chaise tomba à la renverse. Elle avait jeté ces trois mots comme un cri de haine, hors d'haleine, un haut-le-cœur. Son bras grand ouvert désignait les cages de verre derrière lesquelles on torturait Tim, Shariff et McIntyre, à petit feu.

Clauberg ne se départit pas de son flegme. Il lissa la pochette de sa veste, comme irrité par un désordre vestimentaire, et dit :

– Eux… Ils auront bientôt tout oublié… D'ici quelques jours, ils ne seront plus que des animaux de laboratoire.

50.
IN TENEBRIS (II)

L'autre cerveau avait dit quelque chose avant que le concurrent, le carnivore, ne se mette à crier… Il avait hurlé, avait tenté de s'arracher à ces… liens ? Quel mot pour cela ?

Les bipèdes n'aimaient pas qu'il hurle. Ils l'avaient piqué, brûlé… Les bipèdes… Mais auparavant, l'autre cerveau avait dit… quelque chose… un nom…

La jeune fille. Elle s'appelait Flora. Elle n'était pas un bipède, pas comme eux – que faisait-elle avec eux ?

Elle s'appelle Flora. Elle est leur prisonnière. Comme toi, comme celui qu'on ne voit jamais, dans la machine, comme… le mustélidé ? Oui, le mustélidé. Parfois, c'est un bipède, nu… Quel nom ?

Et toi, tu es un grizzly.

Comme la jeune fille ?

Non, la jeune fille était une humaine. Elle s'appelait Flora. Il se souvenait avoir… Quel mot pour cela ?

Elle était partie, maintenant, avec deux des bipèdes.

Il se souvenait avoir… aimé Flora. Flora était humaine. Lui, il était un grizzly, et… Flora avait aimé un garçon… « Tim ».

Ça y est, l'autre cerveau revenait, il entendait la seconde voix, dans son crâne.

Il était Tim, il était un grizzly et un garçon.

Les images de tous les visages humains revenaient, sans noms. Il en avait tué beaucoup, il ne savait plus… compter ? Neuf ? dix ?

L'autre cerveau lui disait que ces visages ne comptaient pas, sauf un. Lequel ?

L'autre cerveau lui disait que le seul qui comptait était celui de la jeune fille. Il essaya de formuler la phrase complète :

« Flora est leur prisonnière, Flora t'aime, tu es un humain, Flora est la seule qui compte. »

Un autre mot montait, tournait. Un mot étrange, même dans la langue de l'autre cerveau.

Supranoïa.

51.
UN ANGLE MORT

Pleurer, d'abord. Pleurer tout son soûl.

Elle avait gâché trois des quarante-huit heures qu'on lui avait laissées, pour cela, pleurer.

Mais elle avait senti que la tension née de son silence, de sa maîtrise, de sa concentration face aux bourreaux s'était enfuie. La tension, l'horreur, le sentiment poignant d'être dans la fosse aux serpents.

Ne restait que l'idée de l'urgence : quarante-cinq heures pour trouver une solution. La clé du labyrinthe. La porte de sortie. Ne restait aussi que cette certitude : il fallait qu'ils s'évadent ensemble, tous les quatre, et sa prochaine entrevue avec Clauberg serait l'ultime occasion.

Tout à l'heure, elle avait fait mine de poser ses conditions. « Je ne veux pas deux millions de dollars, avait-elle dit. Je veux le nom et la photo de votre interlocuteur, celui qui nous a trahis. »

Derrière qui Paul Hugo se cachait-il ? Bjorn ? Et qui d'autre ?

Qui pouvait dealer de la drogue, vendre des initiés et les informations concernant les métamorphoses ?

« Concentre-toi sur l'essentiel. Comment allez-vous fuir ? »

Les images de Matthew torturé, les images de McIntyre, et de Tim crucifié sur son lit, perfusé, la hantaient. Combien de temps restait-il avant que Tim ne devienne lui aussi un zombie, sans âme, égaré ?

Penser au professeur induisait une infinie compassion,

mêlée de dégoût pour ceux qui lui infligeaient cela. Du dégoût, de la haine. Elle se sentait parfaitement prête à les détruire – pire, elle en avait envie : qu'ils disparaissent.

Quant à elle, Flora ne craignait pas ce qu'ils pouvaient lui faire. De toute façon, elle n'avait qu'une chance sur un million d'échapper à la mort. Au pire, cette mort serait précédée de beaucoup de souffrances. Mais à sa grande surprise, Flora considérait ces informations froidement, sans effroi. Elle ressentait en revanche une immense culpabilité à l'idée de toutes les erreurs qu'elle avait commises. Des fautes dont l'enchaînement ressemblait à une catastrophe naturelle aux conséquences incalculables. Qu'elle ait emporté son ordi, qu'elle leur ait laissé une chance, fût-ce une seule, de pouvoir l'identifier et la reconnaître, cela pouvait s'expliquer : elle n'avait plus l'habitude d'évoluer hors du territoire de l'Institut, elle était une pirate qui avait quitté son île, Libertalia, elle s'était donc exposée à être vulnérable. Non, le pire était ce que lui avait dit Clauberg : ses services de sécurité avaient repéré une intrusion, quinze jours plus tôt. Catwoman était totalement invisible, même après coup, elle ne laissait aucun indice de son passage, aucune porte entrouverte, aucun objet déplacé. Sauf lorsqu'elle le décidait. Quelle étape avait-elle oubliée, quelle précaution avait-elle omise ? Elle n'avait qu'une excuse pour cela : elle n'était pas dans son état normal, à ce moment-là, parce que Tim était en train de la quitter, parce qu'il refusait de lui parler, et qu'il avait pris des billets d'avion pour Missoula.

Tim, maintenant, était dans une cage de verre, et ils le vidaient de toute sa substance. Son sang. Son secret. Sa nature…

Et bientôt, dans quelques jours, deux semaines au plus, ils l'auraient également vidé de sa mémoire. Sa mémoire hantée par la mort de ses parents, sa mémoire alourdie par le bunker.

Il ressemblerait au pantin nu qu'était désormais McIntyre et qui devenait une bête fauve totalement fou lorsque des scientifiques le décidaient. Sur commande.

Au fond, ses erreurs de pirate ne comptaient pas.

Ce qu'il fallait, c'était sortir. Tous les quatre.

Il n'était bien sûr pas question de céder au chantage. Pas question de le feindre, même pour sortir seule. Clauberg avait raison : même si elle parvenait à sortir puis à échapper aux hommes de Kofer, elle n'avait aucun moyen d'avertir quiconque. La police ne l'écouterait pas. Et ceux de l'Institut ? Non, il fallait trouver un moyen de quitter le labo avec les siens, avec sa famille : McIntyre, Tim et Shariff.

À l'évocation de ces trois noms, elle revit trois visages, trois cages de verre, et les larmes reprirent.

« Reprends-toi. Détruis-les. »

Flora parvint à faire le vide, entièrement. Elle oublia ses peurs, ses chagrins, sa pitié, toutes ses émotions. Elle parvint à la *supranoïa* environ huit heures après le début de l'ultimatum.

Elle ne fut plus qu'un bloc de calculs, une machine mise en route pour trouver des solutions, les valider, les tester *in abstracto*, les retourner, afin de les améliorer, les abandonner parfois, en choisir de meilleures. Exactement comme un dessinateur fait évoluer sa création 3D sur l'écran, à la recherche de l'erreur ou de la pièce manquante qui, rectifiée, aboutira à une forme de perfection.

Elle commença par faire ce qu'elle maîtrisait le mieux : une analyse des réseaux. Une mise à plat de tout ce qu'elle avait vu, concernant les accès informatiques, les systèmes d'informations donc de contre-informations possibles, de toutes les armes dont elle pourrait se servir dans sa guérilla. Elle savait une chose : c'était sur ce terrain-là qu'elle avait une chance infime de les battre – pas un fusil d'assaut à la main, puisqu'ils étaient entraînés au maniement des armes et qu'ils étaient plus nombreux, plus forts, plus violents.

Elle devait lister les informations pratiques, l'intendance, les conditions favorables. Elle écarta la question pour l'instant, ouvrit le carnet de notes, commença à suçoter le crayon à mine qu'elle tapotait contre ses dents lorsqu'elle réfléchissait aux réseaux qu'il convenait d'établir, à ceux qu'il fallait couper – à la meilleure stratégie.

Lorsqu'elle eut fini de dresser des listes, de dessiner les architectures qu'elle avait vues, elle déchira et mangea les feuilles de papier griffonnées au fur et à mesure, pour que ses gardiens ne sachent rien de ce qu'elle préparait.

L'ébauche d'une stratégie apparut dans un coin de son cerveau.

Elle continua de dresser la liste de tout ce qu'elle avait aperçu et analysé, pour être sûre de ne pas négliger une hypothèse plus réaliste, plus séduisante. Mais non. Sa première intuition était sans doute la meilleure.

À 23 heures ce soir-là, elle avait tranché… Sur son propre terrain, il n'y avait qu'une option. Et elle n'avait besoin que de deux choses pour la réussir, deux choses seulement : la tablette numérique de Clauberg et une demi-heure avec les connexions dont ce fumier avait bénéficiées au cours de la visite. Il lui fallait obtenir la possibilité de se livrer pendant cette demi-heure, dans une totale liberté de pensée, aux opérations qu'elle venait de planifier. C'est cela qu'elle devait gagner : cette demi-heure, ce n'était pas grand-chose théoriquement, mais c'était juste inenvisageable dans sa situation.

Sa montre sonna. Elle décida qu'il était temps de dormir.

« Demain, tu auras besoin de toutes tes forces », aurait dit Tim. Elle se coucha tout habillée sur son lit de camp, regarda quelques instants le plafond. Les images des cages de verre, les cris de Matthew sur l'écran de l'ordi lui revinrent. « Tu dois fermer les portes de ton esprit », aurait dit Shariff. Devenir une machine à calculer, en parfait état de marche, une pierre, sans âme, sans mémoire.

Trois minutes après, elle dormait profondément, comme une chatte noire près d'une cheminée.

Elle était déjà au travail, le lendemain, lorsque les gardiens apparurent pour lui apporter son petit déjeuner. OK, ce dont elle avait besoin, c'était de cette demi-heure, seule, avec la tablette numérique de Clauberg et la certitude que personne ne couperait le réseau. Restait à trouver un moyen de s'offrir ces trente minutes en tête à tête dans un endroit imprenable, où elle pourrait être parfaitement concentrée, tout à son affaire, sans risquer les assauts des mercenaires de Prince Kofer.

Cela supposait une stratégie pratique, militaire, qu'elle maîtrisait moins que les réseaux.

Elle refit mentalement la liste de tous les endroits qu'elle avait vus, mètre carré par mètre carré. Où trouver ce refuge ? Comment se le procurer ? Elle parcourut les 1 500 mètres carrés du premier sous-sol, examina les cloisons vitrées, les couloirs, puis effectua la même promenade virtuelle dans le gigantesque espace ouvert du sous-sol.

Elle ne trouvait pas. Les hommes de Kofer pouvaient prendre n'importe quel endroit en enfilade avec leurs armes. Quand elle aurait commencé, si elle y parvenait, quand les mercenaires comprendraient ce qu'elle était en train d'accomplir, ils n'hésiteraient pas une seconde : ils tenteraient de l'abattre. Il n'y avait pas d'angle mort, pas de bunker, pas de moyen de s'enfermer dans ce laboratoire. Si elle était vraiment concentrée sur ce qu'elle prévoyait, elle serait une cible facile pour les minuscules points rouges de leurs viseurs laser – elle ne devait pas leur laisser cette opportunité. Voir, revoir. « Accueillir », disait Shariff – parcourir le chemin effectué une seule fois, mais avec d'autres yeux, ceux du cerveau, pour trouver l'endroit où elle pourrait…

Devait-elle attirer Clauberg dans sa cellule, s'y enfermer avec lui ? C'était la seule solution qu'elle entrevoyait : murs pleins, sans fenêtres, sans angles de tir possibles. Mais la porte ouvrait de l'extérieur, et il n'y avait pas moyen de la garder fermée. Elle n'aurait pas la tête à surveiller les intrusions quand elle serait dans l'action.

Revoir, trouver, bon Dieu ! Webcam interne, qui suivit et parcourut à nouveau le dédale, s'attarda sur les détails, analysant les recoins, les…

Et si…

Il y eut, enfin, une lueur. Elle avait trouvé l'angle mort. Il lui restait maintenant à trouver le moyen de gagner le refuge qu'elle venait de s'inventer, avec la tablette numérique et la certitude qu'on ne couperait pas le réseau pendant trente minutes. Cela devait être faisable, du moins elle avait une chance sur dix mille d'y parvenir.

Dans leur situation, c'était une brutale amélioration des chances de survie, c'était tout simplement inespéré.

52.
IN TENEBRIS (III)

Des mots, des noms, par dizaines. Des mots et des noms qui s'associaient à des visages.

Tout cela revenait : « Zaroff » était le bipède géant ; « Taxidermiste » était le bipède rachitique ; « Vérolé » était le bipède qui priait en le suppliant ; « Anglais » était le bipède qu'il défigurait.

Il les avait tués, tous, dans une vie.

« Ben » était le… l'humain… son frère. Il l'avait tué, aussi, dans une vie.

« John » était l'humain au visage paisible, « Geneva » était l'humaine au visage chéri. Ils étaient partis, il ne les avait pas tués. Dans quelle vie ?

« Shariff » était l'humain enfermé dans la cage, il l'avait vu, les bipèdes en blouse l'avaient sorti, tout à l'heure.

« McIntyre » était le bipède nu *et* le mustélidé. McIntyre était un ami, son espèce était « le professeur ». Les mots revenaient, en rafale. Shariff et McIntyre étaient dans cette vie. Les bipèdes dans cette vie s'appelaient Clauberg, et « Blouse-blanche », et « Lunettes », et « Bâton-qui-brûle ». Et « L'Homme sans couleurs ».

« Flora » était leur prisonnière, ils avaient emmené Flora. Flora était une humaine, il aimait Flora.

—

Tout revenait, grâce à elle. Flora. Il l'avait vue, il y a… deux jours… deux ours ?

Il avait plusieurs vies, il y en avait eu plusieurs. Grizzly, humain.

Les noms revenaient en rafale eux aussi, depuis l'autre cerveau. « Missoula », « Lausanne », « Bunker », « Institut ». Il avait vécu à ces endroits, il ne savait plus dans quel ordre. Peu importait l'ordre, peu importaient les lieux.

Il fallait garder sa… mémoire.

Celle de l'autre cerveau : les visages, les mots, les noms.

Flora était la lumière, la gardienne. Il se souvenait, il se souvenait : Flora également avait eu plusieurs vies. Elle était une chatte. Il l'avait combattue, dans une vie. Elle était une chatte, il la caressait, dans une vie. Quel ordre ?

Il l'avait aimée. Il l'aimait. Il se souvenait : Flora était une jeune fille, quand elle était… avec lui… sur un banc… sous des draps… Quelque part.

Flora.

Peu importait l'ordre, peu importaient les vies, les lieux. Il se souvenait qu'il devait se souvenir d'elle.

Flora.

Blouse-blanche et Lunettes voulaient lui retirer ses souvenirs. C'est cela qu'ils lui retiraient, quand ils le… perfusaient ? Perfusaient. Ses souvenirs, sa mémoire, celle du deuxième cerveau. Elle s'en allait dans leurs fils-perfusions.

Mais Flora. Tout lui revenait.

Le garçon enfermé dans la cellule, sous les machines, s'appelait Shariff. Il appelait cela « maîtrise », il appelait cela *supranoïa*. L'autre cerveau, dans son crâne, disait : « mémoire », « humanité ».

L'autre cerveau dans son crâne disait : « Flora ».

53.
CYBERWARRIOR

Elle eut finalement huit heures de plus qu'elle ne le prévoyait pour faire et refaire encore le plan dans sa tête. Les deux mercenaires qui vinrent la chercher le lundi 7 mai ne la tirèrent de sa cellule qu'en milieu d'après-midi.

Elle s'était attendue à ce que Clauberg se présente en personne devant elle, avec l'albinos, comme la dernière fois; mais cela n'avait pas d'importance, ce qui comptait, c'est qu'on l'emmène au deuxième sous-sol, et qu'elle soit seule, là où elle l'avait prévu, avec eux deux. Cela supposait une grande part de chance, ou une immense part d'improvisation et d'adaptation, s'ils comptaient cette fois l'interroger au premier sous-sol.

Elle n'en eut pas besoin. Comme elle l'avait supposé, on la poussa à travers le labyrinthe de laboratoires. Clauberg et Kofer l'attendaient devant l'ascenseur. Kofer eut un sourire de reptile, serpent mamba, en la voyant – avait-il deviné qu'elle allait refuser l'offre ? espérait-il la torturer selon son bon plaisir ? Il y avait dans cette joie mauvaise une concupiscence, un sadisme évidemment sexuel, et malade. Cet homme éprouvait de la jouisssance à faire souffrir, sans doute. Pour Clauberg, c'était tout autre chose. Une satisfaction d'homme qui domine et maîtrise la situation en toute chose, une illusion mégalomane.

– Vous avez le traître ? Vous avez son nom, sa photo, quelque chose ?

– Un peu de patience, mademoiselle Argento, répondit Clauberg.

Donner le change, rester concentrée sur les gestes simples, sur les actions directes.

L'albinos se retourna pour taper la première série de codes, celle qui ouvrait l'ascenseur. La voix synthétique confirma l'autorisation, Clauberg entra dans la cabine d'acier. Kofer levait la main gauche pour confirmer le code, c'est-à-dire qu'à ce moment précis il était vulnérable. Il présentait son arme et s'offrait comme cible.

Elle avait visualisé cent fois cet instant.

Dans un rêve, Flora tira la machette glissée dans la ceinture de l'albinos, et elle trancha la main posée sur le digicode. Œil pour œil. Cela se passa exactement comme elle l'avait imaginé, prévu, vu et revu. Cela ne devint réel qu'à l'instant où elle sentit la résistance du membre, de l'os, à l'arme tranchante comme un rasoir, et lourde – la seconde suivante, le mal était déjà fait.

Et déjà, elle se jetait en avant. Ne pas penser, agir. Dans le plan qu'elle avait conçu, même avec une seule main, Kofer était trop fort pour elle. Elle plongea les bras en avant et s'engouffra dans l'ascenseur.

La voix synthétique disait déjà : « Confirmation, deuxième sous-sol, refusée. Code erroné. Ascenseur verrouillé, veuillez saisir le deuxième code de sécurité… »

Les deux portes se fermèrent, sur elle et sur Clauberg, comme elle l'avait prévu.

Seule avec le play-boy, plusieurs centimètres d'acier blindé entre elle et l'albinos. Une chance sur mille, maintenant. Cela marchait.

– Ta tablette, tout de suite ! Ou je te découpe !

La pointe de la machette sanglante sous le menton, le play-boy avait blêmi. Flora hurla, à destination des autres, des mercenaires de l'autre côté des portes d'acier :

– Si vous ouvrez les portes, je le tue. Si vous faites bouger l'ascenseur, je le tue. S'il se passe quoi que ce soit dans la cabine, je le tue… Écartez-vous de la porte, trouvez un ordinateur, et faites exactement ce que je vous dis…

Obtenir du temps, mais neutraliser l'adversaire le plus proche, d'abord.

– Mets-toi à genoux… À genoux.

Clauberg s'exécuta. Il était vulnérable, maintenant. Elle lui balança un grand coup de pied dans les côtes, puis un coup de genou dans la mâchoire. Il roula par terre. Nouveau coup de pied, en pleine tête. Elle vit le corps de Clauberg se soulever, puis s'affaisser sur la paroi opposée de la cabine. K.-O. technique.

Cela ne lui avait demandé aucun effort de frapper, juste beaucoup de haine. Elle n'avait ressenti aucune nausée, même quand elle avait entendu la mâchoire craquer sous le dernier impact. Shariff-le-samouraï parlait de détermination, au moment de l'action. Elle comprenait : la main coupée, la mâchoire cassée… Elle détestait ces hommes au point de pouvoir les tuer, elle en était sûre. Elle était une boule de haine et d'énergie. Shariff insistait : « détermination *et supranoïa* ».

La haine n'est pas bonne conseillère. Elle devait retrouver la maîtrise, respirer, maintenant que les nerfs ne lui servaient plus à rien. Elle était dans son sanctuaire, seule, ses deux ennemis provisoirement neutralisés. Ce qui comptait maintenant, c'était sa tête, son cerveau et ses doigts. Elle se dressa sur la pointe des pieds, balança un grand coup de machette dans la caméra vidéo incrustée dans le plafond. Une gerbe d'étincelles jaillit. Aveugler l'ennemi.

Puis Flora s'accroupit devant Clauberg, fouilla le costume du play-boy, prit son téléphone portable. Elle consulta la messagerie et trouva le numéro de ShylocK dans le répertoire du big boss.

Elle le composa, entendit à l'autre bout la voix de Kofer déformée par la douleur ou la haine.

– Clauberg ?

Elle dit :

– Les négociations commencent dans vingt minutes au plus tard, via le réseau Intranet. Évacuez le deuxième sous-sol en attendant. Je ne vous adresse plus la parole autrement que par mail. Maintenez le contact.

Vingt minutes de réseau… Cela pouvait suffire.

Elle commença de pianoter sur la tablette numérique, à sa vitesse habituelle ; elle pouvait réussir.

La session de Clauberg était ouverte. Il n'utilisait aucun mot de passe pendant ses connexions. Revenir d'abord à l'historique. Quarante-huit heures avant, Clauberg s'était connecté à plusieurs ordinateurs de WarDogs, la tablette en conserverait la mémoire. Ne pas perdre de temps à fouiller le système, à fouiller dans les ordis. Utiliser l'historique, s'il ne l'avait pas effacé.

Il l'avait effacé.

Tant pis.

Procédure suivante : fouiller dans le système, utiliser son intuition, son flair.

Elle trouva dix ordinateurs accessibles depuis la tablette. D'instinct, elle se dirigea vers le serveur intitulé ShylocK – le poste de Kofer. Le poste le mieux sécurisé, mais qu'ils avaient laissé *en accès libre*.

Bingo, au moins trois minutes gagnées.

Elle visita l'ensemble du disque dur, trouva les vidéos, triées par dates. Elle savait que la séance de torture était accessible. Et elle avait vu, sur l'écran LED, que Matthew avait été mutilé le 29 avril. Cela fut rapide, elle mit moins d'une trentaine de secondes pour trouver le fichier, créa un lien, envoya la vidéo sur dix sites participatifs (WikiLeaks, Wikipédia…) et sur des plateformes vidéo.

Provenance : laboratoire de WarDogs, AC Hemato Inc.

Titre : séance de torture impliquant Prince Kofer,

condamné par contumace pour meurtre, crimes de guerre, génocides.

Source : *unknown.*

La connexion Internet était très rapide. Cela prit cinq minutes en tout. L'essentiel était fait. Désormais, Kofer pouvait fermer l'accès à son ordinateur s'il y pensait enfin.

Organiser la prolifération. Elle modifia les fiches wiki de Clauberg et Kofer, créa des liens, des notes vers les sites participatifs où se trouvait désormais la vidéo. Quatre minutes de plus. Elle entra dans le Facebook de Clauberg et balança les images de torture, comme des souvenirs de vacances. Lequel de ses « amis » appellerait la police le premier ? Lequel prendrait cela pour un vrai snuff-movie ?

Elle avait toujours la connexion Internet. Tant que la cabine de l'ascenseur ne bougeait pas, elle avait le temps pour elle. Elle tendit l'oreille : rien, pas un bruit qui aurait indiqué qu'on cherchait à atteindre la cabine par le plafond ou le plancher. OK.

Via la tablette, elle entra de nouveau sur les ordis de WarDogs, chercha sur un autre serveur intitulé Sécurité intérieure, déverrouilla deux codes – un jeu d'enfant – trouva le système centralisé de vidéosurveillance : sur un split-screen, une mosaïque d'une centaine de plans, en direct, pour autant de caméras qui filmaient l'ensemble des locaux, le parking. Clauberg lui avait tout montré, deux jours plus tôt, Clauberg lui avait mâché le travail. Sur la mosaïque, elle vit un seul plan noir : la caméra de surveillance de l'ascenseur qu'elle avait neutralisée. Elle venait de s'offrir une vision de tout le reste du bâtiment.

Au premier sous-sol, dans le vaste espace paysager devant l'ascenseur, une caméra plein cadre : un mercenaire bandait le bras coupé de Kofer, de face, identifiable. Elle mit l'image en dérivation, *direct live* sur deux sites participatifs – le système de vidéosurveillance de WarDogs, identifié par les codes vidéo en bas de page, la date, l'heure, et Prince Kofer plein cadre.

Cela lui avait pris trois minutes. Désormais, il était sous les feux de la rampe.

Titre : *Prince Kofer, WAR CRIMINAL, in WarDogs ?*

Statut : *live, no comment.*

Source : *unknown.*

Elle envoya le lien des deux sites sur celui du Département fédéral de l'intérieur suisse, à Berne.

Elle avait toujours du réseau. Elle vérifia sur WikiLeaks : une fenêtre avait été créée. C'était parti... *World Wide Web.*

Elle revint au système interne de caméras, la mosaïque de tous les plans sur le serveur de sécurité, revérifia : pas de cellule, à part la sienne et les cages de verre. Julien n'était nulle part. Elle retourna sur les caméras du deuxième sous-sol, sélectionna un gros plan : deux mercenaires venaient d'entrer par un escalier de secours, dont la porte invisible s'ouvrait à droite de l'ascenseur.

Ils couraient vers les prisons transparentes, armes à la main.

Ils n'évacuaient pas. Allaient-ils massacrer ses amis ? Non, ils avaient besoin d'otages, pour l'instant. Faire durer cela ? Elle était à l'abri, dans l'angle mort de la cabine en acier. Pas eux. Mais que faire d'autre ?

Elle constata sur les images que l'irruption des mercenaires avait provoqué un début de panique chez les blouses blanches travaillant autour des cages. Une sirène d'alerte avait-elle donné un ordre d'évacuation ? Elle ne disposait d'aucun son, juste d'une scène muette – c'était la débandade chez les scientifiques, dont plusieurs laissaient tout tomber sur place, pour foncer vers la porte de l'escalier.

Les tueurs de Kofer, eux, ne se barraient pas, au contraire.

Les deux hommes en tenue militaire braquaient les cages de Tim et du professeur. Dans la première, le carcajou semblait plus fou que jamais et courait en se jetant sur les parois. Dans la seconde, un scientifique était en train de libérer Tim de ses entraves – entre deux métamorphoses, le jeune homme nu était maintenant à la merci des mercenaires.

Dans la troisième cage, Shariff était invisible sous l'IRM.

Tim… Shariff… McIntyre…

« Ne te laisse pas distraire… Tu as vingt minutes. »

Flora enregistra la scène : une bête fauve, et un humain nu, dans des cages de verre. Des scientifiques, des hommes en armes, autour. Le code vidéo interne de WarDogs. Du matériel léger, du matériel diffusable sur le *World Wide Web* à *très* grande échelle.

Elle balança le document en pâture à plusieurs sites de protection de la nature : Eco-Warriors, sites de droits de l'homme, site du Département fédéral de l'intérieur suisse.

Titre : *Human guinea pigs in AC Hemato labs ?*[1]

Statut : système de surveillance interne, 7 mai, 16 h 30.

Lieu : 2e sous-sol, labo de WarDogs, Ecublens. *Live blogging.*

Source : *unknown.*

Diffusion, ensuite, sur des plateformes de partage. Titres proposés de l'image, indexation pour les moteurs de recherche : *snuff-movie, naked people in a zoo, young white man and animals*[2], de quoi faire exploser le buzz auprès de tous les pervers et de ceux qui les surveillaient. Les flics sauraient. Les flics remonteraient aux sites sur lesquels elle avait lancé la vidéo. Elle organisait une contagion virale.

Une minute, encore : elle créa un profil Facebook.

Une signature : Flora Argento, *aka* Catwoman. *Black hat.*

---

1. Des cobayes humains dans les laboratoires AC Hemato ?
2. Des personnes nues dans un zoo, jeune homme blanc et animaux.

La webcam de la tablette numérique figea plein cadre, en couleurs criardes sous le néon de l'ascenseur, une jeune fille menaçant de sa machette le cou d'Aribert Clauberg, visiblement évanoui, la mâchoire ensanglantée, dans une cabine d'ascenseur.

La photo rejoignit le profil.

Adresse de la nouvelle « amie » : WarDogs, Ecublens, canton de Vaud, Suisse.

Activité de la nouvelle « amie » : piraterie.

Passe-temps de la nouvelle « amie » : déclaration sur les meurtres de Lutry, chasse aux criminels de guerre, révélations sur les expérimentations humaines de WarDogs.

Elle revint sur la page Facebook de Clauberg.

Pour la première fois, elle hésita une seconde avant que « Clauberg » accepte officiellement « Catwoman » parmi ses amis. Elle cliqua finalement. Par ce nouveau message, elle signait son œuvre. Elle se désignait à la police.

C'était la condition pour qu'on ne croie pas à une plaisanterie. Les flics savaient qu'elle était dans le coin. Les flics savaient qu'elle s'était intéressée aux morts de Lutry. Les flics croiraient la vidéo, les photos, tout le reste.

—

Trente secondes plus tard, sur l'écran de la tablette numérique, une phrase s'illumina, un message tombé sur le réseau Intranet : « Vingt minutes. Les négociations commencent. Quoi que tu demandes, tu es morte. » Signé : « Kofer ».

Elle tapa la réponse : « Trop tard, *asshole*. Les négociations n'ont pas lieu d'être, tu es devenu une star. Tape ton nom sur le Net, lis le buzz, et barre-toi… »

54.
EN FINIR

Flora suivit les événements en direct, via le réseau interne de caméras.

Image : un des hommes de Kofer tapait sur l'ordi, sous les ordres de l'albinos. Elle vit leur surprise, à tous les deux, quand ils reçurent la réponse des moteurs de recherche. Une avalanche d'informations récentes, une cascade de dernière minute : photos, vidéos, révélations, reprises, flashes.

Elle pouvait suivre en même temps qu'eux sur le split-screen les pages que proposait le moteur de recherche quand on lançait la requête : « Kofer ». Les photos de Clauberg, celles du labo avec les mercenaires, les vidéos qu'elle venait d'envoyer, en page d'accueil de deux, trois, dix, vingt sites d'information. Le *blogging live* de Kofer découvrant que le monde entier le regardait sur le réseau de vidéo interne de la boîte qui le salariait.

Buzz.

Elle vit qu'il comprenait, regardait les caméras de surveillance en hurlant. De nouveau une scène de débandade, sans le volume : des hommes se levaient, prenaient leurs armes, commencaient à courir vers la sortie. Un mercenaire sortit un revolver, tira sur la caméra du premier sous-sol qui les filmait. Flora sourit, devant l'écran noir, dans sa cabine d'ascenseur à l'abri des balles. Elle était le maître du jeu. Elle menait le bal. Ils avaient perdu.

Sur les autres plans de la mosaïque du PC de sécurité, Flora vit des soldats de fortune monter quatre à quatre l'escalier, vers le hall ; elle vit les scientifiques encore en blouse qui s'engouffraient déjà l'un après l'autre dans leurs trop belles voitures, sur le parking extérieur.

Puis, le réseau interne de surveillance s'éteignit. Elle était devenue aveugle.

Elle renvoya un e-mail : « Trop tard. Les flics arrivent. Barre-toi. »

« Pas avant de vous avoir crevés TOUS !!! Je t'attends. Kofer. »

Encore trente secondes et elle perdit le réseau. Aveugle, sourde, muette, mais trop tard pour eux. Elle saisit le téléphone de Clauberg, composa le numéro de la police helvétique.

– Je suis Flora Argento, alias Catwoman. Je vous ai envoyé, ainsi qu'à différents sites participatifs, des informations concernant les activités criminelles d'Aribert Clauberg et de Prince Kofer. Ils nous retiennent comme cobayes... Arrivez vite, ils sont en train de tuer tout le monde.

– Attendez, mademoiselle, vous...

– Consultez Internet, et vous saurez. C'est à Ecublens, au siège de WarDogs. Vous pouvez géolocaliser ce portable pour vérifier ce que je vous dis. Si vous n'agissez pas tout de suite, le monde entier saura que vous n'avez rien fait.

Puis elle laissa tomber le mobile encore allumé et se pencha sur Aribert Clauberg, inanimé, la mâchoire pendante ; elle lui balança des gifles de plus en plus violentes jusqu'à ce qu'il sorte de son inconscience et se mette à bafouiller en bavant du sang.

– C'est l'heure de mourir, Clauberg. Comment on fait pour sortir de cet ascenseur sans les commandes extérieures ?

Elle avait de nouveau la machette à la main. La lame glissait le long de la joue de son interlocuteur.

Flora arracha la paroi d'acier à la jointure en faisant levier avec la machette, puis actionna le boîtier interne de secours, composa le deuxième code secret, comme Clauberg venait de le lui indiquer. La voix synthétique déclara :

« Deuxième code, déverrouillé. Deuxième sous-sol, autorisé. »

Elle sentit la cabine commencer sa descente.

Elle avait gagné la première partie, l'ennemi était en déroute. Ce qui ne signifiait nullement qu'elle et ses amis allaient vivre. Kofer l'attendait. La cabine, son refuge, sa citadelle s'immobilisa. Elle allait perdre son angle mort, s'exposer à terrain découvert. Kofer l'attendait.

Elle inspira profondément, serra le manche de la machette. Elle n'avait pas le choix.

La double porte de l'ascenseur s'ouvrit dans le chuintement pneumatique attendu. L'immense pièce du deuxième sous-sol était plongée dans le noir, à l'exception des cages illuminées par les néons. Elle poussa Clauberg devant elle, du bout de sa machette, fit deux pas pour sortir de l'ascenseur. Elle entendit les coups sourds que faisait le carcajou en se jetant, encore et encore, contre les parois de sa prison, maculées de son sang, sous la blancheur crue des lumières.

Elle ne voyait pas les mercenaires qu'elle avait surveillés, tout à l'heure, sur le système de sécurité. Elle ne voyait pas Kofer.

—

– Flora, à ta droite !

Elle inspira, souffla. Dieu, qui que tu sois, merci : Tim avait crié.

Il était collé contre la paroi de sa cage, entièrement nu;

il n'était pas mort. Il la regardait, elle, et désignait fébrilement l'obscurité, du côté de l'escalier de secours. Une deuxième et fort brève seconde de gratitude traversa le cerveau de Flora, avant qu'elle tourne la tête vers la droite. Tim la reconnaissait, Tim n'avait pas perdu la tête.

Puis, seulement, elle prit conscience de la situation : il la prévenait d'un danger.

Elle se raidit, se pencha dans la direction qu'il montrait. L'avertissement de Tim était inutile. L'homme qui venait de surgir de l'ombre ne se cachait même pas.

Prince Kofer tenait son fusil d'assaut à visée laser de la main droite, la gauche était bandée comme l'avait été celle de Matthew, avant sa mort. Lui aussi avait un pansement souillé de sang, déjà brun. Œil pour œil, main pour main, la même mutilation.

Flora songea qu'elle était responsable de cette blessure. Immédiatement après, une deuxième pensée chassa la première : « Il a un fusil d'assaut, et moi une arme blanche. Il a gagné. »

Elle exécuta un quart de tour, utilisant Clauberg comme bouclier. Mais Kofer continuait sa marche lente, déterminée, et il lança d'une voix blanche :

– Je t'attendais… Ils vont mourir, puis toi.

Un geste du fusil vers les trois cages – le carcajou, le jeune homme qu'elle aimait, l'IRM-prison de Shariff. Flora jeta un coup d'œil dans leur direction : où étaient passés les mercenaires ?

– Ils t'ont laissé seul, Kofer ?

– Mes hommes sont partis… Je les ai libérés, à cause de la police. Mais moi, je tenais à régler mes comptes… Et je savais que tu viendrais les chercher.

– Si tu t'approches, je le…

– Clauberg ? Ce n'est qu'un client et il n'est plus solvable, je le crains.

Il parlait tout en avançant, et tira dans le même mouvement, sans une hésitation – Clauberg qui n'était apparemment pas encore sorti tout à fait de son engourdissement, sursauta quand les deux balles le touchèrent à la poitrine. Il tomba à terre sans un cri. Il n'avait sans doute pas eu le temps de réaliser qu'il mourait.

Il n'y avait plus rien entre le fusil de l'albinos et Flora. Le minuscule point rouge du viseur laser dansait sur son front. Kofer n'était plus qu'à trois mètres.

Il s'était arrêté, hors d'atteinte de la machette. Son sourire de mamba venait de réapparaître.

– Kofer, tu vas…

– Tais-toi. Regarde les mourir, puis meurs.

Il y eut un bruit, juste derrière Kofer.

L'albinos se retourna d'un geste vif – à ce moment, de nouveau, il était vulnérable. Flora fit deux pas en avant, et tenta un grand coup de machette vers l'albinos, la lame rata le crâne, rebondit sur l'oreille, et vint entamer l'épaule gauche. Elle, de biais, ne fit que blesser le géant. Flora lâcha le coupe-coupe, qui tomba par terre, à ses pieds.

Kofer fit volte-face. Il avait, par réflexe, porté son moignon gauche à son oreille sanglante. Flora sut qu'elle avait raté sa deuxième opportunité, et qu'il n'y en aurait pas de troisième. Même avec une seule main, il pouvait…

L'albinos ouvrit la bouche, l'air stupéfait. Il écarquilla les yeux, si rouges qu'ils parurent flamboyer. L'instant d'après, il se mit à tressauter, comme un épileptique en pleine crise. Puis, il exécuta une sorte de danse de Saint-Guy. De la bave sortit de ses lèvres, sa langue jaillit de sa bouche grande ouverte, énorme, des éclairs bleus parcoururent son corps. De la fumée commença de monter au-dessus de son crâne, puis elle sortit de ses yeux qui blanchissaient.

Il tomba à genoux, puis face contre terre. Une horrible odeur de chair brûlée envahit la pièce.

Juste à l'endroit où Prince Kofer s'était tenu, Shariff, torse nu, pieds nus, restait les deux bras tendus. Il regardait l'énorme carcasse, sur le sol de béton, qui fumait encore, le bâton électrique planté dans son dos.

– Si tu ne l'avais pas frappé, il m'abattait avant que je le touche…

Le samouraï contemplait l'homme à terre, harponné comme une baleine.

– Et si je ne l'avais pas planté, il nous tuait tous. « Ceux qui ne veulent pas déposer les armes périssent par les armes », Sun Tzu.

55.
LE RETOUR DU SAMOURAÏ

– Shariff ? Tu… tu es sorti… comment ?

– Par le haut, comme toujours… J'ai entendu qu'ils évacuaient, alors je suis sorti de l'appareil, j'ai grimpé le long du bras hydraulique de l'IRM pendant que les petits soldats me tournaient le dos et s'occupaient de Tim. Et j'étais hors de la cage avant que l'ami albinos ne se pointe. Coup de bol pour toi… Tu es d'autant plus chanceuse qu'il y a une heure, j'étais un homard, et que j'aurais aussi bien pu ne pas retrouver mon pantalon dans les affaires de nos bourreaux…

Un sourire narquois – Shariff saisit les deux poches de son treillis trop large, fit une sorte de révérence. Puis il montra l'homme électrocuté à terre.

– Après, il m'a suffi de profiter de sa distraction… Ce type voulait vraiment te tuer, on dirait, il ne pensait pas à regarder derrière lui. Mais il a fallu que je fasse du bruit…

Il poussa le cadavre du pied, comme une chose répugnante.

– Un albinos en armes… C'était Prince Kofer ?

– Tu l'as dit.

Le garçon contempla le tueur au-dessus duquel une fumée bleue continuait de monter, dégageant une forte puanteur de chair calcinée.

– « Dans un étang, il n'y a pas de place pour deux dragons. »

– Flora ! Shariff !

Tim les appelait depuis sa cage.

– Reste là ! lança le samouraï à Flora.

Il se pencha, poussa le fusil d'assaut du pied pour le dégager du corps fumant, puis s'en empara.

– J'arrive, Tim ! Écarte-toi !

Deux brèves rafales suffirent pour faire sauter la serrure de la cage de verre. Shariff n'entra pas, il contourna la cellule, alla ramasser les vêtements du prisonnier rassemblés en tas, dans un coin, près des écrans d'ordinateurs et des appareils de mesure. Il les balança par-dessus la paroi de verre, resta dans cette partie obscure de la pièce, fouillant, cherchant quelque chose.

Quand Flora se présenta devant la cage, Tim était presque habillé. Elle entra. Il avait l'air épuisé, vide, de celui qui vient de pleurer toutes les larmes de son corps. Les yeux hagards.

Elle vit qu'il serrait quelque chose dans sa main. Elle s'approcha et il tendit son poing fermé, qui s'ouvrit. Il présentait l'œil de chat et la chaîne d'argent, qu'il devait avoir glissés dans une poche avant de partir. Il regardait Flora, paume ouverte, tendue. Elle prit le bijou, lui passa la chaîne autour du cou, puis reboutonna lentement sa chemise.

– Flora…

Ils tombèrent dans les bras l'un de l'autre. Elle eut la sensation de son poids mort, comme s'il s'appuyait entièrement sur elle.

Shariff entra à son tour, deux ou trois boîtes de comprimés dans les mains. Il avait enfilé ses chaussures mais restait torse nu, tel un guerrier mythologique.

– Je cherchais des remontants ou des vitamines, mais je n'ai pas trouvé grand-chose. À part de la viande crue, et j'imagine que ça ne te tente pas…

– Qu'est-ce qu'on fait, maintenant ?

C'étaient les premiers mots de Tim depuis qu'il avait crié. Il avait posé la question en regardant Flora, attendant qu'elle décide. La jeune fille passa la main le long de sa joue, doucement, très doucement. Sa voix aussi fut tendre, et retenue.

– Les flics vont arriver, et ils vont vous libérer… Je les ai prévenus par Internet, c'est ça qui a provoqué la débandade. Vous serez interrogés. Et moi, ils m'emmèneront.

– Toi, tu… ?

– Ils savent que je suis Catwoman. Je n'avais pas le choix.

Tim la regarda, fit deux pas en arrière, encore hébété ; puis il se massa les tempes en fermant les yeux, comme pour mieux appréhender la situation, pour chercher ses mots, aussi. Cela revint vite.

– Le coup du héros sacrificiel, hein… Va te faire foutre, Flora… On sort tous les trois, ou on ne sort pas…

– Tous les trois ? Et lui ?

Shariff désignait du doigt le carcajou qui continuait sa folle course contre les parois, dans la première cage.

– On ne peut pas le laisser ici. Même s'il a perdu l'esprit, même si on doit lui trouver un médecin, on ne peut pas l'abandonner… C'est mon père, quand même.

Flora consulta sa montre.

– OK, mais alors on trouve une idée tout de suite… Les flics vont arriver d'une minute à l'autre.

– Non, les accès sont verrouillés. On a encore le temps.

—

Ils entrèrent dans la première cellule, prudemment – Tim tenait le bâton électrique devant lui, Flora avait à la main une seringue de liquide hypodermique, dont Shariff avait identifié sans mal le nom, et calculé la dose en fonction du poids du carcajou. Ce gamin savait-il tout faire ?

Derrière eux, le samouraï ne cessait de répéter les

mêmes phrases, pour ouvrir quelque chose dans le cerveau de son père adoptif, provoquer le début de la maîtrise :

– C'est nous, professeur. Timothy, Flora... Et moi, Shariff... Votre fils, papa-shogun... Vous vous souvenez... *Tu quoque*, vous vous souvenez ?

La voix de Shariff tremblait comme une feuille sous le vent. On le sentait au bord des larmes, de la stupéfaction – qu'étaient-ils en train de faire ? L'animal ne semblait rien entendre, en proie à une peur panique irrépressible, agressive.

Ils l'acculèrent progressivement dans un coin de la cellule de verre. Le carcajou crachait, sifflait, lançait des coups de dents dans le vide, mais ses pertes de contrôle, répétées encore et encore, l'avaient amoindri.

Ses gestes étaient moins vifs, ses crocs et ses griffes moins rapides.

Cela aurait été simple de le maîtriser, en fait, s'il ne s'était agi de McIntyre – un animal qu'ils ne voulaient pas blesser davantage, qu'ils ne pouvaient se résoudre à humilier.

Quand Flora planta enfin l'aiguille, elle sentit les côtes sous la peau, qui semblait flotter. Le carcajou portait les stigmates de ses heurts contre les parois, son museau était barbouillé de son sang, séché ici, ailleurs encore frais.

Shariff s'agenouilla devant le corps inanimé du carnivore et le caressa, les mains s'enfonçant dans la fourrure. Il pleurait.

Il leva les yeux, soudain perdu :

– Il est complètement anémié... Qu'est-ce qu'on fait ? On le transfuse ?

Il regardait, autour de lui, les appareils médicaux qui avaient servi à déclencher les métamorphoses.

– Pas le temps, et c'est trop risqué, répondit Flora. Si les flics nous chopent, ils constateront simplement que cet animal est en train de mourir.

– OK, alors on l'emporte, décréta Shariff en se relevant. Il ne nous quitte pas.

De nouveau, il eut des yeux de noyé :

– Il m'a adopté, Flora…

– Je sais, Shariff. On va le sauver.

Tim prit le carcajou dans ses bras. Il ne pesait pas plus d'une dizaine de kilos. Il se tourna vers Flora.

– On fait quoi, maintenant ? Pour les flics ?

Elle ne savait pas comment consoler Shariff. Elle ne savait que proposer à Tim. Elle était celle dont ils attendaient les réponses, mais elle n'avait prévu que la façon de mettre l'ennemi à terre, pas celle de fuir en sauvant McIntyre. Elle ouvrit la bouche, deux fois, mais Ghost Dog avait déjà réinvesti l'esprit de Shariff. Il avait un plan :

– Tu poses mon daimyo, pour l'instant. On agit calmement. On commence par se travestir, on trompe l'ennemi. Puis, on va créer le chaos. Mais d'abord, Flora, tu nous résumes ce que sait la police.

—

Pendant les minutes suivantes, Shariff écouta Flora, puis agit selon un plan qui s'échafaudait au fur et à mesure dans son esprit. La stratégie était mère de la tactique, mais la tactique, parfois, commandait la stratégie.

Le temps jouait contre eux, l'urgence devait devenir une alliée. Il commença par préparer l'arsenal : il courut vers l'ascenseur, se pencha sur Kofer, prit dans sa ceinture un couteau de chasse, les deux grenades offensives accrochées sur sa poitrine. Un coup d'œil à son holster. En dépit de tout, l'angoisse, l'urgence, il ne put réprimer un sifflement admiratif :

– Pfffiiit, un sacré bon calibre. Un colt Python 357

Magnum… de quoi s'amuser !

Il récupéra le revolver, revint vers eux, en courant toujours. Tim semblait essayer de comprendre où il en était. Shariff tendit le couteau à Flora :

– Tu veux te couper les cheveux toi-même, ou je m'en occupe ?

Pendant qu'elle s'activait, ils brisèrent l'essentiel des machines, appareils et ordinateurs, à grands coups de crosse, ou en provoquant des courts-circuits et d'impressionnantes gerbes d'étincelle avec le bâton électrique.

« Ils ne doivent pas retrouver de traces de nos métamorphoses… »

En deux ou trois endroits, les machines brûlaient en dégageant une fumée noire. Mais la destruction n'était pas tout à fait maîtrisée, Shariff le sentait. Une colère vengeresse montait en lui, l'envie de faire payer aux machines ce qu'ils avaient vécu pendant presque six jours. Respirer, se calmer. Penser chaque geste, n'être gratuit dans rien, ne pas se disperser. Style interne, style externe.

Dix minutes plus tard, ils avaient fini. Flora avait une tignasse à la garçonne, si l'on osait baptiser ainsi le résultat de sa coupe au couteau. Tim continuait d'arborer un air concentré, essayant visiblement d'appréhender ce qui se passait, comme s'il avait des absences.

Shariff regarda Flora, l'air mutin.

– OK… Ce coup-ci, les flics vont arriver. Donne-moi le couteau, et soulève ta manche gauche…

Elle s'exécuta, une question dans les yeux, toutefois. Sans la prévenir, Shariff s'empara de son bras dénudé, et, à toute vitesse, il pratiqua une très longue estafilade sur son biceps, de l'épaule au coude. L'entaille se mit à saigner sérieusement.

– Ne t'en fais pas, c'est superficiel, c'est dans le gras du bras, si j'ose dire, ma belle. Mais ça impressionne… Tu devrais te barbouiller aussi un peu le visage, histoire de les convaincre tout à fait.

Désormais, elle avait un masque rouge, sanguinolent, effrayant, sous ses cheveux noirs taillés comme les chaumes. Shariff se recula, contempla son œuvre, eut un sourire satisfait. Tim, toujours hagard, caressait le carcajou d'un geste machinal.

– OK, ma belle, ça devrait passer si le désordre est assez grand… Tu as l'air d'une grande blessée. En tout cas, tu fais peur. Sur la photo du labo que tu leur as envoyée, on voyait bien Tim et le professeur dans leurs cages ?

Flora hocha la tête. Il se tourna vers Tim :

– Allez, tu portes mon père, et vous passez tous les trois devant dans l'escalier… Et quand on rencontre les flics, vous me laissez parler, j'improvise… Faites-moi confiance, je vais créer le chaos nécessaire. « Un ennemi surpris est à moitié vaincu », Sun Tzu.

56.
ZONE DE CONTAMINATION

Lorsqu'ils parvinrent au rez-de-chaussée, Flora avait envoyé ses premières vidéos depuis moins de deux heures. Elle risqua un œil par l'entrebâillement de la porte en acier brossé, dans la paroi du hall, qu'ils avaient déverrouillée. La réception de WarDogs grouillait de policiers, il y avait là toute une bridage d'intervention – casques, boucliers, snipers, gilets pare-balles. Cela faisait une demi-heure que la police helvétique cherchait à débloquer les accès de l'ascenseur, ou à trouver l'entrée de l'escalier de secours, celle qu'elle venait d'entrouvrir.

C'est elle qui avait provoqué tout cela.

Shariff passa devant, poussa en grand la porte d'acier. Trois dizaines d'hommes casqués, étonnamment semblables par leur attirail et leur attitude, comme des robots ou des clones, se tournèrent vers eux dans un seul mouvement, en braquant leurs armes sur eux. Trente fusils, trente pistolets qu'on arme font un bruit du tonnerre. Et trente canons noirs les prenaient pour cible.

Tim s'immobilisa, le carcajou sur l'épaule. Le samouraï s'avança, toujours torse nu, les mains en l'air.

– Ne tirez pas… Nous sommes les cobayes… Les victimes… Nous sommes blessés… Kofer est en bas, il est mort ! Et Clauberg aussi !

Cinq hommes avancèrent vers eux à pas chassés, les pistolets noirs toujours braqués sur eux. Shariff recula et prit un air brillamment paniqué :

– N'approchez pas ! Par pitié ! Ils nous ont injecté des

germes… la peste… Ebola, je crois… Et des trucs radioactifs…

Les flics se figèrent. L'acteur-samouraï continuait :

– Je vous en prie, reculez ! Ils portaient des combinaisons quand ils nous manipulaient…

On leur indiqua, par un mouvement de fusil, par des cris, le centre du hall sans cesser de les tenir en joue. On établit autour d'eux un périmètre de sécurité, de plus en plus large au fur et à mesure que Shariff répondait aux questions en lançant par bribes des informations effrayantes.

Flora, intérieurement, faillit sourire : le petit frère était-il fou, ou génial ? Quelle était exactement la différence ? Les gradés qui l'interrogeaient s'éloignaient pour informer leurs supérieurs, puis revenaient vers lui. Toutes les radios, toutes les communications en surchauffe. L'information du péril se propageait. On convoquait de nouvelles équipes. On consultait les spécialistes. Shariff savait créer le chaos. Définitivement génial.

Les flics travaillaient à rétablir le système de vidéosurveillance. Ils y parvinrent en quelques minutes, eurent des questions nouvelles, plus précises : en bas, les cages de verre étaient vides, pourquoi ? Les deux cadavres étaient-ils l'albinos et le play-boy qu'ils recherchaient, officiellement, depuis deux heures ? Apparemment, dans leurs têtes, cela corroborait les propos du samouraï. Apparemment, on ne leur reprochait pas ces meurtres. Étaient-ils en train d'emporter le morceau ?

Flora n'osait y croire. Les flics avaient d'autres questions plus inquiétantes pour eux : il manquait la fille, Flora Argento, une hackeuse… L'avaient-ils vue ? En se serrant tous les trois, l'un contre l'autre, dans le hall, cernés par les flics, par leurs armes, leurs questions, le mustélidé haletant dans son sommeil artificiel au milieu d'eux, ils n'avaient pas besoin de se forcer beaucoup pour avoir l'air innocents.

Ils grelottaient comme des victimes. Flora, avec le froid, sentait pour la première fois la fatigue. Tim ne disait rien. Shariff répondait aux policiers, à intervalles de plus en plus espacés.

Catwoman voyait bien que, de temps en temps, c'était elle que les flics regardaient, différemment… Ils avaient trois mandats d'amener : Clauberg, Kofer, Argento. Il leur fallait trois gibiers, morts ou vifs.

Elle ne savait pas ce que les troupes d'intervention attendaient pour descendre dans le labo et découvrir qu'elle n'y était pas. Elle comprit, finalement, lorsque arrivèrent les équipes en combinaison NBC de l'armée suisse : ils craignaient les menaces chimiques et bactériologiques, ils gobaient tous les mensonges de Shariff.

Cela leur donnait-il une chance ? Que se passait-il, après ?

Autour d'eux, c'était un enchevêtrement de procédures, d'ordres et de contre-ordres indescriptible, compliqué encore par la multiplication des foyers de guerre : le commandant des opérations suivait par radio les nouvelles de l'affrontement entre ses commandos et les mercenaires en fuite de Kofer, dont les trois 4×4 roulant à tombeau ouvert avaient été repérés et accrochés juste avant la frontière française. Le chaos.

Les équipes médicales les prirent finalement en charge. Vu la nature des vidéos envoyées sur le Net, elles avaient été dépêchées sur les lieux en même temps que la brigade, et s'étaient tenues en retrait pendant l'assaut. Des hommes en combinaison bactériologique s'approchèrent d'eux, les « victimes » assises par terre au milieu du hall ; les suspects entourés de soldats.

—

On avait tendu un rideau de plastique autour d'eux, maintenant, pour une sorte de quarantaine improvisée, d'urgence. Comme une nouvelle cage de verre. Les soldats qui les avaient approchés de trop près subissaient l'un après l'autre des injections, dans un PC médical, à l'autre bout du hall, par précaution. Peut-être les antidotes qu'on leur injectait avaient-ils été créés et commercialisés par WarDogs ? Tim se souvint : dans la chambre d'hôtel, en explorant les recherches de WarDogs, il avait songé à cela. Mesures et contre-mesures, qui produisait quoi ?

La mémoire revenait, s'assemblait comme un puzzle.

Un flic plus courageux, plus consciencieux ou plus inconséquent que les autres, essayait de les interroger, simplement muni d'un masque chirurgical ; il hurlait des questions de loin, par l'ouverture du rideau de plastique, pendant qu'on prenait leur tension, qu'on bandait le bras de Flora, qu'on vérifiait ses propres et multiples pansements, là où les chercheurs l'avaient intubé. Des images revenaient, un album souvenir à rebours : lui en grizzly, dans la cage de verre ; les tuyaux qui sortaient de son corps ; les seringues pleines de son propre sang qu'on lui réinjectait. Il revoyait cela quand il fermait les yeux. Les métamorphoses, leur succession. Les ténèbres.

Shariff lançait de temps en temps au flic un mensonge de plus, pour parfaire le désordre. Celui qui le questionnait voulait savoir ce qu'on leur avait inoculé. Shariff prétendait l'ignorer.

Tim sentit monter une panique irrépressible. Les rideaux de plastique ressemblaient vraiment à une nouvelle cellule de laboratoire. Bientôt, si le stratagème prenait, on allait de nouveau les percer de seringues, de tuyaux, pour découvrir ce qui avait été expérimenté sur eux. Tim n'était pas sûr de supporter cela. Même si c'était indispensable, dans le plan de Shariff. Les images de la prison, des expériences affluaient… Cobaye. Il ne voulait plus qu'on le touche, qu'on le manipule.

Pour l'heure, les médecins en combinaison se souciaient seulement de maintenir stables leurs paramètres vitaux. Ils lanceraient les expertises poussées, les recherches épidémiologiques, sanguines, virales et bactériologiques en fonction des produits qu'on trouverait en bas, dans le labo.

—

– La fille, là… Comment tu t'appelles ?

Un deuxième flic était venu rejoindre le premier, à la porte de leur espace de confinement, un plus haut gradé. Ça y était. Ils avaient compris. Flora ferma les paupières, une brève seconde, se rendit compte qu'elle n'avait rien prévu, pas même une identité de rechange. Elle rouvrit les yeux, son regard se posa sur l'animal que Tim avait posé sur ses genoux :

– Maria… McIntyre. Je suis la sœur de Shariff, la fille du professeur McIntyre.

– Non, tu es Flora Argento. Catwoman.

– Ouais, et elle a subi les mêmes injections que nous… Et elle vient de nous sauver la vie en vous attirant ici et en tuant Prince Kofer.

Shariff s'était levé, il se plaça entre elle et l'officier, les mains dans les poches, et défia le flic. Tim se leva à son tour, mais ce n'était déjà plus nécessaire : le gradé reculait devant le samouraï de treize ans, chétif, à moitié nu, parce qu'il était contagieux.

– OK, gamin, ça va… Tu défends ta sœur, ou qui qu'elle soit. Mais j'ai un mandat d'arrêt contre elle…

Il se retourna vers son sous-officier :

– On a des ordres. On les évacue sous escorte jusqu'à

l'hôpital de Lausanne où la quarantaine est prête, et la criminelle prendra le relais là-bas.

Deux hommes en combinaison bactériologique entrèrent dans l'espace délimité par le rideau de plastique, des fusils d'assaut à la main. Le gradé montra Flora d'un coup de menton.

– Vous ne la perdez pas des yeux. Les États-Unis, la France et l'Italie, entre autres, nous la réclament…

—

Les deux policiers empêtrés dans leurs combinaisons bactériologiques encadraient maintenant Flora. Les médecins ne s'occupaient plus d'elle, seulement de lui et de Shariff, leur frôlant le coude pour s'assurer qu'ils n'allaient pas tomber.

Effectivement, Tim se sentait vaciller.

Deux victimes, une coupable. Plus un carcajou toujours inanimé, que deux médecins portaient sur une civière. Nul ne se souciait des paramètres vitaux de l'animal-professeur, mais on devait procéder également à des analyses sur lui. Il portait, pensait-on, des germes infectieux d'une extrême dangerosité.

Les pales de l'hélicoptère médical gros porteur tournaient déjà quand ils l'aperçurent à une centaine de mètres du siège de WarDogs. Ecublens était devenu zone de guerre, puis zone de contamination.

Urgence. Pour les médecins, ils étaient des malades, bientôt, on les réduirait de nouveau à l'état de cobayes… Et pendant ce temps, ils enfermeraient Flora. Retour à la case départ : la prison pour elle, les cages pour eux.

Le jour entamait son déclin, loin vers l'ouest, vers le petit lac.

En montant dans l'appareil, Tim vit Shariff consulter sa montre. Le gamin se tourna vers lui, puis fit un clin d'œil. Apparemment, Ghost Dog trouvait que la tournure des événements leur était favorable. Il était bien le seul.

57.
PLAN DE VOL

Elle voyait tout avec une netteté sidérante. C'était une liste d'informations, une mosaïque de fichiers image et son qui défilaient, exactement comme lorsqu'ils l'avaient descendue la première fois au deuxième sous-sol ; et la seconde fois, lorsqu'elle avait agi, devant l'ascenseur. Elle se sentait d'une lucidité froide, celle de la hackeuse : mais d'une lucidité désespérée. Où était l'issue ?

Ils étaient dans une sorte de bulle confinée : l'appareil, militaire à l'origine, était aménagé pour accueillir des patients en quarantaine. Une structure de plastique isolait l'habitacle du cockpit. Deux bancs latéraux, comme dans les transporteurs de troupes, et une large place dégagée à l'arrière pour les civières qui servait d'« hôpital de campagne ». Les sacs à perfusion se balancèrent au décollage, au-dessus de leurs têtes.

Les deux policiers en combinaison de cosmonaute s'étaient assis à ses côtés, leurs fusils courts sur les genoux. Impossible de s'emparer des armes, même avec une volonté farouche. En face, Shariff et Tim, et deux des médecins, la regardaient.

Deux des autres secouristes venaient de sortir de la bulle, mais restaient derrière le rideau qui les séparait du poste de pilotage. Ils communiquaient par radio, sans doute avec l'hôpital, micros et oreillettes dans leurs casques d'intervention. Le rotor hurlait, les pales battaient continûment – mais qu'auraient-ils pu se dire, de toute façon, sous le nez des flics ?

À l'avant, on précisait bien sûr leur arrivée à l'héliport, on mettait en place les protocoles de quarantaine pour ses amis. On prévenait les flics, pour elle. Ce soir, dormirait-elle déjà en prison ?

Derrière eux, un praticien s'était agenouillé à côté du carcajou toujours en état de catatonie – il prélevait des fluides dans des fioles pour de futures analyses.

Elle avait l'impression d'être dans un film, où les soldats sont héliportés vers leur mission ou exfiltrés loin des combats. Flora ne savait pas exactement s'ils allaient se réfugier à l'arrière ou s'ils volaient vers une nouvelle zone de guerre. Il n'était pas question d'agir avec la même violence que contre Kofer et Clauberg. Mais que faire d'autre ?

Le samouraï le savait-il ?

—

Tim avait jeté à Shariff plusieurs coups d'œil, en espérant ne pas alerter les flics. Shariff semblait calme, presque souriant malgré son air éreinté. Il avait les mains profondément enfoncées dans les poches de son treillis, les jambes tendues, l'air goguenard.

De nouveau, après une minute de vol, le gamin lui fit un nouveau clin d'œil… Que voulait-il dire avec ses grimaces ? Avait-il vraiment une solution ? Pensait-il pouvoir tromper toute la police suisse sur l'identité d'une hackeuse alors qu'elle était déjà démasquée ?

Tim se sentit perdu. Brutalement, son corps à bout de forces se mit à peser une tonne. Il tenta de regarder devant lui, fixement, sans plus croiser les yeux de Shariff, évitant aussi ceux de Flora. Garder les paupières grandes ouvertes était une épreuve. Mais chaque fois qu'elles se fermaient, malgré lui, les images de la cage de verre l'assaillaient.

—

Shariff se pencha vers les flics qui encadraient Flora. Allait-il agir maintenant ? Pourrait-elle l'aider ? Il parla au policier le plus proche de lui en hurlant pour se faire entendre :

– Si je vous dis que je serai un homard dans deux heures trente, vous me croyez ?

Il mit ses deux mains en porte-voix, pointa sa poitrine de son index.

– Moi... Un homard breton.

Les deux gardiens de Flora échangèrent un regard : comment devaient-ils répondre à ce garçon jusque-là sain d'esprit, et qui venait manifestement de décompenser ? Était-ce une conséquence de son virus ? Ils partagèrent un sourire, gênés.

Le samouraï avait remis les mains dans ses poches. C'était fini ? Que préparait-il, une diversion ?

Trente secondes passèrent, puis il hurla de nouveau, à tue-tête :

– Et si je vous dis que nous aimerions traverser le lac, là, et qu'il faudrait que vous nous déposiez plutôt de l'autre côté de la frontière, dans la montagne française...

Les deux flics s'étaient raidis, mais souriaient encore, en secouant la tête, comme à une bonne plaisanterie.

– Parce que j'ai dans la main une grenade dégoupillée, et que le temps de vous servir de vos armes, il sera trop tard... Nous n'avons rien à perdre.

Au moment où Shariff ressortait la main droite de sa poche, Flora se souvint des grenades quadrillées de Kofer. Le pouce du samouraï avait retiré la goupille, ses autres doigts maintenaient la cuillère de l'explosif. Un geste, un seul, pour relâcher la pression, et ils devenaient tous les passagers d'une bombe volante. Elle eut envie de l'embrasser sur le champ, mais s'en abstint : kérosène inflammable, embrassade et grenade... Un mauvais cocktail.

—

Les deux policiers avaient posé leurs fusils d'assaut à leurs pieds. Ils avaient les mains derrière la nuque, comme les médecins à qui Shariff avait indiqué de se diriger vers l'arrière de l'appareil.

Le gamin tendit sa grenade à Flora.

– Tiens ça en gardant les doigts sur la cuillère et en faisant très, très attention, ma belle…

Il sortit un énorme revolver de sa poche gauche.

– L'avantage d'être contagieux, c'est qu'on n'est pas fouillé… Tim, tu passes devant. Si le pilote donne l'alerte par radio, s'il se passe quoi que ce soit, tu lui expliques que je sais tirer et que je dispose d'un 357 Magnum de fabrication américaine… Tu repères un lieu à moins de vingt minutes d'ici, en pleine montagne, où l'on pourrait se poser, tu étudies les plans et les cartes, et tu nous prépares une longue virée en montagne. Ça ira ? Tu récupères ?

Tim hocha la tête. Les pensées se bousculaient dans sa tête. Shariff s'était déjà tourné vers les policiers

– Je suis désolé, messieurs, mais ce que je vous disais est exact. Je me transforme en homard dans un peu plus de deux heures… À cause des expérimentations de monsieur Clauberg, qui nous a considérablement irradiés. Vous le constaterez *de visu* sur les clichés de l'IRM, si la mémoire de l'appareil n'a pas été endommagée…

Depuis le cockpit, Tim ne l'entendait plus baratiner… Mais à travers le plastique, il le vit sourire, puis faire un moulinet avec le colt, comme un cow-boy. Un peu plus tard, Shariff chantait, apparemment. *La Walkyrie ?* D'ici, Tim pouvait voir le comédien en action, mais il n'avait plus la bande-son. Derrière lui, Floria riait. L'appareil avait viré de cap et laissait Lausanne qui s'allumait déjà, loin derrière lui.

58.
LIBRES

Ils sautèrent à terre les premiers, elle et Tim. Les pales ralentissaient mais créaient un vent artificiel qui les obligea à se pencher et à courir hors de la zone, comme des soldats craignant les tirs ennemis. Ils portaient la civière du carcajou, sur laquelle ils l'avaient sanglé ; ils portaient les deux fusils des policiers avec eux, en bandoulière. Flora n'était pas sûre de savoir se servir d'une arme d'assaut à tir semi-automatique, mais peu importait : Shariff, derrière eux et revolver en main, tenait leurs « prisonniers » en joue – Flora lui avait rendu sa grenade dégoupillée, sa mini-bombe à retardement, simplement tenue par la cuillère.

Un jeu dangereux qui avait tenu pendant vingt minutes de vol. Un jeu mortel qui leur sauvait la vie et redonnait provisoirement sa liberté à Flora.

Le samouraï descendit de l'appareil le dernier, après les médecins, les deux policiers et le pilote. Il fit trois pas, lança l'explosif en direction d'un bosquet, à une trentaine de mètres. Le flingue toujours en main, il se retournait déjà vers Tim et Flora, un sourire publicitaire aux lèvres, sans accorder la moindre importance à la déflagration qui suivit.

Flora en était certaine : en fait, Shariff voulait voir l'effet suscité sur les spectateurs par son dernier jouet.

—

Une fois les échos de l'explosion dissipés, le silence lui

parut presque artificiel. Tim l'accueillit avec reconnaissance. Sa tête était sur le point d'exploser. Devant eux, Shariff continuait son cirque.

– Bien… Mettez-vous à genoux, les mains sur la nuque !

– Arrête tes conneries, Shariff… Ce ne sont pas nos ennemis.

Flora regardait le jeune samouraï d'un air sévère, comme une maîtresse gronde son meilleur élève.

– OK, tu as raison, ma belle… Alors voilà, vous ne vous mettez pas à genoux, mais vous allez descendre vers la ville, au bord du lac… Si vous vous retournez, si vous revenez sur vos pas, nous serons obligés de tirer. Si vous tentez de reprendre votre hélicoptère, nous serons obligés de tirer. Marchez pendant environ quinze kilomètres, par la ligne de plus grande pente, sans vous poser de questions, et vous trouverez une route. Vous la suivrez en descendant encore, et vous arriverez au village avant la nuit… C'est bien ça, Tim ?

Il essaya de se souvenir de la carte, y parvint, hocha la tête.

– Par là…, dit-il en tendant un bras.

– Et encore une chose… Vous ne vous êtes pas trompés d'ennemis, les méchants, c'étaient vraiment Clauberg et Kofer. Nous pourrions vous garder comme otages, mais nous ne le ferons pas. Et vous pouvez retirer vos combinaisons… Nous ne sommes absolument pas contagieux. Nous n'avons été exposés à aucun germe, aucun virus.

Un sourire malicieux apparut sur le visage de Shariff, le rendant enfantin de nouveau, comme dans l'hélico, quand il clignait de l'œil.

– D'ailleurs, vous laissez ces combinaisons ici, avec vos téléphones portables, talkies-walkies, etc. Allez, allégez-vous un peu. À poil !

Les médecins et les policiers échangèrent un regard,

incrédules. Mais après tout, celui qui décidait était celui qui braquait son arme. On pouvait mourir d'une balle plus vite que de n'importe quel virus, même foudroyant…

Ils dégrafèrent les combinaisons bactériologiques et retirèrent leurs casques tout en se lançant des regards inquiets. Tim les observait. Il eut soudain envie de rire : après les flics, les médecins étaient désarmés à leur tour. Ces docteurs qui l'effrayaient tant. Ce n'est qu'en voyant les combinaisons à terre, sur ce plateau de haute montagne, que la peur le quitta. Il eut le sentiment de sortir brutalement d'un cauchemar et retrouva la parole.

– Je vous jure que vous ne risquez rien, dit-il. C'était un canular… Il n'était pas de très bon goût, mais c'était le seul moyen pour nous de sortir libres, avec notre copine qui a fait tout le boulot pour se débarrasser de nos ennemis…

Shariff fit un nouveau moulinet du colt.

– *Presque* tout le boulot, plutôt… Et dites bien à vos supérieurs que les méchants, c'est pas nous. « Tout l'art de la guerre est basé sur la duperie », Sun Tzu.

ÉPILOGUE

59.
L'ŒIL DU FAUVE (7)

– Ton plan était remarquable, Bahlam[1]… L'argent de ta *Tiger Eye* nous a permis de préparer le refuge, et l'argent obtenu contre mon ami Ronald financera le déménagement de la bibliothèque. Quant au vol des disques, outre qu'il nous assure un confort financier infini, il a permis de faire basculer le conseil élargi…

Paul Hugo lui parlait d'un ton paternel – il était souriant et d'humeur badine. Ils travaillait tout en discourant, classant des liasses de papiers qui devaient être ses comptes. Il avait la voix insouciante d'un jeune homme. L'inquiétude qui le tenaillait pendant les dernières semaines semblait s'être envolée.

– Quant aux derniers fidèles de Ronald, ta démonstration a suffi à les décider. Nous sommes seuls, désormais.

Il sourit, en levant la tête de ses dossiers. Les meurtres de Kate et Marco avaient signé le grand départ des initiés. Comme prévu.

– Le seul inconvénient, finalement, c'est la nécessité de déménager au plus vite.

– J'en suis tout aussi désolé que toi, Paul… Mais si McIntyre ou Matthew parlent, ou même d'autres anthropes qui viennent de quitter l'Institut, nous serons trop exposés.

– Bien sûr. Mais je vais regretter cette première bibliothèque, là où nous avons tout créé…

---

1. Jaguar, en langue maya.

Paul Hugo se leva. Il transpirait la satisfaction, une sorte de sérénité du vainqueur.

– Et la *Tiger Eye*, Paul ? Pendant mon absence, est-ce qu'elle t'a enfin permis de…

– De trouver ? Non. Pour remarquables qu'ils soient, les effets provoqués par ta drogue ne sont que des ersatz, Bahlam. Ils ne peuvent remplacer les sensations du prédateur. Mais ne te soucie pas de cela : grâce à ma bibliothèque, je trouverai…

Bahlam, l'homme-jaguar aux yeux dorés, sourit. Paul Hugo, le maître des prédateurs, n'était pas un prédateur. Il n'était même pas un anthrope. Mais il avait compris le Grand Secret grâce aux légendes, aux mythes.

Et grâce à eux, Paul finirait par trouver sa nature. Il suffirait alors de provoquer la morsure et d'attendre la *luxna*.

60.
CARCAJOU (GULANTHROPIE)

Briser les radios ou le manche à balai de l'hélico ne servait à rien, expliqua Tim. De toute façon, ils étaient aisément repérables sur des écrans radar. Un autre hélico serait là d'ici peu – bien avant que leurs ex-otages se demandent s'ils ne feraient pas mieux de revenir sur leurs pas.

– Il nous reste combien de temps avant que les flics débarquent ici ? demanda Shariff.

Flora se tourna vers lui. Tim vit qu'ils attendaient tous les deux une réponse de sa part. Il n'était pas sûr d'en avoir une, mais il en donna l'illusion :

– Je ne sais pas. Ils doivent encore chercher à comprendre ce qui se passe, mais maintenant qu'ils savent qu'on s'est posé… Je dirais dix minutes.

– OK. On court ?

De nouveau, Flora s'était adressée à Tim. Cette fois, il acquiesça, sûr de lui :

– On court. Par là…

Il leur montra la ligne de crête qu'il avait repérée sur la carte. C'était la limite du plateau où ils avaient atterri, derrière laquelle ils pouvaient espérer basculer, en un quart d'heure, dans la forêt des Bois-de-Cuir – profonde, épaisse, et qui s'étendait sur une centaine de kilomètres carrés dans la vallée suivante, celle de Biot. Elle ferait un maquis idéal, d'autant plus que la nuit n'allait pas tarder à tomber.

Il sortait de son hébétement. Il n'avait plus peur. Il était chez lui, sur le terrain.

Pendant les minutes suivantes, jusqu'à ce qu'ils atteignent

le couvert des arbres, ils ne furent plus que trois poitrines dans lesquelles trois paires de poumons recherchaient leur souffle, l'oxygène, pour l'envoyer vers le sang, trois cœurs qui battaient trop vite pour le pomper. Le poids des fusils d'assaut en bandoulière les gênait, mais Flora ne voulait pas qu'ils abandonnent les armes. Shariff avait son colt à la main.

Tim sentait qu'ils étaient tous les trois à l'unisson : trois corps rendus identiques par l'effort physique. Dans leurs cerveaux, les mécaniques intimes qui commandaient les connexions neuronales, les pensées, les doutes, les espoirs et les questions humaines enroulaient leurs engrenages. Ils étaient chacun dans son silence, dans la concentration et la solitude du coureur de fond.

Toutes les deux ou trois minutes, Flora et Shariff se relayaient derrière lui pour porter le brancard sur lequel le carcajou, malheureusement si léger, était sanglé. Pas un mot entre eux, pas un cri, les passages de relais s'enchaînaient naturellement.

Au bout de cinq minutes, Flora hurla :

– Il convulse !

Ils s'arrêtèrent. Le carcajou avait commencé de se tordre sur la civière et régurgitait une sorte de bile. Ils se regardèrent tous les trois. Depuis le lac et la vallée, au nord, à des kilomètres, un bruit d'hélicoptère leur parvint. Tim dit :

– On va d'abord à couvert, puis on s'arrête et on s'occupe du professeur.

La forêt était à moins de deux minutes, maintenant.

Ils reprirent leur course, plus vite. Tim pouvait presque sentir le souffle de l'ennemi, sur leurs talons – malgré la fatigue, il accéléra encore la cadence. L'ennemi, c'était les laboratoires, la prison pour Flora, et pour eux aussi désormais. Il ne voulait plus les quitter, on ne lui prendrait plus Flora, Shariff et McIntyre. Il était leur seule chance, le seul qui pouvait leur permettre de disparaître. Il était sur son terrain, quoique fugitif. Ils atteignirent les premiers arbres. Le carcajou avait sombré dans l'inconscience. Ils continuèrent.

—

Tim venait de bifurquer vers l'est. Dans cette forêt déjà épaisse, il semblait savoir quel chemin prendre, il réglait son rythme sur celui de Flora, qui tenait l'arrière de la civière. Il était de nouveau le coureur des bois – malgré le caractère dramatique de la situation, elle ne put s'empêcher de sourire.

Elle le retrouvait ?

Les sous-bois, plongés dans la pénombre du crépuscule, étaient encombrés de taillis et de ronces, de très jeunes conifères, d'arbustes rasants. Ils progressaient plus lentement, parfois au pas, parfois au trot, toujours sans échanger un mot. Shariff, qui fermait la marche, vérifiait qu'ils ne laissaient presque aucune trace trop évidente derrière eux.

Le brancard pesait lourd mais Flora aurait préféré se faire tuer plutôt que ralentir ou se faire relayer. C'était McIntyre.

Ils s'arrêtèrent enfin, hors d'haleine, au bout de vingt-cinq minutes. Le bruit de l'hélicoptère s'était rapproché, peut-être survolait-il maintenant la zone où ils avaient atterri. Était-ce un appareil de l'armée suisse, autorisé à survoler le territoire voisin ? Ou la gendarmerie française avait-elle pris le relais ?

Leurs pisteurs ignoraient probablement encore ce qui s'était passé dans l'appareil. Ils avaient peut-être repéré les médecins et les deux policiers. Supposaient-ils encore qu'ils étaient contagieux ? Dans quelques instants, on apprendrait la vérité, on lancerait un avis de recherche les concernant. Mais alors, les fuyards seraient invisibles.

Shariff dégagea le sol du pied, faisant rouler les pierres et balayant les feuilles; avec Tim, ils posèrent la civière. Les convulsions avaient cessé. Le carcajou était maintenant immobile, comme une pierre. Tim posa ses doigts sur la gorge de l'animal, puis sur son ventre.

– Il respire.

Shariff était déjà à genoux à côté de McIntyre. Les mains sur lui, dans sa fourrure épaisse, brune aux reflets fauves. Il le massait, le touchait, le caressait.

– Professeur... Papa... C'est moi, Shariff... Vous m'entendez, papa?

—

Un de ses livres disait, il s'en souvenait par cœur : « Les yeux du carcajou, petits, enfoncés dans sa face ronde, peuvent selon la lumière paraître d'un brun sombre, presque noir, comme le masque de fourrure qui dessine des arcades autour d'eux; ou d'un marron plus doux, presque ocre; et même d'un rouge profond quand l'animal attaque, comme si la fureur les injectait du sang qu'il allait faire couler. Cette particularité lui confère un air maléfique, qui ajouté à la puissance de ses griffes semi-rétractiles, à la virulence et à la sauvagerie de son appétit, le firent baptiser *kwi'kwa'ju* par les Indiens Micmacs du nord-est du Canada, puis "carcajou", un dérivé de ce mot, par les colons blancs qui découvrirent après eux la férocité parfaite du mustélidé. »

Les yeux de son père étaient fermés depuis l'injection de pentobarbital à laquelle Flora avait procédé dans la cage de verre. S'était-il trompé, tout à l'heure, en dosant le produit? Les yeux du carcajou avaient roulé sur eux-mêmes, lors des convulsions, sur la civière, un quart d'heure plus tôt. Les yeux de son père s'ouvrirent brutalement. Shariff songea, éclair mental, au regard d'une poupée qu'on redresse. Puis, il ressentit une bouffée de gratitude, eut envie de remercier les dieux inconnus : les prunelles étaient d'un brun doux, presque noisette ; les pupilles conservèrent leur fixité de taxidermie quelques secondes, puis bougèrent, se tournèrent vers lui.

Quelque chose comme une lueur vitale réapparut.

Dans l'œil, Shariff vit une lumière, une intelligence, comme une flamme qui monterait soudain, insolente, vaillante, obstinée, dans les plus obscures ténèbres. Une étincelle humaine, d'une tendresse infinie, d'une énergie sans faille.

Le professeur, son daimyo, son père, le regardait – il le reconnaissait.

—

McIntyre se cabra, la gueule entrouverte, à la recherche d'une goulée d'oxygène. Il revenait à lui, à la raison, et à la vie. Il haleta, hoqueta deux fois, et dans cette façon d'ouvrir et de refermer les babines, il sembla presque à Flora qu'il voulait parler. Sans aucun doute, à voir son regard, s'il avait pu dire un mot, un seul, c'eût été un prénom. Le prénom de ce fils qu'il s'était choisi, un mois et demi plus tôt, du jeune homme qui l'avait libéré de sa cage, et qui maintenant le libérait de la folie, de l'amnésie.

Shariff. Shariff McIntyre.

Flora sut avant les autres que c'était fini.

L'instant d'après, le mustélidé d'Amérique du Nord expira la goulée d'oxygène qu'il venait de chercher de toutes ses forces, dans un soubresaut ultime de sa cage thoracique. Ce fut son dernier souffle.

—

Les yeux de ceux qu'on a aimés semblent parfois briller encore quelques instants après que l'esprit a quitté le corps, que l'âme plane comme un fantôme au-dessus de la scène, la regardant de haut, avant de s'en aller.

Shariff serrait le professeur revenu à son enveloppe humaine dans ses bras, pleurant, sanglotant comme l'enfant qu'il n'avait jamais cessé d'être – pietà bouleversante, bouleversée. Flora, dont les larmes coulaient en silence, se pencha sur le garçon, l'attira par les épaules, puis le prit dans ses bras, dans une étreinte absolument maternelle. Les sanglots secouaient le corps trop maigre du gamin.

Tim se pencha sur le professeur. Il pleurait lui aussi, mais à l'intérieur – les yeux secs, le corps plein de larmes. L'esprit noyé, chaviré. Il embrassa le front, puis regarda les yeux de McIntyre, dans lesquels l'intelligence demeurait encore, et la finesse, et la bonté – et aussi l'indulgence, la confiance paternelle.

Cet homme était ce qu'il leur était arrivé de mieux, à tous les trois. Cet homme avait été la seconde chance que la vie leur accordait.

La main de Timothy Blackhills passa sur le visage de Ronald McIntyre, et dans ce mouvement les paupières se fermèrent à jamais sur les yeux d'un gris d'acier.

Il retira sa veste de montagne, en couvrit le corps nu et sans vie allongé sur la civière. Il ramassa deux branches mortes, qu'il posa sur la veste, pour que le vent ne l'emporte pas. Tim aurait froid, pendant leur fuite dans le maquis, mais qu'importait : on ne pouvait laisser le professeur autrement. Il prit dans leur sac les portables des médecins et des deux flics qu'ils avaient emportés, les alluma tous, sauf un. Il les plaça, ouverts, autour du corps, comme des offrandes païennes aux funérailles d'un roi barbare.

Les gendarmes français ou suisses trouveraient McIntyre très vite, grâce à ces balises.

C'était le deuxième mort que les enfants de McIntyre laissaient derrière eux en une semaine, le deuxième ami qu'ils n'avaient pas même le temps d'honorer.

Puis, Tim toucha l'épaule de Flora, dans les bras de laquelle Shariff sanglotait toujours. Elle leva la tête.

– On doit y aller…

61.
L'INSTITUT DE LYCANTHROPIE

Tim alluma le dernier portable, celui qu'il n'avait pas posé à côté de McIntyre. Il composa un numéro :

– Kate, c'est Tim… McIntyre est mort.

– J'en suis navré, fit une voix à l'autre bout.

Une voix d'homme, grave, sombre, qu'il reconnut immédiatement.

– Qu'est-ce que vous faites dans ce bureau, Paul ?

– Kate est également décédée, Tim. Un malheureux accident.

– Je vois…

Il était impossible de percevoir si Paul avait mis une quelconque ironie dans cette annonce, s'il semblait vraiment regretter le « malheureux » accident – que croire ? Pourquoi, désormais, Paul décrochait-il dans le bureau de McIntyre ?

– Écoutez… Nous avons éliminé Clauberg, mais les flics nous recherchent, et ils vont également essayer de localiser l'Institut… Nous ne pouvons pas revenir ici.

– C'est peut-être mieux ainsi.

En une phrase, le maître de la bibliothèque entérinait leur départ – à jamais.

– Je… le professeur aurait aimé être enterré… chez nous.

– Tu sais bien que c'est impossible, Tim. La police s'intéressera au corps. Elle ne doit rien savoir de nous.

– Et les autres… anthropes ? Marco, Julien, Ines même ? Ils voudront…

– Il n'y a plus d'autres anthropes. Il n'y a plus que nous.

Je vais devoir interrompre cette conversation, maintenant, si d'aventure ton téléphone n'était pas sûr. Garde le silence sur nous, Tim. Toi et tes amis, gardez le silence, sinon…

La voix était toujours aussi grave, chaleureuse, boisée – en aucune façon menaçante, contrairement aux mots, parfaitement clairs. Puis, une sonnerie annonça que Paul Hugo avait raccroché.

Tim cassa le téléphone en deux. Il en arracha la puce, qu'il détruisit, puis fourra les morceaux de l'appareil dans la poche de son pantalon. Personne ne pourrait savoir qu'il avait passé ce dernier coup de fil.

Il se tourna vers Flora, qui soutenait Shariff.

– On y va… On va courir encore deux ou trois heures, puis on profitera de la nuit. On dormira demain matin.

Devant le regard interrogatif que lui lança son amie, il répondit :

– C'était Paul Hugo. C'est fini. Il n'y a plus d'Institut.

62.
L'ŒIL DU FAUVE (8)

Paul reposa le combiné, appuya sur une touche pour couper le haut-parleur. Il le regarda, toujours le sourire aux lèvres, mais vaguement contrarié.

– Ronald est mort, mais eux s'en sont sortis. Ils s'en sortent toujours, dirait-on.

– Veux-tu que je m'en occupe, Paul ? Je peux les retrouver…

Le maître de la bibliothèque eut une longue minute de réflexion, comme s'il jouait avec l'idée. Puis :

– Non, Julien. L'homme-jaguar n'a eu que d'excellentes initiatives, ces deux derniers mois, et je ne doute pas que tu finirais par les retrouver. Mais cette fois, sans leur papa, les enfants de McIntyre ne devraient plus nous nuire… Même s'ils échappent à la police, ce qu'ils feront probablement.

Paul se leva :

– Ce que nous avons à faire est plus urgent, Bahlam. J'ai besoin de toi pour organiser dès aujourd'hui le déménagement de la bibliothèque dans notre nouveau nid d'aigle. Appelle Bjorn, Marge et Ines, et réglons cette affaire.

– Comme tu voudras, Paul.

L'homme aux cheveux broussailleux, aux yeux noisette, chaleureux, le retint, quelques secondes avant qu'il sorte, d'un mot :

– Julien !

Il le regardait avec une profonde amitié et une satisfaction immense.

– Paul ?

– Tu es un anthrope remarquable. Le plus digne du

projet que nous sommes en train d'accomplir. Je finirai par croire que les Olmèques avaient raison de faire de l'homme-jaguar leur divinité primordiale.

63.
LES FUGITIFS

Ils marchaient dans le noir depuis presque trois heures. Shariff était dans le sac de Flora, depuis peu. Tim espérait trouver de l'eau de mer, avant sa prochaine métamorphose en homard, ou la suivante – dans onze ou vingt-trois heures. Une ou deux transformations sans aquarium, c'était encore possible, pas trop dangereux…

Ils avaient abandonné les armes à côté du corps de McIntyre – les deux fusils d'assaut, le Magnum 357, la deuxième grenade, même le couteau de chasse de Kofer. Les flics sauraient qu'ils étaient désarmés, ils ne tireraient sans doute pas – pas à vue, du moins.

Shariff n'avait même pas protesté de se retrouver privé de son arsenal. Shariff avait été un orphelin dévasté, et maintenant un homard en deuil qui les retardait moins dans leur fuite sous cette forme. Le samouraï pouvait sans doute entendre leurs voix à travers le tissu du sac à dos.

Ils avançaient tous deux dans la nuit, la lune éclairant suffisamment l'obscurité pour que les troncs et les branches apparaissent en ombres plus sombres dans le noir. Leurs yeux s'étaient accoutumés aux ténèbres. Ils ne heurtaient presque plus les racines et les ronces, maintenant.

Ils se voyaient l'un l'autre, visages trop pâles, lunaires, bleutés, yeux brillants.

– On n'a plus de maison, plus d'endroit où se cacher, et on ne pourra pas fuir les flics pendant des mois, Tim… On va faire comment ?

– On verra. Pour l'instant, l'idée, c'est de rejoindre le prochain village, et que j'aille nous acheter des vivres. Personne ne sait qui je suis, personne ne me recherche…

Tim avait en tête la ligne de fuite qu'il avait imaginée, il y a neuf mois, le jour où il était arrivé à l'Institut. Le jour où il avait décidé de fuguer, et où il avait finalement croisé les chasseurs au col du Bénand. Une parenthèse de neuf mois se refermait. Oui, voilà, une parenthèse effrayante et heureuse, mais pas seulement : il ne quittait plus l'Institut, aussi seul qu'il y était arrivé. Il laissait des morts, ici, mais il avait des vivants avec lui. Une famille.

– On peut retourner chez moi… Aux États-Unis. J'y ai une maison. Et j'y apprendrai peut-être la vérité sur ce qui s'est passé, la nuit du 2 juillet.

– Et si on ne te suit pas ?

– Alors, on se cachera en Europe pendant plusieurs années, et je t'interdis d'approcher un ordi jusqu'à ce qu'on t'oublie. Et je vous apprendrai à vivre dans les bois, si possible pas trop loin de la mer, pour que Shariff puisse nager.

Il observa un long silence, que Flora respecta, laissant la place au seul bruit de leurs pas dans les feuilles et sur le sol dur.

– Je ne partirai pas sans toi, Flora. Ni sans Shariff. Vous êtes ma famille.

– Et tu crois qu'ils vont nous laisser prendre l'avion, avec les passeports d'une hackeuse internationale et un gamin qui n'a même pas de nom de famille ?

– Il s'appelle McIntyre, non ?

– Bien sûr. Mais les papiers sont à l'Institut.

– J'y ai pensé… On prendra le bateau jusqu'au Canada. Et ensuite, on redescendra vers les États-Unis par la route. Et je passerai la frontière avec mon homard et ma chatte préférés. Ça paraît le plus raisonnable.

Flora fit une grimace.

– Raisonnable ?

– Oui, ce n'est peut-être pas le bon mot. Tu en as un meilleur ?

Ils étaient deux silhouettes qui marchaient, comme des ombres chinoises parmi celles des grands arbres de la forêt alpine, comme deux créatures sylvestres tirées d'un conte fantastique, effrayant, gothique, pour enfants insomniaques.

La terre sentait bon, les feuilles de l'année précédente bruissaient sous leurs pieds, elles s'enfonçaient dans l'humus, s'y perdraient bientôt ; le printemps reprenait ses droits. Les bourgeons des conifères dégorgeaient une résine douce-amère, là où la neige avait imposé son silence et sa blancheur sépulcrale pendant six mois. L'hiver n'avait pas été un tombeau, cependant, il avait vécu mille crissements, mille existences, mille partitions cachées qui essayaient d'y survivre, d'attendre le retour de la vie. Tim s'en souvenait, maintenant : cette neige au pic de Mémise, la symphonie, dans sa rage d'alors. Les parfums et l'obscurité mêmes de cette nuit de mai lui restituaient la vie, et avec elle cet instant sidérant où l'on s'éprouve, et la mémoire de toutes ces fois où, fugacement, pour quelques instants, il avait été pleinement à sa place.

En vie. Chaque veine, chaque lumière, chaque éclat, chaque âme était un écho de cette vie, irréfutable, qu'il sentait remonter en lui. La mort aseptisée, la froideur du verre et de l'acier, la laideur des lumières artificielles, inhumaines, dans les laboratoires souterrains, cela du moins était derrière eux.

Dans les branches, quelque rapace de nuit dérangé par leur arrivée s'enfuit à tire-d'aile. Ils relevèrent la tête, s'arrêtèrent un instant. Flora regarda Tim. Comprenait-elle cela, l'infinie précarité, cette fugacité, comme l'épiphanie qu'offre parfois un moment de grâce ? Ils étaient en vie. Il le savait, sensuellement il le savait.

Tim tendit la main vers elle, pour qu'elle la prenne.

Leurs doigts se nouèrent. Seuls au monde, dans un monde effrayant, cruel, un monde sans miséricorde, qui torturait les corps, qui piétinait les âmes, dont l'avidité malade, la vanité et la convoitise tuaient des hommes de la valeur de McIntyre, désespéraient des enfants comme Shariff; un monde injuste, qu'ils traversaient toutefois, ensemble.

AVERTISSEMENT, PRÉCISIONS, REMERCIEMENTS

Comme dans le premier tome de cette série, j'ai travesti dans *Instinct 2* les noms des lieux, les durées et itinéraires des trajets en voiture, afin qu'on ne puisse pas situer l'emplacement de l'Institut avec précision.

En revanche, la toponymie de la partie lémanique et suisse de ce récit est rigoureusement exacte, même si j'ai volontairement situé le siège de WarDogs dans une commune différente (quoique voisine) de celle où s'est en fait joué le dénouement.

Les noms des entreprises, holdings, laboratoires, compagnies de sécurité incriminés ont été maquillés, pour éviter toute démarche contre l'auteur. Pour le reste, à ceux qui contesteraient l'idée que les événements du deuxième sous-sol puissent s'être produits, j'objecterai que de la fiction ou de la réalité, on ne sait plus laquelle est la pire, en certains domaines.

Shariff McIntyre endosse la pleine responsabilité des citations qu'on lui attribue au fil du récit. S'agissant de

Hagakure (anonyme) comme de *L'Art de la Guerre* (Sun Tzu), il s'est parfois éloigné de la traduction publiée en français, piochant ses références dans les traductions anglaises notamment. Je n'ai pas d'indication me permettant d'estimer sa capacité à lire ces œuvres dans leur texte original, japonais ou mandarin.

Je remercie bien entendu les auteurs vivants ou morts de tous les ouvrages cités dans ces pages ; ainsi que Jim Jarmusch, Wu-Tang Clan et Forest Whitaker pour leur *Ghost Dog*. Garbage, Prodigies et Noir Désir ont constitué la bande-son de l'écriture de ce récit, ils devraient tout à fait convenir à sa lecture.

J'adresse ma gratitude aux équipes de mon éditeur, Nathan. Les uns et les unes m'ont accompagné avec chaleur et enthousiasme depuis la sortie du tome 1. La liste de mes remerciements à leur endroit est longue et sera forcément incomplète. Mais je voudrais distinguer bien sûr Céline Charvet et Eva Grynszpan, qui portent cette trilogie sur leurs épaules et ont emmené des versions de ce texte jusque dans l'hémisphère Sud, ou dans les profondeurs abyssales, pour les amender. Sans Florence Budon, qui nous a rejoints vers la fin du tome 1 et n'a rien lâché depuis, l'écriture de ces pages aurait perdu en précision, en rigueur, en clarté. Si ces qualités y président (je l'espère bien !), on les lui doit. Elle va maintenant pouvoir se reposer un peu.

Merci également à Sarah Malherbe, qui me surveille en amie dans toutes mes équipées romanesques. La bienveillance et la sûreté de ses jugements sont des atouts.

Spéciale dédicace à Julien « Bahlam » Villeminot, qui a lancé dans mon dos la page Facebook d'*Instinct 1*, et à ceux, amis ou inconnus, qui y ont contribué. Salut aux blogueurs qui ont lu et (parfois) aimé le premier tome de cette série, notamment toute la bande joyeusement communautaire de Livraddict. Merci également aux libraires. L'enthousiasme, les avis, la curiosité, les critiques de chacun ont mis la barre très haut pour ce deuxième tome. Bonne pression… J'espère avoir franchi l'obstacle.

Bien sûr, ma reconnaissance va enfin (et d'abord) aux miens. Juliette, ma compagne, Théophile et Madeleine continuent de veiller sur mes personnages, mon humeur et l'état de mon humour. Leur constance, leur pertinence, leur foi aussi, me sont précieuses. Sarah rejoindra bientôt le clan des lecteurs. Louanne continue d'« ambiancer » mes après-midi d'écriture. Sans le « Villeminot's Circus » la vie serait sans joie.

Quant à Flora, Shariff et Tim, on continue la route.

VINCENT VILLEMINOT

Après une jeunesse parisienne, Vincent Villeminot part, à vingt-deux ans, avec sa compagne, enseigner le journalisme en Égypte, à l'université du Caire. Il reste deux ans dans cette ville tentaculaire, foisonnante, où son fils aîné verra le jour – sans doute est-ce là, également, le pays d'origine de Shariff ?

Vincent revient à Paris en 1996. Il travaille en tant que journaliste reporter et côtoie alors des réalités qui resteront, à ses yeux, plus dures que n'importe quelle fiction : la rue, la prison, la toxicomanie… Après la naissance de ses deux filles, il décide de partir en 2003 avec armes et bagages (et, bien sûr, sa turbulente tribu) dans les Alpes françaises, au bord du lac Léman, où la petite dernière du clan pointera son nez. Il se consacre désormais à ses romans.

Grand lecteur de littérature française contemporaine, amateur (comme Shariff) de films américains et de *Ghost Dog* en particulier, accro (comme Flora) d'actualités sur Internet et de rocks sombres, il peut s'enfermer des jours entiers dans son bureau-sanctuaire avec ses trois héros et des sandwiches à la viande. De sa fenêtre, il voit le soleil se coucher sur Lausanne, théâtre de ce deuxième tome.

Et sur les contreforts de l'arc alpin où vont se répandre les Prédateurs de Paul.

Encore un dernier détail : depuis vingt ans qu'ils vivent ensemble, sa compagne trouve qu'il a tout d'un ours – un grizzly, peut-être ?

Cet ouvrage a été imprimé en France par

CPI
BUSSIÈRE

à Saint-Amand-Montrond (Cher)
en août 2011

N° d'éditeur : 10167250 – N° d'imprimeur : 112357/1
Dépôt légal : septembre 2011